KAI HENSEL

DAS PERSEUS-PROTOKOLL

THRILLER

FRANKFURTER VERLAGSANSTALT

FSC
www.fsc.org
MIX
Papier aus verantwortungsvollen Quellen
FSC® C014496

1. Auflage 2012

Herstellung und Umschlaggestaltung: Laura J Gerlach
Umschlagmotiv: iStockphoto/ Peeter Viisimaa
Satz: psb, Berlin
Druck und Bindung: GGP Media GmbH, Pößneck
Printed in Germany
ISBN: 978-3-627-00182-7

»Unter allen Völkerschaften haben die Griechen den Traum des Lebens am schönsten geträumt.«

Johann Wolfgang von Goethe

»Should we fail to aid Greece in this fateful hour, the effect will be far reaching to the West as well as to the East.
We must take immediate and resolute action.«

Harry S. Truman, US-Präsident, 1947

0

»Wie weit noch?«
»Nicht mehr weit. Schlaf.«
Er drückte den Kopf der Schwester unter seine Jacke, fuhr mit klammen Fingern durch ihr nasses Haar. Ihm war übel. Von den Wellen, die über das Boot schlugen und alles nass spritzen, die Menschen, die Koffer und Plastiktüten. Von den Benzinschwaden des alten Außenbordmotors, dessen Schraube immer wieder in der Luft drehte, wenn eine Welle das Heck hob. Ihm war übel vom Erbrochenen seiner kleinen Schwester, deren magerer Körper zitterte und sich heiß und klebrig an seine Brust drückte. Aber er musste sich zusammenreißen.
Vater saß weiter hinten, neben dem Steuermann. Mama lag zu ihren Füßen, unter Decken und einem Regenmantel. Ihr dicker Bauch hob und senkte sich. Eine alte Frau fühlte ihre Stirn, gab ihr aus einer Plastikflasche zu trinken, aber immer nur ein paar Tropfen – die Flasche war fast leer.
»Siehst du da vorn?«, rief ihm sein Vater zu. »Die Lichter! Sie werden immer größer!«
Das Boot krachte in ein Wellental, Gischt spritzte über die Bordwand. Seine Jacke war zwar schon durchnässt, aber fühlte sich nach jedem Wasserschwall noch kälter an. Er presste seine Schwester an sich. Um ihr Schutz zu geben, aber auch – und dafür schämte er sich ein bisschen – um sich an ihrem fieberheißen Körper zu wärmen.
»Nur noch eine Stunde«, flüsterte er in ihr Ohr. »Vielleicht nur eine halbe.«
Das hatte sein Vater vorhin schon gerufen, da konnten sie am Himmel noch Sterne und die Mondsichel sehen. Jetzt

war der Himmel schwarz, genauso schwarz wie das Wasser, und im Boot durfte kein Licht brennen. Er sah bloß die Lichter voraus, fern, aber verheißungsvoll wie ein Baum voller Kerzen. Wenn Wasser in seine Augen spritzte und er sie zusammenkniff, leuchteten die Lichter golden, rot und blau, in allen Farben des Regenbogens. Ein neues Leben hatte ihnen Vater versprochen. In einem richtigen Haus würden sie wohnen, mit Betten, Lichtschaltern und einem Wasserhahn. In Griechenland, hatte Vater gesagt, gibt es Frieden, Demokratie und Arbeit, ein Land voller Christen, wie sie! Sonntags läuten die Kirchenglocken, es gibt keine Armut und keine Angst. Griechenland! Einen Arzt für die Mutter, eine Schule für die Tochter und den Sohn!

Er kniff die Augen fester zusammen, sah die Lichter am Horizont blinken und tanzen, sah sie näher kommen, schnell, plötzlich hörte er das Dröhnen eines Motors. Er riss die Augen auf: Ein Schiff kam auf sie zu, von vorn, mit hoher Bugwelle, drehte sich zur Seite, versperrte ihnen den Weg. Der Lichtkegel eines Scheinwerfers blendete ihn und alle Menschen im Boot. An der Reling standen Männer in Uniform, mit Waffen, die sie auf das Boot gerichtet hielten. Er hörte Rufe durch einen Lautsprecher, in einer Sprache, die er nicht verstand. Vater stand auf, rief etwas zurück, er konnte Griechisch, aber nur ein paar Worte. Jetzt kam wieder die strenge Stimme aus dem Lautsprecher. Vater zeigte auf Mutter, machte mit seinen Händen einen dicken Bauch. Die Soldaten an der Reling redeten nicht, lächelten nicht, hielten bloß ihre Waffen auf das Boot gerichtet. Wieder die Stimme aus dem Lautsprecher, Vater übersetzte:

»Wir sollen umdrehen.«

Unruhe im Boot, Angst auf den Gesichtern. Zurückkehren? In die Türkei, nach Fethiye? Der Steuermann hob den Kanister mit dem Treibstoff hoch, schüttelte ihn, zeigte, wie leicht

er war. Vater rief, doch auf dem grauen Schiff antwortete niemand. Er rief noch einmal, schrie, die Hände um den Mund wie ein Trichter. Keine Antwort von den Soldaten, keine Antwort aus dem Lautsprecher. Stattdessen kam das Schiff auf sie zu, langsam, drohend wie ein bissiges Tier.
»Jeder an seinen Platz!«
Er drehte den Außenborder auf, das Boot legte sich schief, Gischt spritzte. Lauernd blieb das graue Schiff zurück. Zwanzig Männer und Frauen in einem offenen Fischerboot. Die Männer, bärtig, mit grimmigen Gesichtern, redeten auf Vater und den Steuermann ein, in einem Arabisch, das hart klang, sogar gefährlich. Ein Somalier machte dem Steuermann Vorwürfe wegen des leeren Benzinkanisters, der Steuermann rief erregt, das Boot habe in den hohen Wellen viel mehr Treibstoff gebraucht als sonst. Jedenfalls würden sie es nicht schaffen, zurück in die Türkei, unmöglich. Der Steuermann schaltete den Motor herunter, sie brauchten jetzt jeden Tropfen. Sie sahen dem grauen Schiff nach, dessen Lichter immer kleiner wurden, bis sie kaum noch zu unterscheiden waren von den Lichtern der Insel. Die doch so nah war! Sie waren fast in Griechenland! Seine Schwester hob den Kopf:
»Sind wir da?«
»Gleich.«
Er drückte ihren Kopf wieder unter die Jacke. Die Männer redeten. Ein Alter wimmerte und reckte die Hände zum Himmel. Der Steuermann schaltete den Motor wieder hoch und drehte den Bug in Richtung der Lichter. Das graue Schiff würde sie nicht noch einmal finden, in der Nacht. Wahrscheinlich würde es gar nicht nach ihnen suchen. Und wenn, dann sollte Vater rufen: »Motorschaden!« Dann durften die Soldaten ihnen nichts mehr tun, sie mussten ihnen sogar helfen, das war Gesetz! Vater nickte seinem Sohn am

Bug zu, hob den Daumen. Der Sohn nickte zurück; gerade jetzt fühlte er wieder einen dünnen, heißen Strahl Erbrochenes auf seinem Hemd.
Die Lichter der Insel verschwammen wie im Nebel. Erste Tropfen fielen, schwer und kalt. Kein Mittel, sich zu schützen, die Plane war für die Koffer und die Plastiktüten, und auch dafür war sie zu kurz. Bestimmt waren Kleidung und Schuhe in den Koffern schon durchnässt, was sollten sie anziehen, auf der Insel? Und plötzlich war es wieder da, das graue Schiff. Von hinten war es gekommen, tückisch, mit ausgeschalteten Lichtern. Und weil sie es erst jetzt sahen, als es den Kegel seines Scheinwerfers auf sie richtete, konnte Vater nicht mehr sagen, sie hätten einen Motorschaden. Aber er verlor nicht den Mut, stellte sich auf, schwenkte den Kanister:
»Kein Benzin! Kein Benzin!«
Keine Soldaten an Deck, nicht in dem Regen. Keine Antwort aus dem Lautsprecher. Nur das graue Schiff, das eine Kurve drehte, von der Seite kam, schnell, sie fast rammte und eine Welle machte, die ihr leichtes Boot beinahe umwarf. Die Frauen kreischten, die Männer stießen Flüche aus und reckten die Fäuste, Vater hielt den Kanister hoch und schrie, als ob er gleich weinen würde:
»Kein Benzin!«
Und schon wieder kam das graue Schiff – wie schnell es war! Es machte eine noch gefährlichere Welle, der Steuermann riss den Außenborder herum.
»Mama liegt halb im Wasser!«
Sie hatten an Bord bloß zwei Blechdosen und die Plastikflasche, von der Vater mit einem Messer die untere Hälfte abschnitt, um das Wasser aus dem Boot zu schöpfen – zu wenig, falls der Regen stärker wurde. Wenigstens blies jetzt, wo sie zurückfuhren, weg von der Insel, der Wind von hin-

ten, kein Meerwasser schlug in ihr Boot. Das graue Schiff fuhr dicht hinter ihnen. Wollten die Soldaten bloß sehen, ob der Kanister wirklich leer war? Wenn sie im Meer trieben, ein Fischerboot voller Menschen, mit einer Frau, die gleich ein Baby bekam – dann mussten sie doch eine Leine herüberwerfen und ihnen helfen!

Die Kurden und der Steuermann, ein Usbeke, hatten das Boot in Fethiye gekauft. Sie hatten die freien Plätze weiterverkauft, an andere Flüchtlinge aus dem Irak, Libanon, Somalia. Doch nun war allen klar: Sie hatten zu viele Plätze verkauft, das Boot war überfüllt, der Motor zu schwach für die hohe See. Es steuerte in teerschwarze Nacht, kein Licht am Horizont, nur Wind, Regen – und das graue Schiff, das wieder näher kam, bedrohlich, die Stimme rief etwas aus dem Lautsprecher.

»Was hat er gesagt?«

Eine Bö verwehte die Übersetzung des Vaters, doch die Kurden hatten genug gehört. Sie reckten die Arme und stießen Verwünschungen aus. Ein einzelner Soldat stand an der Reling, jung und schlank, mit einem Schnurrbart, dünn wie eine Klinge, und einem Kinn, das vielleicht nur im Deckslicht so mächtig wirkte. Der Alte stemmte sich hoch, hielt sich an der Schulter eines Jüngeren fest und schrie etwas in der fremden Sprache. Der junge Soldat zögerte einen Moment – dann legte er sein Gewehr an und schoss. Er schoss dreimal, viermal aufs Boot, während das Schiff schon abdrehte. Alles flüchtete hinter den Planken in Deckung. Die Kurden dachten, er hätte nichts getroffen, sie lachten höhnisch – aber nur einen Augenblick. In Wahrheit hatte der Soldat ziemlich gut getroffen, er hatte unter die Wasserlinie gezielt und ein Loch ins Holz geschossen. Das Wasser gurgelte, Gepäckstücke wurden hochgerissen.

»Wo ist das Loch?!«

»Hier!«
»Nein, hier!«
Alle mühten sich, das Loch mit der Plane zu stopfen, aber das Holz war gesplittert, von außen presste Wasser herein.
»Wir müssen es von außen abdichten!«
Aber wie sollten sie das schaffen, in den hohen Wellen? Und es musste ein weiteres Loch geben, mindestens eines, das Wasser im Boot stieg schnell. Wo waren die Löcher? Auf der Seite, in die der Soldat geschossen hatte. Aber näher am Bug oder am Heck? Mutter richtete sich auf, hielt ihren Bauch, Vater schöpfte mit einer Blechdose, bis zu den Knöcheln im Wasser stehend, bald bis zu den Knien. Die Bärtigen fluchten nicht mehr, ihre Augen waren weiß und glänzten vor Angst. Einer suchte mit einer Taschenlampe, warf Tüten und Koffer über Bord. Hinten, wo der schwere Außenborder hing, sank das Boot immer tiefer, Wellen schlugen über die Bordwand, die Taschenlampe erlosch. Seine Schwester hob den Kopf, sah das Wasser, fing an zu weinen.
»Nicht schlimm! Halte dich an mir fest!«
Holz barst, alles stürzte zum Bug, er roch nasse Kleider, sah nur noch Stoff, glaubte zu ersticken. Er fühlte das Boot kentern, fühlte eisiges Meerwasser. Er hielt den Kopf seiner schreienden Schwester in die Höhe, strampelte mit den Beinen, mit einem Arm, die Männer brüllten, sie konnten genauso wenig schwimmen wie die Frauen, keiner der Kurden und Somalier, die eben noch stark und grimmig aus ihren Mänteln geschaut hatten, konnte schwimmen! Wo war Vater, wo war Mutter? In der Finsternis sah er hier einen Kopf, dort eine Tüte, Hände krallten sich an ihn, drückten ihn unter Wasser, er strampelte, schluckte, tauchte wieder auf. Ein Bootsriemen, er umklammerte ihn – wo war seine Schwester?
»Rafqa! Rafqa!«

Wind heulte in seinen Ohren, Regen prasselte aufs Wasser. Er griff nach einem hellen Fleck, fühlte den Stoff – es war bloß ein leerer Mantel. Er strampelte mit den Beinen, sah hier und da noch einen Kopf aus dem Wasser ragen, Arme, eine Hand ...

»Papa! Mama! Rafqa!«

Niemand hörte ihn, niemand antwortete. Er sah die Lichter der Insel, die so nahe schienen, kniff die Augen zusammen, sah sie glitzern, gelb, grün, blau, in allen Farben des Regenbogens. Kaum fühlte er noch seine Beine, seine Arme. Er versuchte zu beten, aber er konnte seine Finger nicht falten, sie waren zu steif, und er musste den Riemen festhalten. Plötzlich fühlte er eine Kraft, die ihn umhüllte. Sie war warm und dunkel, sie schützte ihn wie eine Blase. Er hörte eine Stimme, weich und zärtlich.

»Willst du leben?«

»Ja ...«

»Willst du stark bleiben und durchhalten?«

»Ja, ich will ...«

Eine Welle brach über ihm, er schluckte Salzwasser.

»Der Soldat, der auf das Boot geschossen hat, ist böse«, sagte die Stimme. »Das Schiff, von dem der Soldat geschossen hat, ist böse. Das Land, aus dem das Schiff kommt, ist böse. Der Soldat, das Schiff und das Land – sie müssen für ihre Schuld bezahlen!«

Zwanzig Jahre später
11. August

»Wundersame Dinge geschehen einem in Griechenland – wundersame, gute Dinge, die sonst nirgends auf der Welt geschehen können.«

Henry Miller

1

»Heiratest du mich?«, fragte Julian.
»Was sagt Mama?«
»Mama sagt, ich darf jeden heiraten, den ich will. Nur nicht nach dem Zähneputzen.«
Julian stand neben Marias Liegestuhl, ließ Sand aus seiner kleinen Faust auf ihren Bauchnabel laufen.
»Bin ich dir nicht zu alt?«, fragte Maria.
»Du bist jünger als Mama.«
»Das stimmt.«
»Du könntest Mamas Tochter sein.«
»Nicht ganz, aber –«
»Dann wärst du meine Schwester. Und dann können wir heiraten!« Er drückte sein Gesicht auf ihren Bauch, hob den Kopf, seine kleinen Zähne strahlten zwischen den sandigen Lippen. »Wir heiraten und tanzen und essen Süßigkeiten.«
»Und dann?«
»Trägst du mich über die Schwelle!«
Julian sah seine Mutter aus dem Wasser kommen. Er wischte sich den Sand aus dem Gesicht, lief auf sie zu, sein frisch eingecremter Körper glänzte in der Sonne. Er umarmte sie, lief weiter ins Wasser, warf sich in die Wellen, kraulte und tauchte. Undine trocknete sich ab.
»Warum springst du nicht auch rein?«, fragte sie Maria. »Herrlich erfrischend!«
»Gegen den Wintersturm, auch wann er am schrecklichsten tobte. Freudig sahe das Lager der herrliche Dulder Odysseus …«
»Wie kann man so was Schreckliches lesen? Im Urlaub?«

»Odysseus war auf Kreta«, sagte Maria. »In der Eileíthyia-Höhle, nur ein paar Kilometer von hier.«
Undine streckte sich auf ihrem Liegestuhl aus. Ließ eine Hand in ihre Umhängetasche gleiten, warf einen Blick hinein, den Maria nicht sehen sollte. Aber Maria sah ihn und hätte ihr gleich sagen können: Das Handy hatte nicht geklingelt.
»Du solltest wirklich ins Wasser gehen«, wiederholte Undine, mit einer Stimme, die leicht klingen sollte, aber vor Wut und Enttäuschung vibrierte. »Es ist so klar, so kühl, so ... Wo ist er? Oh mein Gott, wo –«
Julians blonder Kopf schoss aus den Wellen; triumphierend hielt er eine Muschel in die Höhe.
»Ich habe ihm gesagt, nicht hinter die Bojen! Nur solange er stehen kann!«
»Wer war mit seinem fünf Monate alten Säugling zweimal die Woche beim Babyschwimmen? Damit er das Element Wasser entdeckt? Damit er sich frei wie ein Fisch fühlt, ohne Angst?«
»Hast ja recht.« Undine streckte sich auf ihrem Liegestuhl aus, versuchte, nicht aufs Wasser zu sehen.
»Er will mich heiraten.«
»Julian will jede Frau heiraten. Ich frage mich, wann das aufhört.«
»Wenn er in die Pubertät kommt.«
Maria legte ihr Buch zur Seite, schloss die Augen. Zu heiß für die Odyssee. Zu viel Kindergeschrei, Frisbee-Scheiben, Alexis-Sorbas-Gedudel aus dem Ghettoblaster des Eisverkäufers.
»Hast du in Berlin angerufen?«, fragte Undine.
»Noch nicht.«
»Gibt im Hotel Wireless Lan. Falls du über Skype –«
»Ich mach's heute Nachmittag.«

Maria fühlte ihr Herz pochen. Der Friede dieses sommerheißen Strandvormittags war zerstört. Der Anruf. Die Entscheidung. Warum hatte sie Undine bloß von dem Brief erzählt? Und warum war der Brief nicht einen Tag später gekommen? Dann läge er jetzt neben der Tür in der Diele, im Regal für die Post, sie wüsste von nichts. Stattdessen, ausgerechnet am Morgen des Abflugs ...
»In deiner WG kannst du jedenfalls nicht bleiben«, fuhr Undine fort.
»Wieso nicht?«
»Wenn dich deine neuen Kommilitonen besuchen? Und Fredrik sitzt kiffend am Frühstückstisch?«
»Er kifft nicht mehr.«
»Ach!«
»Nicht zum Frühstück.«
Vielleicht hatte Undine recht, es ging gar nicht mehr um eine Entscheidung. Die hatten ihre Freunde, Mitbewohner, die Gäste im U-Turn längst für sie getroffen. »Wir glauben an dich!«, »Wenn es eine schafft, dann du!«
»Such dir etwas Eigenes«, fuhr Undine fort, und jetzt klang sie wirklich wie Marias Mutter. »Im Westend oder am Wannsee. Jedenfalls in einer besseren Gegend. Wo Leute wohnen, die –«
»Die was?«
»Mit denen du auch später zu tun haben wirst.«
Maria stand auf. Zog sich T-Shirt und Caprihose über ihren Bikini, band ihre Haare zum Zopf, schüttelte Sand aus ihrem Basecap.
»Wo willst du hin?«
»Ich steige aufs Fahrrad.«
»Bei der Hitze?«
»Sage Julian, ich bin zur Hochzeit wieder zurück.«

Hinter Gázi war Maria abgebogen auf eine Nebenstraße in die Berge. An Weinstöcken und Kuhherden war sie vorbeigefahren, die Straße hatte steil bergauf geführt, bis Krousónas. Männer mit Zigarettenstummeln saßen an den Holztischen eines Kafeníons, aus einer kleinen Spielhalle hallten Schüsse und Motorengeheul. Auf einer Bank vor dem Krämerladen saßen verwitterte Frauen, gehüllt in züchtiges Witwenschwarz. Schweigend, die zahnlosen Münder halb offen, erwiderten sie den Gruß der kleinen blonden Frau, die auf ihrem Mountainbike in die Pedale trat, als sei sie auf der Flucht.

Hatte Undine recht? Würde Maria die WG verlassen müssen? Tatjana mit ihren Tanztheaterprojekten, aus denen nie etwas wurde? Kermit, den tuberkulösen Kongosalmler, einsam in seinem Aquarium? Es ging nicht bloß um den Wechsel des Studienfaches, da hatte Undine recht. Auch nicht um eine andere Universität. Es ging um einen Neuanfang. In einer neuen Welt. Würde man Maria überhaupt akzeptieren in dieser Welt?

Hinter Krousónas verengte sich die Straße zu schmalen Serpentinen. Sie passierte ein Dorf mit verfallenen Häusern und überwuchertem Friedhof. Ein Frauenkloster unter Steineichen und Zypressen. Die Sonne brannte von einem wolkenlosen Himmel, auf einem Felsvorsprung standen zwei Ziegen.

Auch wenn sie vor den anderen so getan hatte, als sei die Bewerbung bloß ein Spiel, wie die Onlinekandidatur für eine Quizshow; in Wahrheit war sie mehr gewesen. Von Anfang an. Sie hatte sich etwas beweisen wollen. Aber was? Ihre Sprachkenntnisse? Erst in der Grundschule hatte sie Deutsch gelernt; später weitere Sprachen in einem Tempo, es war erst ihren Eltern, dann ihren Lehrern und Mitschülern unheimlich gewesen. Ihre Disziplin? Sie hatte es von der kasachischen Dorfklasse auf eine deutsche Realschule geschafft, von der Realschule aufs Gymnasium. Jetzt langweilte sie sich an der Uni. Wollte sie sich beweisen, wie hoch sie steigen konnte? In feinste diplomatische Kreise, trotz ihrer Herkunft? Wann würde sie sich kräftig den Kopf stoßen? »Frau Brecht, wir haben uns wohl in Ihnen getäuscht. Von Ihrer Vergangenheit hätten Sie uns schon mehr erzählen müssen. Und mal ehrlich: Dieses graublaue Jil-Sander-Kostüm, das Sie im Bewerbungsgespräch getragen haben – das hat Ihnen doch im letzten Moment eine Freundin geliehen?«

Sie geriet auf eine Schotterpiste. Verwehte Plastiktüten hingen in der Macchia. Sie hielt an, nahm die Sonnenbrille ab, wischte sich Schweiß von der Stirn. Sofort war sie umsummt von Fliegen. Sie hatte kein Wasser mitgenommen und ihr Portemonnaie am Strand gelassen. Sowieso zu spät, wo sollte sie in dieser Wildnis etwas kaufen? Vor ihr ragte der Gipfel des Psiloritis in den Himmel. Wegen des harten Winters und des späten Frühlings, hatte die Reiseleiterin beim Begrüßungscocktail erklärt, lagen sogar jetzt, ganz oben, noch einzelne Schneefelder. »Sie können auf Kreta einen Schneemann bauen!«, hatte sie gesagt, unter viel Gelächter. Maria war nicht in der Stimmung für Schneemänner. Doch wenn sie höher fuhr, würde sie vielleicht eine Quelle finden. Sie schob den Schirm ihres Basecaps in den Nacken – Sonnenöl wäre auch eine gute Idee gewesen – und fuhr wieder an.

Eine kleine Schlange flüchtete vor ihrem Vorderreifen in die Macchia, Maria sah Kotkügelchen, aber weder Schafe noch Ziegen. Die Piste – kaum noch mehr als ein holpriger Pfad – führte einige hundert Meter durch einen Steineichenwald und Schatten; dann stieg sie an, in enger Kurve durch staubtrockenes Geröll. Vielleicht war das der Beginn einer Schlucht? Die Chance auf eine Quelle? Die Reifen drehten

auf dem Schotter durch, neben ihr fiel die Felswand steil ab. Der Pfad verengte sich, ein herabgestürzter Felsen und eine einsame Pinie bildeten eine Art Tor ...
Der Blick öffnete sich auf eine Hochebene. Hier und da flatterte ein Schmetterling zwischen vertrockneten blauen, gelben, violetten Blüten. In der windstillen Luft stand der Duft von Thymian und Salbei. Eine Hummel summte. Weit oben am Himmel kreiste ein Raubvogel, vielleicht ein Adler. Ungefähr in der Mitte der Hochebene stand ein weißer Ford Fiesta, daneben ein Mann. Er pinkelte. Er sah auf, als er Marias Rad hörte. Er schloss hastig die Hose. Maria hatte keine Wahl, sie musste dicht an dem Mann und seinem Wagen vorbeifahren. Sie konnte ebenso gut absteigen und fragen:
»Haben Sie einen Schluck Wasser?«
Der Mann war groß und mittelschlank. Er trug eine hellbraune Bundfaltenhose, ein weißes Kurzarmhemd und dunkelbraune Slipper. Sein blassblondes Haar lichtete sich an der Stirn. Er wirkte nicht wie ein Einheimischer. Eher wie ein Tourist, allein im Urlaub. Er überlegte einen Moment und musterte sie. Er sagte:
»Ich habe einige Dosen Cola.«
»Ich habe leider kein Geld.«
Er öffnete die Beifahrertür seines Fiestas. Er beugte sich über den Sitz, holte aus einer Plastiktüte eine Dose. Der Wagen wirkte neu und unbenutzt, wie ein Mietwagen. Auf der Rückbank fiel Maria ein Metallkoffer auf. Er wirkte fast wie ein Safe, mit starken Schlössern und Beschlägen. Der Mann hielt ihr die Dose hin:
»Sie ist nicht gekühlt.«
»Kein Problem.«
Maria zog den Clip vom Deckel, drückte die Öffnung schnell an den Mund, fühlte die Cola lauwarm in ihren Rachen spritzen. Sie rülpste.

»Entschuldigung.«
Sie setzte die Dose erneut an den Mund. Sie fühlte den Blick des Mannes auf sich ruhen. Sie hatte ihn auf Englisch angesprochen, er hatte auf Englisch geantwortet. Mit leichtem Akzent, den sie nicht einordnen konnte. Er wirkte wie ein Mann, der wenig Kontakt mit Frauen hat. Der überlegte, wie er sich interessant machen konnte. Und dem nichts einfiel.
»Kann ich die Dose leer trinken, und Sie nehmen sie mit?«, fragte Maria. »Ich möchte sie nicht einfach in die Natur werfen.«
»Sie kommen hier hoch?«, fragte er. »Ganz allein?«
»Ich mag die Berge lieber als den Strand.«
»Ich auch.«
»Und ich mag Fahrräder lieber als Autos.«
Er blinzelte. »Es soll hier seltene Schmetterlinge geben.«
»Ich sehe hier keinen.«
»Wohl nur im Frühling. Mögen Sie Schmetterlinge?«
Sie zuckte die Schultern und trank die Dose leer, in großen Schlucken. Sie wollte mit diesem Mann nicht reden. Sie unterdrückte einen zweiten Rülpser und hielt ihm die Dose hin.
»Tausend Dank. Sie haben mich gerettet.«
»Ich wünsche Ihnen eine gute Fahrt.« Er nahm die Dose. »Respekt für Ihre Kondition.«
Sie setzte sich auf ihr Rad. Gerade wollte sie in die Pedale treten; da sah sie hinter dem Wagen Blut. Nicht viel, nur ein paar angetrocknete Spritzer auf der Stoßstange. Weitere Spritzer auf dem Schotter. Eine Spur in die Macchia. Einige Spritzer waren verwischt, Zweige waren abgebrochen. Als sei ein Körper ins Gestrüpp geschleift worden. Als läge er dort, einige Schritte entfernt, hinter den Büschen.
Maria drehte sich um. Er fixierte sie. Sie fuhr an, winkte zum Abschied. Hatte er bemerkt, dass sie das Blut gesehen hatte?

Sie fuhr schneller, nicht zu schnell. Ihre Fahrt durfte nicht aussehen wie Flucht. Sie hörte hinter sich das Schlagen der Autotür, das Anlassen des Motors. Sie hörte Räder durchdrehen, der Wagen wendete.
Er kam ihr nach.
Die Piste führte vorbei an einer Felswand, rechts breitete sich Macchia aus. Sie hörte den Wagen näher kommen. Sie fuhr an den Rand, wollte ihn passieren lassen. Doch er blieb hinter ihr. Trieb sie vor sich her, fast berührte seine Stoßstange ihren Reifen. Die Macchia senkte sich zu einer Böschung. Maria keuchte, trat in die Pedale, das Rad, ihr Körper vibrierten auf dem Schotter. Immer steiler führte die Piste bergab, sie konnte nicht mehr bremsen, ohne die Kontrolle über das Rad zu verlieren. Sie wagte nicht, sich umzudrehen, aber sie hörte dicht hinter sich den Motor. Sie musste es bis zur nächsten Straße schaffen. Aber sie sah keine Straße, nur links die Felswand, rechts die Böschung. Vorn nahm die Piste eine scharfe Kurve. Sie hörte hinter sich das Aufheulen des Motors, der Wagen schaltete einen Gang herunter ...
Sie riss den Lenker herum, setzte ihr Rad über den Rand der Böschung. Sie überschlug sich, stürzte vom Sattel, rollte den Hang hinunter, hinter ihrem Rad, durch Steine und Gestrüpp. Sie krallte sich an Zweigen fest, fand Halt, ihr Rad rutschte weiter in die Tiefe. Sie hörte oben den Wagen halten. Sie befühlte ihre Arme und Beine. Sie waren zerkratzt, bluteten ein wenig; aber sie hatte nichts gebrochen. Sie blickte sich um. Dreißig Meter weiter, auf der Höhe der Kurve, fiel die Böschung ab zu einer Schlucht. Dreißig Meter weiter, und der Wagen hätte sie senkrecht in die Tiefe gestoßen.
Sie hörte das Ausschalten des Motors. Sie kletterte weiter den Abhang hinunter, bis sie Deckung hinter einem Felsen fand. Sie sah den Mann. Er stand am Rand der Piste. Er

blickte den Abhang hinunter, horchte in die Stille. Er konnte sie nicht sehen, zusammengekauert in ihrem Versteck. Doch seine Augen fixierten ruhig und konzentriert den Felsen. Er wusste, sie konnte nur dort sein. Es gab keine andere Deckung.

Kein Motorengeräusch, keine Stimmen. Nicht einmal das Glöckchen einer Ziege. Er stand etwa fünfzehn Meter über ihr. Etwas beulte seine Hosentasche aus. Ein Messer, vielleicht eine Pistole. Er musste nur den Abstieg schaffen.

Er setzte seinen Fuß seitlich über den Rand. Steinchen kullerten hinunter. Er rutschte, die Slipper hatten wenig Profil. Er hielt sich im Gestrüpp fest, rutschte abwärts. Er kam näher, auf vielleicht zehn Meter. Er blickte zum Felsen, wischte sich Schweiß von der Stirn. Maria hob einen Stein auf. Der Mann rutschte, sie schnellte hoch und warf den Stein. Sie verfehlte ihn knapp. Er sah zum Felsen. Sah Marias Gesicht hinter den Ginstersträuchern. Einen Augenblick begegneten sich ihre Blicke. Er suchte nach einem Vorsprung, wo seine Slipper Halt finden konnten. Sie suchte nach dem nächsten Stein. Er setzte ein Bein vor, sie hob einen Stein auf und traf ihn am Oberschenkel. Sie sah Schweißperlen auf seiner Oberlippe. Er rutschte, schneller, ein Stein traf ihn am Rücken, der zweite streifte seine Hüfte. Er war höchstens sieben Meter entfernt. Sie brauchte größere Steine. Die kleinen, die in Griffnähe lagen, fügten ihm Schmerzen zu, aber schlugen ihn nicht in die Flucht. Allerdings: Mit jedem Meter, den er näher kam, würde sie besser treffen. Er schien zu überlegen. Er griff in seine Tasche. Maria schnellte hoch, ein Messer klappte in seiner Hand auf, sie traf mit einem Stein seinen Bauch. Er krümmte sich, das Messer fiel ihm aus der Hand, seine Hände griffen in dornige Zweige. Er blickte zum Felsen, in seinen Augen sah sie Ratlosigkeit und Wut. Der Abhang war zu steil. Der nächste Stein konnte ihn am Kopf

treffen. Auf der Flucht, bergab, würde sie schneller sein als er. Er hob das Messer wieder auf, sie sah Blut an der Klinge.
Er trat den Rückzug an, Tritt für Tritt, Meter für Meter. Sie hatte gewonnen. Aber sie war nicht erleichtert. Im Gegenteil: Der Anblick des vor ihr fliehenden Mannes machte sie rasend. Er hatte sie töten wollen! Jetzt zog er den Schwanz ein! Sie warf einen Stein, gleich noch einen. Einer verfehlte ihn, der andere traf ihn am Po. Er kletterte schneller, rutschte, er hatte Angst. Der Mann erreichte den Rand der Böschung. Maria wollte ihn schreien hören. Ein Feuerstein! Groß, mit scharfer Kante! Er stand auf der Piste. Er wandte sich um, sie warf. Der Stein traf ihn an der Schulter. Der Mann schrie. Er floh in die Deckung seines Wagens. Sie hörte das Starten des Motors. Einen Moment war sie nicht sicher, ob die Echos täuschten. Nein, sie täuschten nicht. Der Wagen wendete, fuhr zurück zum Plateau. Was wollte er dort? Sie hörte den Motor schwächer, dann gar nicht mehr. Sie hörte nur noch ihren Atem, das Pochen ihres Herzens.
Sie kletterte und rutschte den Hang hinunter bis zu ihrem Fahrrad. Der Rahmen war gebrochen. Sie rutschte weiter, zog das Rad, dessen Rahmenteile an den Drähten der Bremsen und Gangschaltung hingen, hinter sich her. Sie erreichte einen Trampelpfad.
Sie legte sich das Vorderteil über die eine, das Hinterteil über die andere Schulter. Sie ging bergab. Immer noch bebte ihr Körper vor Wut. Erst sah sie Schafe. Dann einen Traktor. Schließlich den Traktorfahrer, einen hübschen Jungen im karierten Hemd, der gerade in einen Apfel biss. Sie deutete auf das Handy in seiner Brusttasche und sagte:
»Parakaló! Police!«

2

Der Traktorfahrer gab ihr aus einer Feldflasche zu trinken. Er presste Blätter, die er in der Macchia fand, und desinfizierte mit dem Saft ihre Wunden. Sie teilten sich Fladenbrot und gegrillte Hähnchenflügel aus einer Blechdose. Er brachte ihr seinen Vornamen - Rhadámanthus - und die griechischen Zahlen bei: *Énas, Díos, Trís, Tésseris* ... Er verstand kein Englisch. Aber er sang schön. Er machte mit seinem Handy Fotos: von dem zerstörten Mountainbike, dessen gesplitterter Rahmen ihn beeindruckte. Und von Maria, wie sie erschöpft, mit geschlossenen Augen, am Hinterrad des Traktors lehnte.
Fast eine Stunde mussten sie warten, bis endlich ein blauweißer Citroën neben dem Traktor hielt. Ein dicker Polizist mit glänzender Glatze stieg aus, hielt Maria seine runde, behaarte Hand hin und sagte:
»Embiríkos. *Inspector police.*«
Er sprach kein Deutsch und kein Englisch. Er verstand, dass Maria aus *Jermanía* kam und auf Kreta Urlaub machte, in einer Ferienanlage in Amoudára. Er blickte auf ihr Mountainbike und sagte:
»Ts, ts, ts.«
Der Traktorfahrer dachte, Maria hätte einen Unfall gehabt. Der Polizist dachte es auch. Er lud die Trümmer des Rades in den Kofferraum. Zum Abschied machte er von Maria und Rhadámanthus, Arm in Arm, ein Foto.
An der nächsten Gabelung wollte er bergab fahren, Richtung Heraklion. Maria zeigte in die Berge. Sie wollte ihm etwas zeigen. Sie rieb sich mit der Handkante den Hals - Mord. Embiríkos runzelte die Stirn und fuhr bergauf.

Sie verfuhren sich zweimal. Embiríkos schaute missmutig auf seine Armbanduhr; wahrscheinlich hatte er längst Feierabend. Die Sonne stand dunstig über dem Horizont, als Maria endlich die Piste wiederfand und das Plateau. Sie hielten an und stiegen aus. Deutlich waren die Reifenspuren des Fiestas und ihres Mountainbikes zu sehen. Aber die Blutspuren auf dem Schotter waren verschwunden. Der Mann hatte die bespritzten Steine aufgesammelt. An einigen Sträuchern der Macchia sah sie Schnittspuren, niedergetretene Zweige. Die Spur endete hinter einem Stechginster. Hier und da sah sie an einem Blatt einen schwarzroten Fleck. Es konnte Blut sein oder etwas anderes. Man musste es untersuchen. Embiríkos hatte keine Lust, es zu untersuchen. Er stand neben seinem Citroën, telefonierte und rauchte. Er hängte ein und deutete auf seine Armbanduhr.
Am Himmel blitzten erste Sterne, als der Citroën vor dem Poseidon Palace hielt. Bunte Lichter hingen in den Palmen und Bougainvillea, von der Meerseite tönten elektrisch verstärkte Fiedeln, Gitarren und Tambourine. Sirtáki-Abend. Inspektor Embiríkos lud die zwei Hälften ihres Fahrrades aus dem Kofferraum. Maria gab ihm die Hand und sagte:
»*Efcharistó.*« Danke.
Embiríkos grummelte etwas, das »Gute Nacht« heißen mochte oder »Gute Besserung«. Er setzte sich in seinen Wagen und hupte zum Abschied. Was hatte er in ihr gesehen? Eine Touristin, die ihre Offroad-Kompetenz überschätzt hatte. Die für ihr ramponiertes Fahrrad die Polizei bemüht hatte, statt Geld für ein Taxi zu zahlen. Die ihm mit einer wirren Mordgeschichte den Feierabend ruiniert hatte. Dafür war er freundlich gewesen.
Zwei rothaarige Frauen mit sonnenverbrannten Schultern kamen durch die Glastür des Hotels, sanken auf die Treppenstufen. Betrunken glucksend beobachteten sie, wie Ma-

ria die zwei Hälften des Fahrrades am Ständer festschloss. Es war ein Leihrad. Der Schaden konnte teuer werden.
Maria schloss die Tür zu ihrem Appartement auf. Alles war still, keine Lampe brannte. Doch von der Poolanlage fiel Licht durchs Fenster. Die Tür zum Schlafzimmer stand einen Spalt offen. Julian schlief in der linken Hälfte des Bettes, Daumen im Mund, den Kopf tief im Kissen. Die rechte Hälfte war leer. Also war Undine auf dem Sirtáki-Abend. Das gefiel Maria nicht. Wenn Undine einen Mann kennenlernte, würde sie sich betrinken. Wenn sie keinen kennenlernte, erst recht. Maria zog ihre verdreckte und zerrissene Kleidung aus und stellte sich unter die Dusche. Das warme Wasser tat gut, spülte Schweiß, Sand, verkrustetes Blut von ihrem Körper. Sie sah wieder das Plateau, den Mann am Auto, sein Blinzeln. Sie fühlte sich wieder den Abhang hinunterstürzen, ihr Herz pochte. Sie stellte das Wasser ab. Und dann ihre Wut. Die Steine. Was wäre passiert, wenn sie den letzten Stein ein paar Zentimeter höher geworfen hätte? Oder, konkret gefragt: Wohin hatte sie gezielt?
Maria bahnte sich den Weg über die Terrasse, durch klatschendes, lallendes Gedränge, sonnenverbrannte Körper, vorbei an Boxen, aus denen die verstärkten Fiedeln kreischten.
»Hallihallo!«
Undine winkte ihr zu, ein Glas in der Hand; sie saß abseits, allein. »Wieso kommst du so spät?«
»Habe mich in den Bergen verfahren.«
Sie hatte keine Lust auf Erklärungen. Nicht mehr heute, nicht in diesem Lärm.
»Raki Tonic!«, schrie Undine ihr ins Ohr. »Total lecker!«
»Wie viel hast du schon getrunken?«
»Entspanne dich!«
»Wie viel?!«

»Mein drittes! Mein letztes! Ich hab's im Griff!«
Undine schnippte mit den Fingern, schwenkte ihr Glas. »Was sieht lächerlicher aus als deutsche Touristen, die Sirtáki tanzen?«, fragte sie. »Englische Touristen, die Sirtáki tanzen!«
Sie lachte. Auf dem Glastisch lag das Telefon. Robert hatte also nicht angerufen. Er hatte nicht geschluchzt, wie sehr er Undine und seinen Sohn vermisse. Dass die Affäre mit der Feldenkrais-Therapeutin ein schrecklicher Fehler war. Dass er bettele, um eine zweite Chance.
Maria ließ sich in einen Korbstuhl fallen; sie brauchte jetzt auch ein Glas. Sie fuhr zusammen, als sie einen Mann im weißen Kurzarmhemd von den Toiletten kommen sah. Aber es war bloß ein Engländer jenseits der fünfzig. Die betrunkenen Frauen, die sie vorhin auf den Treppenstufen gesehen hatte, zogen ihn johlend auf die Tanzfläche.

12. August

»Ich mag die Griechen. Sie sind nette Gauner, mit allen Lastern der Türken, aber ohne deren Mut. Einige sind freilich tapfer, und alle sind schön.«

George Gordon Noel Byron, englischer Dichter

3

»Das Teil ist hinüber.«

Maria stand in der Werkstatt von Barney's Bikeshop, zwischen Reifen, Standpumpe, aufgebockten Fahrrädern. Barney, ein blondgelockter Australier mit Muschelkette auf der nackten Brust, erklärte ihr, warum man den Aluminiumrahmen nicht zusammenschweißen konnte. Außerdem hatte das Hinterrad eine Acht, aus dem Vorderrad waren mehrere Speichen herausgebrochen. Sogar der Sattel war verbogen. Er hatte Maria ein tipptopp gepflegtes Bike geliehen, zu einem deutsch-australischen Freundschaftspreis. Zurückgebracht hatte sie Altmetall. Sie nickte. Es war klar, er hatte recht.

»Wie viel schulde ich dir?«

»400 Euro. Das ist der Händlerpreis. Der Verkaufspreis liegt bei 599 Euro. Ich kann dir den Katalog zeigen.«

»Ich glaube dir.«

Es war ein solides Rad gewesen. Keine Spitzenqualität, sonst hätte der Rahmen den Sturz überlebt. Aber viel besser als die Billigmodelle der anderen Vermieter.

»Es tut mir leid«, sagte Barney.

»Glaube ich dir auch.«

Bloß hatte sie keine vierhundert Euro. Ihr Konto war seit vorgestern dicht. Das Bafög hatte nur für die Bezahlung der Miete und ein paar überfälliger Rechnungen gereicht. Sie hatte noch fünfundsechzig Euro und, aus Sentimentalität, eine längst gesperrte Kreditkarte im Portemonnaie. Johannes, der Besitzer des U-Turn, rechnete immer am Fünfzehnten eines Monats ab. Heute war der Zwölfte.

»Ich hab's nicht hier«, sagte Maria.
»Zweihundert Meter die Straße runter ist ein Bankomat.«
»Ich habe meine Scheckkarte im Hotel.«
»Schaffst du's heute Nachmittag?«
»Du hast ja meinen Führerschein als Pfand.«
»Tut mir echt leid, mit dem Unfall.«
»War meine Schuld.«
An der Andréa Papandréou reihten sich Pitabuden, Souvenirläden, Eisdielen. Griechenland hatte einen neuen Sommerhit: *»Baa-baa-bi-baa-boo«*, Maria hörte ihn aus jeder Richtung. Vierhundert Euro. Sie konnte Undine fragen, es ging ja nur um ein paar Tage. Aber Undine hatte sie schon auf diesen Urlaub eingeladen. Und ihre eigene finanzielle Situation war unsicher. Wenn Robert zu Undine und Julian zurückkehrte, war alles gut. Aber wenn er mit dieser Feldenkrais-Therapeutin ein neues Leben anfangen wollte? Sie konnte Johannes anrufen und um einen Vorschuss bitten. Johannes war großzügig und würde sich nicht anstellen. Außerdem mixte Maria die besten Cocktails. Aber dann musste sie über Geld sprechen. Sie hasste das. Kein Geld – das bedeutete Tränen ihrer Mutter. Betrunkenes Grölen ihres Vaters. Kein Geld, das bedeutete Krisengespräche mit dem Lehrer, weil Marias Eltern die achtzig Euro für die Klassenreise nicht hatten. Kein Geld bedeutete, dass in Marias Sparschwein plötzlich zwanzig Euro fehlten. »Weil du doch auch nicht willst, dass sie uns den Strom abstellen.« Als Maria mit dreizehn Jahren ihre ersten Prospekte verteilt und ihr erstes eigenes Geld verdient hatte, versteckte sie es in einer Ritze zwischen Tapete und Teppichleiste.
Das Poseidon Palace war eine der gehobenen Ferienanlagen in Amoudára, mit eigenem Strand und mehreren Pools. Sie ging die Treppe hoch, die Glastür glitt auf. Kühl klimatisierte Luft umfing sie. Sie erwiderte den Gruß von der Rezep-

tion. Jeder hielt sie für eine attraktive junge Frau, die sich, zumal als Deutsche, diesen Urlaub ganz selbstverständlich leisten konnte. Alles Lüge. Sie war pleite.

Im Speisesaal räumten die Serviererinnen das Frühstücksbuffet ab. Maria kam gerade noch rechtzeitig, um sich einen Teller mit Schafskäse, Tomaten und Rührei zu füllen. Sie setzte sich an einen Tisch, auf dem eine Süddeutsche Zeitung lag.

Regierungskrise in Berlin. Staatskrise in Kairo. Gefechte in Osttimor. Hilfspaket für Griechenland, Entscheidung über die Auszahlung der nächsten Rate. Alles hing davon ab, ob Griechenland »seine Hausaufgaben gemacht hatte«. Experten saßen in Brüssel über den neuen Zahlen. Es gab Fortschritte, hieß es. Die Wirtschaft war im letzten Quartal weniger stark geschrumpft als erwartet. Die Arbeitslosigkeit war bloß um zwei Prozent gestiegen – der beste Wert seit über einem Jahr.

»Frau Maria Brecht?«

Sie zuckte zusammen. Vor ihr stand ein großer, schlanker Mann in Polizeiuniform.

»Geórgios Gerakákis, Kommissariat Heraklion. Kann ich Ihnen ein paar Fragen stellen?«

Er sprach akzentfrei Deutsch. Sie deutete auf einen freien Stuhl, er schüttelte den Kopf.

»Ein griechischer Polizist mit einer deutschen Touristin am Frühstückstisch. Wie sieht das aus?«

4

Gerakákis drehte die Klimaanlage hoch. Der Auspuff knatterte.

»Als der griechische Staat noch Geld hatte«, sagte er, »hat er seinen Polizisten Wagen mit Klimaanlage spendiert. Inzwischen reicht's nicht mal für einen neuen Auspuff.«

»Warum sprechen Sie so gut Deutsch?«, fragte Maria.

»Ich bin in Oberhausen geboren. Mein Vater war Elektriker bei Thyssen.«

Das Kommissariat lag an der Schnellstraße zum Flughafen; ein moderner, halbrunder Bau, umgeben von Brachland.

»Früher hatten wir ein schönes altes Gebäude in der Altstadt«, sagte Gerakákis. »2007 dachte der Staat, er müsste seiner Polizei diese Festung in der Pampa spendieren. Er wusste ja nicht, wohin mit seinem Geld.«

Geórgios' Büro lag im dritten Stockwerk; Blick auf die Pampa, dahinter die Landebahn des Flughafens. Hinter der Landebahn eine Ahnung vom Meer. Er schloss hinter Maria die Tür.

»Kaffee? Tee?«

»Haben Sie Wasser?«

Er setzte sich hinter seinen Schreibtisch, sprach eine knappe Anweisung ins Telefon. Er deutete auf einen Stuhl vor seinem Schreibtisch. Maria setzte sich. Gerakákis durchblätterte flüchtig eine Akte auf seinem Tisch. Dann fragte er:

»Sie hatten gestern ein Problem im Psiloritis-Gebirge?«

»Jemand hat versucht, mich umzubringen.«

Sie erzählte von Anfang an. Von ihrem Ausflug in die Berge. Ihrem Durst. Der Begegnung mit dem Mann. Die Coladose. Die Blutspuren.

»Können Sie den Mann beschreiben?«
Sie beschrieb sein Kurzarmhemd. Seine Slipper. Sein dünnes, blassblondes Haar. Aber es war schwer, den Mann selbst zu beschreiben. Nichts an seinem Gesicht war auffällig, nichts hatte Kontur. Ein Mann, den man in jeder Menschengruppe übersah. Selbst seine Stimme – mittelhoch, eher leise – hatte geklungen wie aus zahllosen Stimmen generierter Durchschnitt.
Sie beschrieb ihre Flucht auf dem Rad. Die Verfolgung. Sein Versuch, sie auf ihrem Rad in die Schlucht zu stoßen. Ihr Sturz, die Böschung hinunter. Das Messer in seiner Hand.
»Was haben Sie getan?«, fragte Gerakákis.
»Ich habe ihn mit Steinen beworfen.«
»Mit Steinen?« Er runzelte die Stirn.
»Was sollte ich machen?«
»Haben Sie ihn verletzt?«
»Ich glaube nicht. Er ist zurück zu seinem Wagen geklettert. Er ist wieder hochgefahren. Er hat die Blutspuren beseitigt. Er musste nur etwas Geröll mitnehmen und ein paar Sträucher abschneiden. Und er musste die Leiche wieder mitnehmen.«
»Falls dort eine Leiche gelegen hat.«
»Warum hat er sonst die Blutspuren beseitigt? Warum hat er versucht, mich zu töten?«
Gerakákis überlegte. Nickte. Machte eine Notiz.
»Und Sie?«, fragte er.
»Ich habe das Fahrrad auf meine Schultern genommen und bin auf einem Trampelpfad bergab gegangen, ungefähr zwei Kilometer. Dort habe ich den Traktorfahrer getroffen.«
Gerakákis begann ein neues Blatt auf einem Schreibblock. Alles an diesem Kommissar, fiel Maria auf, war knapp, klar, effizient. Seine Bewegungen, sein geschorenes Haar, sogar die etwas zu kurz geschnittenen Fingernägel.

»Ist Ihnen sonst irgendetwas aufgefallen?«, fragte er. »An dem Mann? Im Auto?«
»Die Plastiktüte mit den Coladosen. Und ein Koffer.«
»Ein Koffer?«
»Er lag auf dem Rücksitz. Er ist mir aufgefallen, weil der Wagen sonst leer war, wie ein Mietwagen. Und weil der Koffer ungewöhnlich aussah.«
»Was meinen Sie mit ungewöhnlich?«
»Zuerst dachte ich, er sei ein Safe. Bis ich den Griff gesehen habe. Ganz aus Metall, wahrscheinlich Stahl. Starke Schlösser und Beschläge.«
»Wie groß?«
»Ungefähr einen Meter breit, einen halben Meter hoch.«
Gerakákis tippte in seinen Computer. Er drehte den Monitor. Bilder von Rimowa-Koffern, Samsonite-Koffern, Beco-Koffern ...
»Ungefähr wie der. Eher noch stabiler.«
Maria zeigte auf ein Modell, das als Sicherheitskoffer beschrieben wurde. Doppelaluminiumrahmen. Silikon-Dichtungsschnur. Zylinderschlösser aus Stahl. Luftdicht, staubdicht, wasserdicht. Geeignet für den Transport von empfindlichen Messgeräten und Gefahrgut.
Die Tür wurde aufgestoßen; eine Frau mit roten Strähnchen in der blondierten Dauerwelle kam herein. Sie stellte ein Tablett mit Wasserflasche und zwei Gläsern auf den Tisch. Sie hatte Schweißflecken unter den Achseln. Gerakákis stellte keine Fragen, solange die Frau im Raum war. Er drehte sogar den Monitor mit den Kofferbildern weg. Er dankte mit einem Nicken; die Frau schloss die Tür.
»Ich vermute, Sie lesen keine griechischen Zeitungen?«, fragte er.
»Ich verstehe kein Griechisch.«
Er schob ihr eine Zeitung über den Tisch. »Seite vier.«

Sie schlug die Seite auf. Ein Foto zeigte Marias zertrümmertes Mountainbike. Zwei weitere zeigten sie selbst, verletzt, im Schatten des Traktors. Die Fotos waren so bearbeitet, dass sie aussah, als sei sie knapp dem Tod entkommen. Ihr Gesicht war leichenblass. Statt Kratzern hatte sie an Armen und Beinen klaffende Wunden. Ein letztes Foto zeigte sie, dankbar lächelnd, am Arm von Rhadámanthus.

»In dem Artikel steht, sie hatten einen Unfall«, sagte Gerakákis. »Sie sind in hohem Tempo auf ihrem Rad einen Abhang heruntergefahren und gestürzt. Rhadámanthus Typánis, der Traktorfahrer, hat Sie aus einer Felsspalte gerettet.«

»Aus einer Felsspalte?«

»Er hat sein Unterhemd zerrissen und Ihre Wunden verarztet.«

»Schwachsinn.«

»Deutsche überschätzt ihre Kräfte. Grieche rettet sie aus der Klemme. Opfert sein letztes Hemd. Die Leute lesen das gern, gerade in diesen Zeiten.«

»Aber kein Wort stimmt!«

»Pátris, ein Regionalblatt. Worüber sollen die Leute schreiben? Alles ist im Urlaub, nichts passiert.«

»Aber wie kommt die Zeitung an die Fotos?«

Er goss Wasser in die Gläser. »Das läuft hier wie überall auf der Welt. Wenn etwas Aufregendes passiert – ein Unfall oder eine Verhaftung –, kriegt die Zeitung von der Polizei einen Tipp. Der Reporter kriegt seine Story, der Polizist kriegt sein Trinkgeld.«

»Wie viel?«

»Wenn er Glück hat, reicht es für Schulbücher für sein Kind. Die kann er sich nämlich von seinem Gehalt nicht mehr leisten. Der Junge darf sich als Held fühlen. Seine Eltern sind

stolz auf ihn. Wenn die deutsche Touristin den Artikel sieht, hat sie ein lustiges Souvenir. Wenn sie ihn nicht sieht, auch gut.«
Sie tranken. Gerakákis nahm die Zeitung.
»In diesem Fall«, sagte er, »gibt es allerdings ein Problem. *Maria B., Studentin aus Berlin. Verbringt ihren Urlaub in einer Ferienanlage nahe Heraklion.* Wir wissen nicht, wer der Mann auf dem Plateau war. Ob er noch auf der Insel ist. Ob er diesen Artikel kennt. Aber wenn er ihn kennt, dann weiß er jetzt, wer Sie sind. Sie haben sein Gesicht gesehen. Sie waren bei der Polizei.«
»Er weiß nicht, was ich der Polizei erzählt habe.«
»Dass Sie der Polizei nicht den Unsinn erzählt haben, der in dem Artikel steht, kann er sich denken. Und es gibt die Fotos. Mit den Fotos, wenn er will, findet er Sie.«
Er lehnte sich zurück, verschränkte die Arme hinter dem Kopf. »Wie lange haben Sie vor, auf Kreta zu bleiben?«
»Noch acht Tage.«
»Ich will keine Panik verbreiten. Wahrscheinlich werden wir von diesem Mann nie wieder etwas hören.«
»Aber das Blut ...«
»Vielleicht hat er sich den Finger an der Kofferraumklappe geklemmt. Vielleicht hat er illegal eine Ziege geschossen. Ihre Beschreibung passt auf keinen Kriminellen, den wir suchen. Und wir haben keine Vermisstenmeldung.«
»Er hat die Blutspuren nicht wegen einer Ziege beseitigt.«
»Vermutlich nicht ...«
»Und er hatte ein Messer, kein Jagdgewehr!«
»Was soll ich machen? Wir haben keine Zeugen, keinen Beweis, nicht einmal Indizien. Sie sagen, er wollte Sie die Schlucht hinunterstoßen. Aber hat sein Wagen Ihr Fahrrad berührt? Gibt es Lackspuren? Es gibt nichts!«
Wenigstens glaubte ihr der Kommissar. Erstaunlich, dachte

sie plötzlich; dass er extra aus Heraklion in ihr Hotel gekommen war.
»Es kann sein«, sagte er, »dass der Mann Sie sucht. Es ist unwahrscheinlich, aber möglich. Halten Sie die Augen offen. Bleiben Sie unter Menschen. Und Ihre Radtouren in die Berge –«
»Sind gestrichen.«
»Falls Ihnen etwas Verdächtiges auffällt, falls Sie sich beobachtet fühlen, verfolgt ...« Er schrieb eine Telefonnummer auf die Rückseite seiner Visitenkarte. »Unter dieser Telefonnummer erreichen Sie mich auch privat. Wo erreiche ich Sie?«
Maria hatte kein Telefon mitgenommen. Sie gab ihm Undines Handynummer. Es klopfte, ein Kollege streckte den Kopf herein. Gerakákis hörte ihm zu, sagte *»Ne, ne«*, was *»Ja, ja«* bedeutete. Maria fragte sich, ob es außer den Griechen noch ein Volk auf der Welt gab, das *Ne* sagte, wenn es *Ja* meinte. Gerakákis drehte, während er zuhörte, seinen Kugelschreiber zwischen den Fingern. Seine Augen fixierten Maria.

5

Er verließ die Fähre über die Rampe, zwischen Rucksacktouristen und französischen Rentnern, die über den Gestank der anfahrenden Lastwagen schimpften. Er ging über den Kai, vorbei an streunenden Hunden und einer bettelnden Frau im bunten Flickenkleid. Über der Schulter trug er eine Reisetasche. In der Hand hielt er, am Gelenk mit einer Schlaufe gesichert, einen Stahlkoffer mit starken Schlössern.

Er wandte sich am Tor nach links, in Richtung der alten Bahnstation. In einer Nebenstraße, unter einer Palme, stand ein Mazda mit getönten Scheiben. Die Scheinwerfer blitzten auf. Er wechselte die Straßenseite, öffnete die Beifahrertür.

»Ist es nicht bequemer, Sie verstauen Ihr Gepäck im Kofferraum?«, hörte er eine metallene Stimme von der Rückbank.

»Ich behalte es lieber in meiner Nähe.«

Der Fahrer ließ den Motor an. Sie fuhren vorbei an den Kais, der Metrostation, an gierigen Tauben, die ein Touristenpärchen und ihre Gyros belagerten.

»Hatten Sie eine gute Überfahrt?«, fragte die Stimme.

»Hafenstreik in Heraklion«, antwortete Gabriel. »Die Fähre konnte erst nach Mitternacht ablegen.«

»Keine Vorkommnisse? Kein Problem?«

»Sie sehen, ich habe den Koffer.«

Durch das Fahrerfenster waberten Abgase. Ein warmer Wind blies Altpapier und Plastikfetzen über die Straße.

»Seit wann streiken die Müllarbeiter?«, fragte Gabriel.

»Seit zehn Tagen. Die Menschen werden zornig.«

»Das sind günstige Umstände.«

Wie Lava schob sich der Verkehr über die Leofóros Athinón Richtung Athen. Vorbei an Baustellen, auf denen niemand arbeitete, einem Spielplatz, auf dem kein Kind spielte. Vor knapp zehn Jahren war Gabriel das erste Mal in Athen gewesen, wegen eines Auftrags. Er war jünger gewesen und noch fähig zu wütendem Hass. Hass empfand er noch immer, aber keine Wut. Er war hier, weil dieses Land eine Rechnung zu bezahlen hatte. In drei Tagen würde es bezahlen.

»Vor zwei Stunden wurde ein Schlauchboot gefunden, an der Südküste Kretas«, sagte die Blechstimme.

»Ach ja?«

»Mit festem Rumpf und starken Außenbordern. Die Polizei untersucht den Vorfall.«

»Soll sie.«

Die Polizei hatte also das Boot gefunden. Das war nicht geplant gewesen. Aber es war auch nicht wichtig.

»Es wäre besser, das Boot wäre unentdeckt geblieben«, sagte die Stimme. »Besser, der Mann wäre zurückgekehrt.«

»Das war nicht möglich.«

»Warum nicht?«

Gabriel diskutierte nie die Details eines Auftrages. Es machte den Auftraggeber nur nervös. Er war für den Erfolg zuständig, er würde Erfolg liefern. All die kleinen Hindernisse auf dem Weg gingen den Kunden nichts an.

»Wo ist der Mann?«

»Er wird nicht mehr reden.«

»Sie haben ihn getötet?«

Ein Gemüsetransporter blies eine Abgaswolke ins offene Fenster. Nichts bedeutete für den Erfolg eines Auftrages eine größere Gefahr als der Auftraggeber selbst. Wenn er ängstlich wurde. Zurückschreckte. Maßnahmen auf eigene Faust ergriff und nichts als Unheil stiftete. Beunruhigte er sich trotzdem wegen irgendeiner banalen Störung – zum Beispiel

wegen eines Schlauchbootes, von dem in drei Tagen sowieso niemand mehr reden würde –, so musste man ihn besänftigen. Gabriel sagte:
»Ich wollte, dass das Schlauchboot gefunden wurde.«
»Warum?«
»Verfolgen Sie Spuren. Verhaften Sie Verdächtige. Werfen Sie den Zeitungen ein paar Brocken hin.«
»Wozu soll das gut sein?«
»Wenn es so weit ist, wollen Sie nicht überrascht wirken, oder? Sie haben die Sache ernst genommen. Sie haben die Bedrohung gesehen. Aber Ihre Hände waren gefesselt. Ihre Leute durften nicht handeln. Das sollen die Zeitungen schreiben, das werden sie schreiben. Nutzen Sie Ihre Möglichkeiten. Nutzen Sie das Schlauchboot!«
Gabriel gab dem Fahrer Anweisung, an der Metrostation Kallithéa zu halten. Sein Kunde sollte sich nicht mit Details befassen, noch weniger mit Gabriels nächstem Ziel. Er öffnete die Tür.
»Sie wollten das beste Pferd«, sagte er. »Sie haben das beste Pferd. Sie sind der Reiter. Konzentrieren Sie sich auf das Ziel. Die Steinchen auf dem Weg überlassen Sie mir.«
Er wartete nicht auf Antwort von der Rückbank. Er stieg aus und schlug die Tür zu. Der Wagen fuhr an, Gabriel ging die letzten Meter zum Eingang der Metrostation. Das Bild mit dem Reiter hatte er schon öfter benutzt. Es verfehlte nie seine Wirkung. Das Gitter zur Metrostation war heruntergelassen. Ein Schild informierte, dass der Zugverkehr auf der Linie 1 zwischen Távros und Fáliro unterbrochen war wegen Bauarbeiten. Die Luft war schwül, dunkle Wolken hingen tief am Himmel.
Er legte die Schlaufe um sein Handgelenk. Seine Finger umschlossen fest den Griff des Koffers.

6

Wegen der Tochter Neleus', und seines rasenden Wahnsinns,
Welchen ihm die Erinnys, die schreckliche Göttin, gesendet.
Dennoch entfloh er dem Tod', und trieb aus Phylakes
Auen ...

Maria ließ das Buch sinken. Konzentration unmöglich. Zu viel Hitze, zu viel Kindergeschrei. Der Sommerhit aus dem Ghettoblaster des Eisverkäufers: *»Baa-baa-bi-baa-boo«*. Und in jedem Schatten, jeder Bewegung glaubte sie den Mann vom Plateau zu sehen. Plötzlich stand er vor ihr, das Gesicht verzerrt vor Wut, ein Messer in der Hand. Natürlich, das war Unsinn. Er würde nicht wagen, nachmittags an einem überfüllten Strand aufzutauchen. Aber wenn er ihr auflauerte? Ein Schuss aus dem Hinterhalt? Es gab hier keinen Hinterhalt. Und Kommissar Gerakákis hatte recht, wahrscheinlich suchte er nicht nach ihr. Wahrscheinlich kannte er nicht einmal den Artikel. Aber wenn doch, würde er sie finden. *Ferienanlage nahe Heraklion*, so viele gab es nicht. Er konnte herumfragen, die Fotos aus der Pátris in der Hand. Ein bisschen Glück, ein Trinkgeld für einen der wandernden Eisverkäufer ...

»Maria!«

Julian saß auf den Schultern seiner Mutter, winkte ihr aus dem Wasser zu. Er liebte seine Mutter, wie ein fünfjähriger Junge seine Mutter eben liebt. Noch glaubte er das Märchen von der wichtigen Konferenz, zu der Papa hatte fahren müssen. Und dass er nur deshalb nicht mit seiner Familie auf Kreta sein konnte. Wie lange würde Julian es noch glauben?

Wenn sie zurückkamen, in ihre Wohnung in Berlin, und Papa war immer noch auf der Konferenz? Und er musste spüren, dass seine Mutter nicht so fröhlich war, wie sie tat. Drei Gläser Raki Tonic, einen vierten hatte Maria gestern Abend mit strengem Blick verhindert. Aber mit jedem Tag, den Undine vergeblich auf Roberts Anruf wartete, würde es schwieriger werden. Dieser fürchterliche Morgen im U-Turn. Undine sturzbetrunken auf ihrem Hocker. Maria hinter der Bar, sie hatte sich geweigert, ihr das Wodkaglas ein x-tes Mal vollzuschenken. Undine hatte getobt und gedroht, von einer Asozialen aus der Drogen-WG im Hinterhaus lasse sie sich nicht ihr Vergnügen verbieten! Ständig versperre Marias Rennrad den Eingang zur Kellertreppe, her mit der Wodkaflasche, sonst würde sie die Polizei rufen, die Reifen aufschlitzen, den Briefkasten anzünden!

Maria schloss die Augen. Sie hatte schlecht geschlafen, letzte Nacht. Was sie bis in die Träume verfolgt hatte, war nicht das Blut gewesen, nicht ihr Sturz, nicht das Gesicht des Mannes, sondern die Steine. Sie erinnerte sich kaum noch an die Bilder, umso mehr an ihre rasende Wut. Am Ende der Feuerstein. Ihr Wurf, mit voller Kraft, als er schon neben seinem Wagen stand. Sie hörte wieder seinen Schrei. Sie hatte die Schulter getroffen. Aber worauf hatte sie gezielt?

»Guck mal, Maria!«

Undine kam aus dem Wasser, Julian auf ihren Schultern. Er hielt eine viel zu große Sonnenbrille mit rosa Gestell auf seinem Kopf fest.

»Habe ich gefunden! Ganz tief im Wasser!«

»Steht dir super.«

»Wie war's bei der Polizei?«, fragte Undine, während sie Julian absetzte.

»Nur Routine.«

»Hast du in Berlin angerufen?«
»Noch nicht.«
»Ich verstehe dich nicht. Du hast Wochen und Monate für diese Prüfung gepaukt.«
»Das meiste wusste ich schon vorher.«
»Zwölf! Von achthundert Bewerbern!«
»Julian zielte mit seiner Sonnenbrille auf Maria. »Peng!«
»Nimm mein Telefon.«
»Ich habe die Nummer nicht hier.«
»Maria, du bist tot!«
»Rufe die Auskunft an!«
»Heirat oder Leben!«
»Julian, hör auf mit dem Quatsch!«
Ein Telefon klingelte. In Undines Tasche. Undine erstarrte. Ihr Mund verzog sich zu einem Lächeln, das locker wirken sollte.
»Nicht mal im Urlaub hat man seine Ruhe«, lachte sie. Ihre zitternden Hände griffen in die Tasche. Sie fand das Telefon nicht. Es klingelte lauter. Sie kippte die Tasche aus, das Telefon fiel in den Sand. Sie riss es an ihr Ohr:
»Hallihallo?!!«
Sie horchte. Sie schluckte. Sie hielt Maria das Telefon hin.
»Für dich.«
Maria erkannte die Stimme von Kommissar Gerakákis.
»Frau Brecht? Wo sind Sie?«
»Am Strand.«
»Gehen Sie in Ihr Zimmer. Achten Sie darauf, dass Ihnen niemand folgt. Packen Sie, was Sie für drei Tage brauchen. Ich warte vor dem Hotel im Wagen.«
»Aber –«
»Sie müssen Kreta verlassen!«

Der Polizeiwagen stand in der Auffahrt des Hotels. Maria öffnete die Tür und setzte sich auf den Beifahrersitz.
»Wo ist Ihr Koffer?«, fragte Gerakákis.
»Ich habe nichts gepackt.«
»Ich hatte Sie gebeten –«
»Können Sie nicht erst mal erklären, worum es geht?«
Er seufzte. »Hat Embiríkos Sie heute Morgen zurückgefahren?«
»Ja?«
»Hat er etwas gesagt?«
»Er hat telefoniert, gelacht und getan, als wäre nichts passiert.«
»Er ist ein Idiot! Es ist einiges passiert!«
Er breitete eine Karte von Kreta über dem Armaturenbrett aus. »Heute Morgen wurde ein Boot gefunden, an der Südküste. Hier, östlich von Agía Galíni. Versteckt in einer Bucht. Ein Zodiac, ein Festrumpfschlauchboot mit zwei ungewöhnlich starken Außenbordern. Wahrscheinlich liegt es dort seit vorletzter Nacht. In dem Boot haben wir Treibstoffvorräte gefunden, außerdem eine Bootskiste. Groß genug, um einen Koffer zu transportieren, wie Sie ihn beschrieben haben. In der Kiste haben wir wenig gefunden bis auf ein GPS-Gerät, eine Tüte Pistazien, zwei Flaschen Bin-Ghashir-Mineralwasser. Das ist eine gängige Marke in Libyen.«
»Libyen?«
Er faltete die Karte weiter auseinander. Maria sah nun das ganze östliche Mittelmeer. Sie war überrascht, dass Kreta vom griechischen Festland ebenso weit entfernt war wie von der Küste Afrikas.
»Kreta ist die südlichste bewohnte Insel Griechenlands«, sagte Gerakákis. »Bis Darnah, der nördlichsten Hafenstadt Libyens, sind es gut dreihundert Kilometer. Meine Kollegen schätzen, der Zodiac schafft bei ruhiger See siebzig Stundenkilometer. Auch wenn die See nicht ruhig ist: Sie können bei

Sonnenuntergang in Libyen losfahren und sind bei Sonnenaufgang zurück in der libyschen Hoheitszone. In griechischen Gewässern sind Sie nur nachts.«

»Sie glauben«, fragte Maria, »der Mann, den ich in den Bergen getroffen habe, ist in dem Zodiac aus Libyen gekommen?«

»Nein. Weil es ihm wenig nützen würde. Egal, ob Sie von Kreta die Fähre nehmen oder das Flugzeug, Sie brauchen gültige Papiere. Wenn Sie gültige Papiere haben, müssen Sie nicht nachts im Schlauchboot kommen.«

»Der Koffer?«

»Ich vermute, er wurde ihm aus Libyen gebracht. Deshalb hatte er den Mietwagen. Möglich, er hat den Kurier ermordet. Sie sind auf Ihrem Rad gekommen, als er die Leiche loswerden wollte. Das alles ist aber Spekulation. Die einzige Verbindung zwischen dem Zodiac und dem Mann mit dem Koffer ist Ihre Aussage. Aber angenommen, wir finden die Leiche und können den Mann als verdächtig verhaften; dann sind Sie die einzige Zeugin.« Er faltete die Karte wieder zusammen und steckte sie ins Handschuhfach.

»Was, glauben Sie, ist in dem Koffer?«

»Wir wissen es nicht.«

»Aber Sie haben eine Ahnung?«

Er zögerte. »Ich sage Ihnen jetzt schon mehr, als ich sagen darf. Weil ich möchte, dass Sie begreifen: Sie sind in Gefahr. In Deutschland könnte man über so eine Sache eine Nachrichtensperre verhängen. Nicht auf einer griechischen Insel. Die Leute reden, stellen Sachen ins Netz, die Zeitungen schreiben. Und Sie, die einzige Zeugin, liegen ungeschützt am Strand.«

»Sie wollen, dass ich Kreta verlasse«, sagte Maria.

»Ja.«

»Ich soll nach Deutschland zurückfliegen.«

»Besser. Der griechische Staat macht Ihnen ein Angebot.« Er griff nach seinem Jackett auf der Rückbank, zog einen Briefumschlag heraus und hielt ihn ihr hin. »Dieser Umschlag enthält ein Rückflugticket nach Athen. Außerdem eine Hotelreservierung. Drei Nächte Titania-Hotel, vier Sterne, Sie werden sich wohl fühlen. Wer übernimmt die Kosten? Der griechische Steuerzahler. Warum übernimmt er die Kosten? Weil es billiger ist, als Ihnen Bodyguards an den Strand zu stellen. Weil eine deutsche Touristin, die aus Sicherheitsgründen ihren Urlaub abbrechen muss, schlecht ist fürs Image. Und Schlagzeilen über eine ermordete Touristin wären katastrophal fürs Image.«

Sie schwiegen. Ein weißer Ford Fiesta fuhr an ihnen vorbei, dann noch einer.

»Wir ermitteln natürlich weiter«, sagte der Kommissar. »Wir befragen die Autovermieter. Wir werten die Überwachungskameras am Flughafen aus. Aber der Mann, den Sie beschrieben haben –«

»Ist unauffällig.«

»Er klebt sich einen Schnäuzer unter die Nase, wir haben keine Chance. Und der weiße Ford Fiesta ...«

»Kreta ist voll davon.«

Gerakákis nickte. Er hielt immer noch den Umschlag in der Hand. Wartete, dass Maria ihn nahm.

»Warum drei Nächte?«, fragte Maria.

»Wir hoffen, bis dahin sind wir weiter. Das Hotelpersonal soll uns jeden melden, der nach Ihnen fragt.«

»Das Problem ist«, sagte Maria, »ich bin mit meiner Nachbarin hier. Sie hat einen fünfjährigen Sohn. Sie neigt zum Trinken. Solange ich in der Nähe bin, reißt sie sich zusammen. Aber wenn ich nicht aufpasse –«

»Ihr Foto ist in der Zeitung! Sie sind die einzige Zeugin! Wir können Sie nicht schützen!«

»Ich weiß.«
»Und es gibt noch einen Punkt. Seien wir ehrlich, Frau Brecht. Sie sind keine Frau, die es acht Tage in einem Liegestuhl am Strand aushält. Sie drehen durch und steigen doch wieder aufs Rad.«
»Sie könnten recht haben.«
»Drei Tage Athen. Auf Staatskosten. Es könnte Ihnen gefallen.«
Zum ersten Mal sah sie ihn lächeln. Sie sagte:
»Ich habe eine Bitte.«

7

Regen prasselte aufs Pflaster, Bäche stürzten die Treppe hinunter in den Metroschacht. Passanten standen gedrängt auf den Stufen, nur wenige Mutige, Zeitungen oder Aktentaschen über ihrem Kopf, stürzten sich in die Nässe.

»Parakaló ... Efcharistó ...«

Bitte ... Danke ... Maria bahnte sich ihren Weg die Treppe hoch. Ihr kleiner Rucksack war wasserdicht, und die Nässe störte sie nicht, im Gegenteil. In der überfüllten Metro vom Flughafen ins Stadtzentrum hatte die Klimaanlage nicht funktioniert. Die Menschen hatten geschwitzt, geschimpft, mit Zeitungen und batteriebetriebenen Ventilatoren nutzlos in der feuchtheißen Luft gerührt.

Auf dem Omónia-Platz sammelte sich das Wasser in Seen. Zwischen Müllhaufen und verwittertem Beton kauerten afrikanische Straßenhändler unter Plastikplanen, neben gefälschten Armanigürteln und Pradataschen.

»You need something?«

»Yes«, sagte Maria. *»Where is the Hotel Titania?«*

»I mean: You need something?«

Ein Dealer. Genau so, mit eingerissenem T-Shirt, Dreadlocks und verspiegelter Sonnenbrille, hätte er auch am Kottbusser Tor stehen können. Maria ging weiter, der Mann lief neben ihr her.

»I make good price! For everything!«

Sie bahnte sich einen Weg auf die andere Straßenseite, zwischen Pfützen und Stoßstangen von Pkw, Bussen, Lastwagen. Sie ging vorbei an Ladeneingängen, in denen die Menschen vor dem Gewitter Schutz suchten. Aus einem Müllhaufen floss ein schwarzblaues Rinnsal Richtung Gullydeckel. Sie sah das Titania-Hotel schon von weitem: Groß, modern und eindeutig teuer. Der griechische Steuerzahler, immerhin, ließ sich ihre Sicherheit etwas kosten.

»Passen Sie bloß auf!«, hatte ihre Sitznachbarin im Flugzeug gewarnt. »Um den Omónia-Platz treibt sich viel Gesindel herum!«

Griechen würde Maria dort kaum noch finden. Erst recht nicht auf dem Viktória-Platz. Und schon lange nicht mehr in der Gegend um den Laríssa-Bahnhof. Aus dem gesamten Zentrum Athens seien die Griechen geflohen, in die Vorstädte oder, wie sie selbst, eine Kinderärztin, in die Provinz.

»Geflohen vor wem?«

Das Gesicht der Frau hatte sich verdüstert. Von »denen« hatte sie gesprochen, »von der anderen Seite des Meeres«. Dass die Stadtverwaltung unfähig sei, die Regierung unfähig, Europa lasse Griechenland im Stich, aber Europa werde teuer bezahlen, sehr teuer. Nicht bloß mit Krediten, die dem griechischen Volk die Luft abschnürten. Nicht bloß mit Almosen, für die Europa Dankbarkeit und Unterwerfung fordere. Athen sei bloß der Brückenkopf für »die«, sei die erste europäische Hauptstadt, »die fällt«! Sie hatte mit der Hand vage eine Bewegung des Fallens gemacht – oder des Kopfabschlagens.

»Auf den Namen Maria Brecht ist ein Zimmer reserviert.«

Der Rezeptionist lächelte, blickte über Marias Schulter. Sie schaute sich um: Von der gläsernen Drehtür über das Fußbodenmosaik, die Stufen mit dem goldenen Geländer, vorbei an den griechischen Statuen und Palmen hatte sie eine Wasserspur gezogen. Neben der Säule, an der sie ihren Rucksack abgenommen hatte, breitete sich eine Pfütze über den polierten Marmor aus. Noch immer tropfte es aus ihren Haaren, ihrer Kleidung, ihrem Rucksack.

»Entschuldigung ...«

Der Rezeptionist drückte einen Knopf, sprach in ein unsichtbares Mikrophon. Schon kam von irgendwoher eine zierliche Asiatin mit Eimer und Feudel.

»Wenn Sie sich hier bitte eintragen?«

Maria füllte den Meldeschein aus. Am Flughafen hatte sie für zwanzig Euro ein Prepaid-Handy gekauft; Gerakákis hatte darauf bestanden, dass sie erreichbar blieb. Dann fünf Euro fürs Metroticket mit Flughafenzuschlag. Sie hatte noch vierzig Euro im Portemonnaie. Außerdem eine gesperrte Kreditkarte und die Scheckkarte eines ebenfalls gesperrten Girokontos.

»Das Zimmer ist bestimmt bezahlt?«, erkundigte sie sich.

»Selbstverständlich. Einzelzimmer mit Panoramablick. Drei Nächte inklusive Frühstück.«

Sie fuhr im Fahrstuhl in den 8. Stock. Sie öffnete ihr Zimmer mit der Schlüsselkarte, steckte sie in den Schlitz neben der Tür. Lampen leuchteten auf, im Bad, in der Diele, über dem Bett.

Weinroter Teppichboden. Sandfarbene Sessel und Vorhänge. In einer Glasvase ein Strauß Trockenblumen. Marmorbad mit Badewanne und einem Ensemble von Tütchen und Döschen vor dem Spiegel. Ein Bademantel, gefaltet, in einer Papiermanschette mit dem Namen des Hotels, lag auf dem Kingsize-Bett. Kein Luxuszimmer, aber Oberklasse.

Sie zog sich nackt aus. Wrang ihre Kleidung über der Badewanne aus. Die Kleiderbügel ließen sich nur an der Stange im Schrank aufhängen. Also hängte sie ihre nassen Kleider in den Schrank. Nach wenigen Augenblicken hörte sie es tropfen. Sie holte zwei Handtücher aus dem Bad und legte sie auf den Schrankboden. Sie hatte das Gefühl, sie benahm sich gerade daneben. Wie ihre Eltern, im ersten Urlaub auf einem Campingplatz nahe Anklam. Sie wickelte sich in den Bademantel und trat ans Fenster.

8. Stock. Panoramablick auf Bürotürme, verwitterte Wohnblocks, endlose Ketten roter und weißer Fahrzeuglichter. Alles verwischt hinter einem schmutzig-grauen Regenschleier. Eine Stadt ohne Kern und Struktur, zu eng bebaut. Sie sah keine Tempel und keine Kirchen. Sie presste ihre Wange gegen die Scheibe, schaute scharf nach links: die Akrópolis. Auf einem Felsplateau thronte sie, die moderne Stadt überragend wie eine mythische Burg. Scheinwerfer tauchten ihre Säulen in rotgoldenes Licht. Sie leuchtete wie ein Mahnmal aus ferner, glanzvoller Zeit. Dunkel erinnerte sich Maria an ein Referat, das sie im Geschichtskurs gehalten hatte. Zehnte oder elfte Klasse. »Die Akrópolis,« hatte sie gesagt, »ist der Anfang von allem. Kein römischer Tempel, keine gotische Kathedrale, kein modernes Bankgebäude, das nicht, direkt oder auf Umwegen, von ihrem berühmtesten Tempel, dem Parthenón, inspiriert wäre. Die Akrópolis ist das einflussreichste Bauwerk der Welt.«

War es eine gute Idee, jetzt Johannes im U-Turn anzurufen? Um die Überweisung eines Vorschusses zu bitten? Wie sie diese Bettelei hasste! Außerdem hatte er bestimmt alle Hände voll zu tun. Besser, sie verschob den Anruf auf morgen. Sie hatte Kommissar Gerakákis versprochen, ihm ihre neue Handynummer durchzugeben. Und er hatte versprochen, in Barney's Bikeshop anzurufen. Das war ihre Bitte gewesen. Maria Brecht, sollte er sagen, sei als Zeugin nach Athen geladen und könne ihre Rechnung erst in drei Tagen begleichen. Sie fühlte sich besser so. Sie hatte Schulden, aber keine Schuld. Gerakákis rief sie lieber morgen früh an. Vielleicht gab es dann schon Ermittlungsergebnisse. Den dritten Anruf konnte sie nicht verschieben.

»Abend, Undine.«
»Maria! Bist du gut angekommen?«
»Klatschnass bin ich. Was ist das im Hintergrund für Musik?«
»Ich sitze in einer Bou-bousou ... wie heißt das hier?«
»Undine?«
»Entspanne dich!« Undines Lachen klang eine Spur zu schrill. »Ich sitze auf dem Balkon, die Musik kommt von den Nachbarn. Ich trinke Granatapfelsaft mit Minze. Hör zu. Ich weiß, ich hab's in letzter Zeit übertrieben. Ich weiß, ich muss ein bisschen aufpassen. Siehst du? Ich belüge mich nicht. Und weil ich mich nicht belüge, habe ich's im Griff.«
Sie hörte Julians Stimme, hörte seine kleinen Hände, die nach dem Telefon griffen.
»Hallo, Maria!«
»Hallo, Kleiner. Habe ich dich geweckt?«
»Ich habe noch nicht geschlafen!«
»Wird aber Zeit.«
»Erzählst du mir noch eine Lüge?«
Das war ihr Spiel: Lügen. Er liebte es, wenn Maria die Stimme senkte. Wenn sie böse Sachen sagte, er sich unter die Decke kuschelte und sie aus großen Augen ansah, voll Angstschauer und Bewunderung.
»Ich bin nur wegen dir nach Athen gefahren«, sagte Maria nun böse.
»Wirklich?«
»Weil ich's mit dir nicht mehr ausgehalten habe! Hier gibt es keine Kinder!« höhnte sie. »Nur alte Leute! Auf Krücken und im Rollstuhl! Du glaubst nicht, wie schön es hier ist!«
»Du bist froh, dass du mich los bist?«
»Ich springe und tanze!«
»Dann bringst du mir aus Athen nichts mit?«
»Dir?! Etwas mitbringen?! Ha! Wie komme ich dazu?!«

»Auch nichts Schönes?«
Fünf Jahre war der Kleine alt und stellte ihr schon solche Fallen. Aber nun konnte sie nicht zurück.
»Dir bringe ich ganz bestimmt nichts Schönes mit!«
Teil des Spiels war, dass er irgendwann ihre Hand festhielt, als habe er einen Dieb ertappt: »Ist alles gelogen!« Dass er sie umfasste und einen Gutenacht-Kuss auf ihre Wange drückte. Jetzt konnte er sie nicht umfassen. Sie hörte ihn ins Telefon atmen. Er wollte mehr Lügen. Sie stand am Fenster, schaute in den wolkenschweren Himmel.
»Ich erzähle dir auch nie wieder eine Lüge! Weil ich nämlich nicht zurückkomme! Nicht nach Kreta, nicht nach Berlin, an keinen Ort der Welt! Dann bin ich einfach nicht mehr da!«

8

»Sie sind tatsächlich Magier?«
»Man hält mich dafür.«
»Aber was ist der Trick?«
Der höfliche, etwas linkische Mann wiegte erst eine, dann eine zweite der alten Bibeln in seiner Hand. Sein Finger fuhr über den Ledereinband, den Goldschnitt. Er öffnete sie, blätterte durch die Seiten: Genesis ... Levitikus ... Josua ...
»Ich habe alle fünf Bibeln gleich gefertigt«, sagte die Frau. In ihrem Mund blitzte eine Zahnklammer.
»Sie haben wundervoll gearbeitet«, sagte der Mann.
In allen fünf Bibeln begann die Aussparung im vierten Kapitel des Zweiten Buches Samuel. Alle Seiten waren herausgeschnitten, bis auf einen neun Millimeter breiten Rand. Der Hohlraum reichte durch alle weiteren Bücher des Alten Testaments, die Evangelien, die Apostelgeschichte bis zum Zweiten Korintherbrief. Er hatte eine Tiefe von acht Komma sechs Zentimetern. Die Innenkanten waren sorgfältig verleimt.
»Die Heilige Schrift«, sagte der Mann. »Bestimmt ist es Ihnen nicht leichtgefallen, sie zu zerstören.«
»Es sind kostbare Klosterbände«, sagte die Frau.
»Sie besitzen ihre eigene Magie.«
»Möchten Sie eine Tasse Tee?«
»Das kann ich Ihnen nicht zumuten.«
»Solange draußen der Regen prasselt ...«
Gabriel sah sie in einen Nebenraum humpeln. Betrachtete die kurzen, nach außen gekrümmten Beine. Das versträhnte Haar, das auf der flachen Stirn klebte. Die breiten Hüften, die die Frau leicht zur Seite drehte, bevor sie durch den Tür-

rahmen ging. In dem schmalen Laden standen alte Bücher vom Dielenboden bis unter die Decke. Die Raritäten – vor allem Bibeln und alte Atlanten – lagen verschlossen in einer Vitrine.

Schon kam die Frau zurück. Sie stellte ein Teetablett auf ein Tischchen, öffnete zwei Klappstühle, die, scheinbar zufällig, hinter der Registrierkasse an der Wand lehnten. Sie musste das alles vorbereitet haben. Ein Kunde, der sie nach Ladenschluss noch in ihrem Geschäft aufsuchte. Ein Mann ihres Alters, schüchtern, ohne Ehering. Der sich nicht herausputzte. Eher einer, der von anderen Frauen übersehen wurde. Solche Männer waren die besten.

»Haben Sie einen Künstlernamen?«, fragte die Frau, während sie den Tee in die Tassen goss.

»Ich habe viele Künstlernamen.«

»Während der Arbeit habe ich mich gefragt, was für eine Magie kann das sein? Bücher mit einem Hohlraum, vielleicht bunte Tücher?«

»Könnte sein.«

»Aber warum Bibeln?«

»Verrät ein Magier sein Geheimnis?«

»Natürlich nicht«, sagte sie und senkte den Blick, als habe sie schmutzige Dinge von ihm verlangt.

»Ich zeige den Trick in Athen das erste Mal.«

»Öffentlich?«

»Vor ausgewähltem Publikum.«

»Dann sind Sie bestimmt aufgeregt?«

»Ein bisschen.«

»Und wenn der Trick Erfolg hat?«

»Sieht man ihn im Fernsehen.«

Durch speichelfeuchte Lippen blies sie auf ihren Tee. Er hob den Kopf, als habe er eine Idee.

»Ich könnte Ihnen –«

»Ja?«
»Nein, es ist Ihnen zu kindisch.«
»Bestimmt nicht.«
»Ich könnte Ihnen ein Kunststück zeigen.«
»Das wäre wunderbar!«
»Damit beeindrucken Sie Ihre Kunden.«
»Oh, bitte!«
»Aber vor Ihrem Fenster laufen Passanten vorbei. Sie würden stehen bleiben, alles durchschauen.«
»Ich habe sowieso schon geschlossen!«
Sie sprang auf, fast riss ihre Hüfte das Tablett vom Tisch. Sie eilte zum Fenster, ließ das Stahlrollo herunter. Sie kam zurück, von den wenigen Schritten außer Puste.
»Wir brauchen zwei Bücher«, sagte er. »Ein grünes und ein rotes. Nein, diese sind zu dick. Dort oben!« Er zeigte auf einen schmalen Band, im Regal knapp unterhalb der Decke. »Und das daneben!«
»Das ist blau.«
»Es reicht zum Üben.«
Sie stellte eine Trittleiter vor das Regal. Sie begann, ihren verwachsenen Körper die Stufen hinaufzuwuchten. Sie musste sich auf die Plattform stellen, ohne Halt an den Griffen. Sie streckte die Arme aus. Gabriel reichte ein leichter Tritt, die Leiter kippte. Die Frau stürzte, ein Schlag mit dem Buchrücken ins Genick ...
Da lag sie, auf den Dielen. Das Genick nicht gebrochen, aber geknackst. Sie röchelte durch die halb verschluckte Zahnklammer. Sie war noch bei Bewusstsein. Unter der Registrierkasse fand er eine Plastiktüte. Er hob ihren Kopf an, achtete darauf, mit den Fingern nicht in ihr fettiges Haar zu greifen. Ihr Blick war böse, voller Enttäuschung. Durch die Zahnklammer würgte sie unverständliches Gelalle heraus. Was nahm sie ihm übel? Ihre Hässlichkeit?

Er stülpte die Tüte über ihren Kopf. Sie schrie durch das Plastik, er presste die Hand auf ihren Mund. Er sah dem Aufbäumen ihres Körpers zu, dem letzten Zucken. In zwei weiteren Tüten verstaute er die Bibeln. Der Körper bewegte sich nicht mehr. Er löschte das Licht und zog den Rollladen hoch.

Er trat auf die Gasse. Die letzten Regentropfen fielen. Er fühlte ein leichtes Brennen in der linken Schulter. Die Steine der blonden Frau hatten ihn an Oberschenkel, Po und Rücken getroffen. Er hatte Prellungen und Blutergüsse. Er spürte noch den Schmerz, doch sie behinderten nicht seine Bewegungen. Der letzte Stein jedoch hatte seine Schulter getroffen. Die Spitze hatte sich bis aufs Schlüsselbein gebohrt. Zwanzig Minuten lang hatte er ein Taschentuch auf die Wunde drücken müssen, während er mit der anderen Hand den Wagen lenkte. Endlich hatte die Wunde aufgehört zu bluten.

Die Geschäfte in der Ermoú hatten längst geschlossen. Auf einer Apfelsinenkiste vor einem Ladeneingang saß ein Gitarrenspieler. Er hatte einen grauen Bart, graue Locken und zerschlissene Sandalen. Er spielte eine Melodie, die Gabriel schon einmal gehört hatte, in einem alten amerikanischen Film. Er erinnerte sich nicht an den Titel.

Acht Monate lang hatte er für diese letzten drei Tage geplant. Jetzt arbeitete er nur noch die Liste ab und setzte Häkchen. Seine Auftraggeber schätzten, dass sie sich auf ihn verlassen konnten. Dass er Erfolge lieferte, nichts als Erfolge. Wo gab es das noch? In einer Welt, in der erwachsene Männer auf Apfelsinenkisten saßen und Gitarre spielten?

13. August

»Ihr griecht nix von uns!«

BILD, 5. März 2010

9

Maria saß im Frühstücksraum, abseits zweier Touristengruppen. Am Nebentisch, außer Hörweite der Touristen, telefonierte ein Reiseleiter. Er jammerte, gestikulierte, notierte eine Telefonnummer und wählte erneut. Ein Blick auf den Fernseher, der unterhalb der Decke hing, und Maria begriff, warum: Die Akrópolis war von Demonstranten besetzt. Die Kamera schwenkte über Barrikaden, Transparente, einen von Reisebussen und wartenden Touristen überfüllten Parkplatz.

In ihrem Schulreferat hatte Maria von der Einführung der Demokratie geschwärmt. Vom *Rat der Fünfhundert*, der Mutter aller Parlamente. Von der *Dikastería*, Athens Experiment mit direkter Justiz. Von der griechischen Philosophie und den Tragödien, die heute noch überall auf der Welt gespielt wurden, sogar am Theater in Rostock. Die antiken Griechen wussten, dass die Erde rund war. Sie hatten ihren Umfang berechnet, sie kannten Atome und Elektrizität. Schließlich, 168 vor Christus, die Schlacht von Pýdna. Verheerende Niederlage gegen die Römer. Fünfundzwanzigtausend Tote in einer Schlacht, die höchstens zwei Stunden dauerte. »Noch am nächsten Tag«, hatte sie ihr Referat beendet, »war der Fluss, der durch das Schlachtfeld floss, rot von Blut.« Die Klasse hatte betreten geschwiegen. Schließlich hatte Kenny sich gemeldet und gefragt:

»Und dann?«

»Wie – und dann?«

»Was ist mit Griechenland passiert?«

»Nichts.«

»Mit Griechenland muss doch was passiert sein.«
Maria hatte keine Antwort gewusst. Und Frau Holtkötter hatte ihr für diese peinliche Lücke zwei Punkte Abzug gegeben.
Der Reiseleiter telefonierte immer noch, mit wachsender Verzweiflung. Im Fernseher sah man Rangeleien zwischen Demonstranten und Polizisten. Maria wusste die Antwort bis heute nicht: Was war mit Griechenland passiert? Nach 168 vor Christus, der Schlacht von Pýdna?
Viertel nach neun. In Deutschland war es eine Stunde früher. Robert saß vermutlich gerade im Kabuff über der Bar. Das U-Turn schloss selten vor vier Uhr morgens. Robert verriegelte die Türen, schaltete die Lichter aus. Dann ging er laufen, fünfzehn Kilometer zwischen Spreeufer und Hasenheide, »puste mir das Nikotin aus den Lungen«. Er duschte, Aracelita, die Putzfrau, brachte belegte Brötchen vom Bäcker. Im Kabuff machte er ein, zwei Stunden Buchhaltung. Selten ging er vor zehn Uhr ins Bett.
»Morgen, Aracelita.«
»Maria! Wie geht dir?«
»Alles klasse, danke. Gibst du mir Robert?«
»Robert ist Krankenhaus.«
»Was?«
»Hatte gestern schlimme Bauchschmerzen. Blinddarm. Müssen machen Operation.«
»Wann?«
»Heute. Ärzte sagen, gerade noch rechtzeitig. Muss bleiben im Krankenhaus mindestens fünf Tage.«
Fünf Tage. Und danach war Wochenende.
»Wer macht die Bar?«
»Steffen, Janina. Kriegen nur alle unser Geld eine Woche spät.«
Maria ließ das Telefon sinken. Blinddarm. Eine Woche. Wie

sollte sie bis dahin mit vierzig Euro überleben? Sie stellte im Kopf eine Liste ihrer Bekannten zusammen, die sie anpumpen könnte. Die Liste war lang. Dann strich sie alle, von denen sie wusste, sie waren selbst im Urlaub. Die Liste wurde kürzer. Sie strich diejenigen, von denen sie weder die Telefonnummer noch die Mailadresse bei sich hatte. Die Liste wurde deutlich kürzer. Sie strich weitere Bekannte, von denen sie wusste, sie würden sich in Ausreden flüchten. Oder ihr nur so wenig leihen, dass es nicht reichen würde, um ihr Konto zu entsperren. Schließlich strich sie die Namen der Menschen, von denen kein Cent zu holen war, die selbst bei Maria Schulden hatten. Also ihre Eltern und sämtliche Bewohner ihrer WG.

Es blieb niemand übrig.

Sie kannte die falschen Leute.

Sie aß ihren Teller leer. Sie musste anfangen zu planen. Sie ging zum Buffet und steckte sich zwei Äpfel in die Hosentaschen. Sie blickte sich um. Die Servierer waren beschäftigt. Sie zog ihr T-Shirt hoch und klemmte ein paar Trockenpflaumen zwischen Bauch und Gürtel.

Ein trockener, warmer Wind wehte Papier und einen Plastikbecher über das Pflaster. Schleierwolken zogen über den weißblauen Himmel. Nur wenige Menschen waren in der Fußgängerzone unterwegs, die Geschäfte warben mit Rabatten von 30, 50, 80 Prozent. Falls die Schaufenster nicht schon leer geräumt waren und ein roter Aufkleber an der Scheibe klebte: ΕνοικιΑζεται. Es musste »zu vermieten« bedeuten oder »zu verkaufen«.

In den Seitenstraßen standen Müllcontainer, manche umgestürzt, alle überfüllt. Gestern hatte der Müll sich mit Wasser vollgesogen, jetzt faulte er und stank. Eine Frau und ein Junge stöberten im Müll, mit Mundschutz und Gummihandschuhen. Manchmal fanden sie eine Getränkedose oder eine Pfandflasche und warfen sie in einen Sack. Der Junge trug Ohrhörer und wippte bei der Arbeit mit dem Kopf.

Maria merkte schnell, wenn ihr jemand folgte. Ein Instinkt aus ihrer Kindheit. Mit acht Jahren war sie mit ihren Eltern aus Kasachstan nach Rostock-Lichtenhagen gekommen. Vier Jahre vorher hatte dort das Asylbewerberheim gebrannt. Sie hatte bei ihrer Ankunft kein Wort Deutsch gesprochen. Die Jungen hatten sie in Ruhe gelassen, vielleicht wegen ihrer blonden Haare. Mit den Mädchen gab es ständig Prügeleien. In dieser Zeit hatte sie Antennen entwickelt, die bis heute intakt waren. Sie schöpfte schon Verdacht, wenn sie jemand über den Rand einer Zeitung beobachtete. So wie vorhin die rundliche, schwarz gekleidete Frau in der Lobby. Diese Frau folgte ihr jetzt durch die Fußgängerzone. Maria blieb vor einem Schaufenster stehen, die Frau blieb vor einem anderen Schaufenster stehen. Maria band sich die Schuhe zu, die Frau nestelte in ihrer Handtasche. Maria ging weiter. Blieb stehen, sah auf die Uhr. Tat, als fiele ihr etwas Wichtiges ein. Drehte sich um und ging zurück. Die Frau kam ihr entgegen. Maria war überrascht, wie jung sie war. Sie hatte sie, wegen ihrer matronenhaften Figur, für mindestens fünfzig gehalten. Aber die hell gepuderte Haut war faltenlos, ihr flaches, weiches Gesicht kindlich. Ihr schwarzes, knielanges Kleid saß eng auf den Hüften. Sie trug Slingpumps, ein türkisfarbenes Halstuch und eine Sonnenbrille mit türkisfarbenem Gestell. Die Frauen passierten einander. Maria hörte das Klackern der Absätze auf dem Pflaster. Sie blickte sich um, bevor sie in eine Seitenstraße einbog. Die Frau stand zwischen zwei Blumenschalen und sah ihr nach.

Maria blieb stehen. Wasser tropfte aus einer Klimaanlage aufs Pflaster. Sie griff nach ihrem Telefon.
»Guten Morgen, Kommissar Gerakákis.«
»Guten Morgen, Frau Brecht. Sind Sie gut angekommen?«
»Ich wollte Ihnen meine Telefonnummer durchgeben.«
»Ich habe sie auf dem Display.«
»Haben Sie schon etwas herausbekommen?«
»Die Ermittlungen laufen.«
Das war nicht wirklich eine Antwort.
»Ich sollte Sie anrufen, wenn mir etwas auffällt«, sagte Maria. »Zum Beispiel, wenn ich verfolgt werde.«
»Verfolgt? Von wem?«
Seine Stimme klang alarmiert. Maria beschrieb die Frau.
»Es muss nichts bedeuten«, sagte Gerakákis. »Meistens Bulgaren oder Rumänen. Sie lauern Touristen auf, erzählen dramatische Geschichten von Arztrechnungen und sterbenden Kindern. Geben Sie ihr kein Geld.«
Spaßvogel.
»Eine Sache, Frau Brecht ... Waren Sie vorgestern das erste Mal im Psiloritis-Gebirge?«
»Ja.«
»Aber Sie hatten das Mountainbike schon ein paar Tage?«
»Ich war nur an der Küste unterwegs.«
»Sie kannten sich also in den Bergen nicht aus?«
»Ich war vorher nie dort. Wieso?«
»Eine reine Formalität. Genießen Sie Ihren Aufenthalt!«
Aufgelegt. Was sollte diese Fragerei? Und wieso »Formalität«? Immerhin wusste er, sie hatte das Rad für mehrere Tage gemietet. Also war er in Barney's Bikeshop gewesen.
Sie hörte das Klackern der Absätze nicht mehr. Lauwarmes Wasser tropfte auf ihren Kopf. Zwei Ratten kämpften im Rinnstein. Quiekend, mit gefletschten Zähnen, stritten sie sich um eine Wurstrinde.

10

Gabriel saß auf dem Bettrand. Aus dem Nebenzimmer hörte er Stöhnen, Keuchen, das Knarren von Sprungfedern. Er stellte sich die Szene vor, auf der anderen Seite der Wand. Das Mädchen jung, übermüdet, sie arbeitete schon die ganze Nacht. Der Freier ihr zehnter, fünfzehnter Kunde. Ungewaschen, aus den Achselhöhlen riechend, mit behaartem Rücken. Sie musste ihn reiten, weil er betrunken war. Oder sie musste die Stöße seiner Hüften ertragen, die ihren Bauch gegen die Bettkante drückten.

Gabriel machte seinen Plan für den Tag. Ohne Papier und Stift, aber sorgfältig in seinem Kopf. Wer keinen Plan für den Tag hatte, hatte keinen Plan für die Woche. Wer keinen Plan für die Woche hatte, hatte keinen für den Monat und das Jahr. Für sein Leben. Auf der anderen Seite der Wand stöhnte die Frau laut und unecht. Was hatte ein Mann davon, dem Stöhnen einer Prostituierten zu glauben?

Er stand auf und ging ins Bad. Der Spiegel war fleckig, die Glühbirne hing nackt an einem Kabel von der Decke. Ein Hotel für Huren und Freier. In einem solchen Hotel war niemand übertrieben neugierig. Die Frage des Rezeptionisten nach seinem Pass hatte er höflich mit einem Zwanzig-Euro-Schein beantwortet. Das Zimmer war dunkel und abgewohnt, aber sauber. Mehr brauchte er nicht für drei Tage.

Er stellte sich unter die Dusche. Das Wasser war kalt und roch nach Chlor. Er liebte kaltes Wasser nicht. Vor knapp fünf Monaten hatte er das letzte Mal unter einer kalten Dusche gestanden, in Sirt, im Funduq Qasr Mutaramat. Vor den Kämpfen war es das beste Hotel der Stadt gewesen. Nach den Kämpfen war es immer noch das beste Hotel, weil nicht alle Räume zerstört waren. Aber das Wasser war kalt gewesen. Muammar 1, Muammar 2 und Saleem hatten ihn in einem Konferenzzimmer erwartet. Sie hatten dieses Zimmer extra für ihre Zusammenkunft gemietet. Drei intelligente, ehrgeizige junge Männer, die professionell wirken wollten. Ehemalige Studenten der Al-Tahadi-Universität Sirt. Alle drei vom Stamm der Guededfa, dem Stamm des inzwischen toten Revolutionsführers Gaddafi. Geächtet im neuen Libyen, ohne Arbeit, ohne Zukunft. Immer wieder hatten sie das Wort »diskriminiert« benutzt. Muammar 2 und Saleem hatten bereits Frau und Kinder. Alle drei träumten von einem Neubeginn, in Kanada und Neuseeland. Hier, in Sirt, saßen sie auf einem Schatz. Doch sie hatten niemanden, an den sie verkaufen konnten. Bis auf Gabriel. Gabriel hatte gesagt: »Meine Auftraggeber brauchen einen Beweis, dass es funktioniert.« Die Libyer hatten eine Demonstration an Hühnern oder Ziegen vorgeschlagen. Gabriel hatte gesagt, Hühner oder Ziegen sind nicht genug. Zwei Tage hatte er warten müssen, in seinem Hotelzimmer mit dem kalten Wasser. Endlich war es so weit gewesen. Frühmorgens waren sie in einem Landrover in die Wüste gefahren, und Gabriel hatte sich erkältet.

Er trocknete sich ab. Er prüfte im Spiegel seine linke Schulter. Die Wunde war gerötet und etwas geschwollen. Sie schmerzte aber nur, wenn man drückte. Neben der Tür, an einem rostigen Haken, hing eine rote Kunstledertasche, in der er alles verwahrte: Narben, Tätowierungen, Goldzähne, Muttermale ...

Er klebte sich Herpesbläschen auf die Lippen. Eine Tätowierung auf den Unterarm. In der Reisetasche verwahrte er die falsche Rolex und die Sonnenbrille mit dem Playboy-Bunny.

Im Nebenzimmer hörte er das Schlagen einer Tür, dann eine Kinderstimme.
»Fuck you dick! Fuck you dick!«
Die Stimme eines kleinen Mädchens – heiser, als ob es zu viele Zigaretten rauchte. Die Frau sagte etwas, das Mädchen antwortete trotzig, in einer Balkansprache, die Gabriel nicht verstand. Er betrachtete sein Gesicht im Spiegel. Er tupfte etwas Make-up auf die Wangen, gerade so, dass es schlecht geschminkt wirkte. Ein Mann, der eitel war und dumm. Den man umschmeicheln und übers Ohr hauen konnte. Der andere würde seinen Irrtum schließlich bemerken – aber dann war es für ihn zu spät.

11

Die Besetzer standen hinter Barrikaden aus Absperrgittern und Stacheldraht. Sie hielten Transparente hoch. Manchmal rief einer eine Parole durch ein Megaphon, dann fielen die anderen ein und bliesen in Trillerpfeifen. Die Polizisten standen hinter ihren Schutzschilden, einige sprachen in Funkgeräte. Polizeiwagen und Wasserwerfer standen auf der anderen Straßenseite. Am Rand, wie Schiedsrichter am Spielfeld, schauten chinesische Touristen zu. Sie trugen Khaki-Shorts, Socken und Sandalen. Allen hingen Fotoapparate um den Hals. Wenn es vor den Barrikaden eine Rangelei gab oder eine Flasche flog, rissen die Chinesen die Fotoapparate vors Gesicht und knipsten. Maria stand hinter den Polizeiwagen, in einer Gruppe von Schaulustigen.
»Die armen Cops, sie können nichts machen«, hörte sie hinter sich eine Stimme. Die dicke Frau stand hinter ihr, starrte durch ihre Sonnenbrille auf die Barrikaden. »Die Chinesen. Ausgerechnet das Land, das uns aus dem Dreck ziehen soll. Will man denen Bilder einer Schlägerei präsentieren?«
»Wer sind Sie?«, fragte Maria.
»Drehen Sie sich um«, zischte die Frau.
»Warum verfolgen Sie mich?«
Die Frau starrte auf die Barrikaden. Wieder skandierten die Besetzer Parolen. Maria drehte sich um. Die Frau flüsterte in ihr Ohr:
»Haben Sie das Gefühl, Sie werden beschattet?«
»Allerdings.«
»Durchsucht jemand Ihr Hotelzimmer? Hört Ihr Telefon ab?«
»Glaube ich nicht.«

»Warum sind Sie nach Athen gekommen?«
»Das geht Sie nichts an.«
Die Frau hinter ihr schwieg. Die Schaulustigen drängten sich, Körper stießen gegeneinander.
»Sie sind in eine Sache hineingeraten, Frau Brecht.«
»Woher wissen Sie meinen Namen.«
»Sie haben Dinge gesehen, die Sie nicht sehen sollten.«
»Ach, ja?«
»Ohne mich kommen Sie aus der Sache nicht raus.«
»Ich habe der Polizei alles gesagt.«
»Trauen Sie in Griechenland nie einem Polizisten!«
Es klang, als übergebe Maria gerade ihr Vermögen einem Hütchenspieler.
»Wer sind Sie?«, fragte Maria.
»Sagen Sie mir lieber, warum Sie hier stehen.«
»Ich will die Akrópolis besichtigen.«
»Warum sagen Sie das nicht gleich? Zählen Sie bis dreißig. Dann folgen Sie mir.«
Die Polizisten rückten auf die Barrikaden zu, ihre Schilde in Brusthöhe. Die Situation konnte jeden Moment eskalieren. Maria blickte sich um: Die Frau trippelte auf ihren Slingpumps am Metallzaun entlang, der das Akrópolis-Areal sicherte. Mit ihrer großen Handtasche sah sie aus wie eine Tante auf Sonntagsausflug. Aber sie konnte nicht älter als dreißig sein. Maria löste sich aus der Menge, ging etwa fünfzig Meter hinter ihr. Sie sah die Frau telefonieren. Hinter dem Zaun, beschattet von Bäumen, stieg steil der Akrópolis-Hügel an. Die Frau blieb an einer Gittertür stehen, die in den Zaun eingelassen war. Ein Mann kam den Hügel herunter, auf provisorisch in den Stein gehauenen Stufen. Er trug Vollbart, Che-Guevara-Shirt, Springerstiefel. Sie hatte ihn vorhin zwischen den Besetzern gesehen. Er zog ein Werkzeug aus seiner Gürteltasche und machte sich am Türriegel

zu schaffen. Er schob ihn zurück und öffnete die Tür. Er beugte sich hinunter zu der kleinen Frau, sie begrüßten sich, Wange an Wange, wie Genossen. Die Frau drehte sich um, gab Maria ein Zeichen.

»Schnell!«

Der Mann verriegelte hinter Maria die Tür. Sie kletterten die Stufen hoch, die dicke Frau sprang auf ihren Pumps wie eine Bergziege. Sie gelangten auf einen asphaltierten Weg. Die Frau fingerte einen Zwanzig-Euro-Schein aus ihrem Portemonnaie, drückte ihn dem Bärtigen in die Hand.

»Ciao, Fidel.«

Der Bärtige nickte Maria zu, ging bergab, Richtung Barrikaden. Die Absätze seiner Springerstiefel schlugen auf den Asphalt.

»Fidel ist Unternehmer«, erklärte die Frau, »er hat einen Schlüsseldienst. Seinen Freunden öffnet er jede Tür.« Sie reichte Maria die Hand. »Eléni Galánis. Heute ist Ihr Glückstag.«

»Sind Sie sicher?«

»Und ob. Sie sehen die Akrópolis ohne Touristengesocks.«

Echsenhaft schossen Eléni Galánis' Augen hin und her, als lebe sie in ständiger Angst, etwas zu verpassen. Der Asphaltweg führte in Serpentinen bergan, vorbei an geschlossenen Getränke- und Souvenirständen.

»Ich bin Journalistin«, sagte Eléni.

»Worüber schreiben Sie?«

»Mein Gebiet ist so speziell, dass sich in Griechenland kaum jemand dafür interessiert. Ich schreibe die Wahrheit.«

Sie näherten sich dem Akrópolis-Plateau. Dösende Hunde hoben die Köpfe und legten sie wieder auf die Pfoten. Hinter den Ticketschaltern kletterten die Frauen über Sperrstangen und stiegen die abgewetzten Marmorstufen einer antiken Treppe hinauf. Sie schritten durch ein antikes Tor.

Maria sah einen Baukran. Sie sah ein Stahlgerüst. Sie sah Säulen und Fundamente, überall mit Zement und Steinquadern ausgebessert. Die Gesichter auf den Friesen waren smogzerfressen. Holzplanken markierten einen Besichtigungsweg, daneben standen Schubkarren und Bauwagen. Außer dem Parthenón gab es Reste kleinerer Tempel, Statuen und viel Geröll.
»Beeindruckt?«, fragte Eléni.
»Die Akrópolis sieht von weitem besser aus.«
»In Griechenland sieht alles von weitem besser aus.«
Vom Parthenón hörten sie Rufe und Hammerschläge. Männer und Frauen kletterten auf dem Giebel herum, schlugen Stahlhaken in den Marmor. Erschreckte Rufe, ein Stück Fries löste sich, fiel zu Boden und zerschellte. Wieder Hammerschläge. Ein flatterndes Geräusch, wie von Segeln.
»Kommen Sie!«, rief Eléni.
Sie liefen auf den Parthenón zu. Sie kamen gerade noch rechtzeitig, um zu sehen, wie ein Transparent knatternd herunterrollte.
OCCUPY THE SYSTEM!
Schwarze Lettern auf neongelbem Grund. Das Transparent reichte vom Giebel des Tempels bis zur Erde und verdeckte die gesamte Längsseite. Jubelrufe. Die Kletterer seilten sich an den Säulen herab, wurden von anderen Aktivisten mit Applaus begrüßt. Sektkorken knallten in die sommerheiße Luft.
»Entschuldigen Sie mich!«
Eléni eilte auf die Aktivisten zu, wie ein schwarzer Ball auf Pumps, der über den Marmor schwebte. Begrüßung, Umarmung, Wangenküsse. Maria befühlte den Stoff des Transparents: Es war nicht aus Plastik oder Baumwolle, sondern aus einem feinen, luftdurchlässigen Gewebe. Musste es bei der Größe wohl sein, sonst hätte es die erste Windböe aus

den Verankerungen gerissen. Die neongelbe, glänzende Oberfläche reflektierte das Sonnenlicht, die Luft schien neongelb zu flirren. Das Transparent war bestimmt nicht billig gewesen.

Die Akrópolis ohne Touristengesocks. Sie fragte sich, wann die Polizei anrücken und die Aktion beenden würde. Sie ging weiter, auf einem Pfad oberhalb des Diónysos-Theaters. Am Himmel näherte sich ein Hubschrauber.

OCCUPY THE SYSTEM!

Das Transparent würde es in die Abendnachrichten schaffen, überall in Europa. Und die Deutschen würden vorm Fernseher sitzen, bei Bier und Schnittchen, den Kopf schütteln und sagen: »Die Griechen! Und alles von unserem Geld!«

Sie umrundete den Parthenón. Grillen zirpten, eine Katze schreckte aus dem Schatten von Bauschutt hoch, als Maria näher kam. Sie stand, informierte ein Schild, im Heiligtum des Zeus Poliéus. Auf dem Fundament eines kleinen Tempels saß ein Mann. Er hatte die Augen geschlossen, sein Kopf lehnte an einer Säule. Er hielt sein gut geschnittenes, gebräuntes Gesicht in die Sonne. Die grauen Haare reichten bis auf die Schultern. Er trug ein schwarzes T-Shirt und ausgebleichte Jeans. Seine nackten Füße steckten in schwarzen Wildleder-Loafern. Maria schätzte ihn auf Anfang vierzig. Möglich, er war älter und hatte sich gut gehalten. Unter seinem T-Shirt zeichneten sich gut trainierte Brustmuskeln und Bizeps ab. Er erinnerte an ein attraktiv gereiftes Model aus einer Zigarettenwerbung. Neben ihm, auf einem Marmorblock, vibrierte das flachste Telefon, das Maria je gesehen hatte. Er schlug kurz die Augen auf, wischte mit der Fingerspitze über das Display. Er schmunzelte und lehnte den Kopf wieder zurück.

»Psst!«

Eléni winkte Maria heran. Sie stand auf dem Plankenweg, neben einem Zementmischer.

»Die Chinesen steigen in ihre Reisebusse. Sobald sie weg sind, stürmt die Polizei die Barrikaden.«

Sie gingen Richtung Propýläen, vorbei an Athená-Tempel und Erechtheíon.

»Haben Sie sich mein Angebot überlegt?«, fragte Eléni.

»Sie haben mir kein Angebot gemacht.«

»Ich will Ihre Geschichte. Ich will sie exklusiv. Sie reden mit niemandem außer mir. Will jemand Informationen, schweigen Sie. Ruft Sie jemand an, legen Sie auf.«

»Ich habe keine Geschichte.«

»Sie werden eine haben.«

»Ich bin Touristin. Ich war zur falschen Zeit am falschen Ort.«

»Das glauben Sie im Ernst? Zufall? Dass Sie in Athen sind, ist Zufall?«

»Kein Zufall, aber –«

»Jemand spielt mit Ihnen, Frau Brecht. Jemand schreibt Ihre Geschichte. Ich würde nicht wetten, dass diese Geschichte für Sie gut ausgeht.«

»Und welche Geschichte schreiben Sie?«

»Eine Geschichte, die größer ist als alles, was Sie sich vorstellen können. Ich kenne Hintergründe, die Sie nicht einmal ahnen. Aber ich stehe unter Druck. Nennen Sie es Deadline.«

Von unten hörten sie Megaphonrufe und einen dumpfen Knall.

»Was ist das?«, fragte Maria.

»Tränengaswerfer. Wenn Sie noch ein paar Tempel besichtigen wollen, tun Sie's jetzt.«

Sie gingen schneller. Maria blickte sich um. Das grauhaarige Model lehnte immer noch an der Säule und rührte sich nicht.

»Woher sind Sie so gut über mich informiert?«, fragte Maria. »Dass ich in Athen bin, in welchem Hotel ich wohne ...«
»Belasten Sie sich nicht mit Details.«
»Die Polizei will mich hier verstecken.«
Eléni lachte.
»Haben Sie gezahlt?«, fragte Maria.
»Sie unterschätzen mich.«
»An Kommissar Gerakákis?«
»Ich habe es nicht nötig, einen Kommissar zu bestechen.«
Die Aktivisten packten Seile und Werkzeug zusammen.
»Ich habe dem Kommissar meine Geschichte schon erzählt.«
»Sie haben eine Aussage gemacht?«
»So kann man es nennen.«
»Ein Protokoll? Mit Stempel und Unterschrift?«
»Nicht direkt. Der Kommissar hat Notizen gemacht.«
»Notizen! Wie reizend!«
»Ich hatte das Gefühl, der Kommissar nimmt die Sache –«
»Vergessen Sie Ihre Gefühle. Es gibt also bloß diesen Artikel in der Pátris. Über eine blonde Deutsche, die mit ihrem Mountainbike in hohem Tempo die Berge herunterkommt, als sei sie auf der Flucht.«
»Ich war nicht auf der Flucht!«
»So steht es in der Zeitung. Und dann gibt es noch ein paar Notizen eines Kommissars, von denen Sie wahrscheinlich nicht einmal eine Kopie haben.«
Die Journalistin hatte recht. Maria hatte keine Kopie. Der Kommissar hatte die Notizen für sich gemacht. Er hatte geschwiegen, sobald die Frau mit dem Tablett ins Büro gekommen war.
»Wie viel zahlen Sie?«, fragte Maria.
»Entschuldigung?«
»Sie wollen meine Geschichte. Also? Wie viel zahlen Sie?«
»Ihre Frage finde ich seltsam.«

»Ich habe noch vierzig Euro im Portemonnaie. Mein Konto ist gesperrt. In drei Tagen muss ich vierhundert Euro auftreiben. Das ist meine Geschichte. Wie viel ist sie Ihnen wert?«

Eléni starrte sie entgeistert an. »Vierhundert Euro?«

»Der Mann, der meinen Lohn überweisen müsste, liegt mit Blinddarmentzündung im Krankenhaus.«

»Aber das ist ja nichts!« Sie kramte in ihrer Handtasche. »Vierhundert Euro! Warum sagen Sie das nicht gleich?«

Die Aktivisten liefen an ihnen vorbei, riefen ihnen etwas zu. Wieder wurde unten geknallt.

»Kommen Sie ... Sie geben mir unten Ihre Telefonnummer. Heute Abend kommen Sie auf eine kleine Feier, dann klären wir Ihren kleinen Engpass.«

Sie liefen die Treppe hinunter. Eléni hielt ihre Handtasche vor die Brust und rutschte auf den Marmorstufen aus.

»Eine Deutsche ohne Geld!«, lachte sie. »In Griechenland! Die Welt ist aus den Fugen!«

12

Ein Ukrainer. Neureich, mit viel zu großer Rolex. Ausgerechnet an ihn sollte er Eiréne verkaufen? Die Vorstellung schmerzte. Aber er hatte für sein Boot nicht einmal einen Makler gefunden. Keine Nachfrage, zu viel Angebot; in jedem griechischen Hafen lagen Dutzende Boote zum Verkauf. Viel Arbeit hatte er in seine Eiréne investiert. Die Messingbeschläge, das Armaturenbrett, die Pumpen, die Pantry; alles hatte er selbst eingebaut, seine Frau hatte die Polsterbezüge und Gardinen genäht. Und es war nicht bloß die Arbeit; das Boot steckte voller Erinnerungen. Auf der Sonnenplattform, in einer Juninacht im letzten Jahr, hatten er und Andréa ihre Tochter gezeugt. Natürlich, dass es genau diese Nacht war, hätten sie nicht beschwören können. Aber beide liebten die Vorstellung.

Dann die Krankheit der Tochter. »Jeden Abend sitzen wir vor den Kontoauszügen«, hatte Andréa geschluchzt. »Ich schlafe nicht mehr! Wir können die Arztrechnung nicht bezahlen! Wir müssen uns von dem Boot trennen!«

Also Kleinanzeigen in der Zeitung. Im Internet. Zettel am Schwarzen Brett im Hafen, in der Schule seiner Frau. Kein Anruf. Neue Anzeigen, neue Zettel mit niedrigerem Preis. Hoffnungslos. Tákis hatte Hoffnung gefasst. Wenn sie das Boot nicht verkaufen konnten, weil einfach niemand es kaufen wollte, dann ... Bis vor zwei Tagen der Anruf gekommen war. Von diesem Ukrainer.

»Tolles Boot! Ich liebe schon jetzt!«

Eben am Steg hatte er sich einfach als Zadko vorgestellt. Sein Griechisch war fließend, aber voller Fehler. Ein Mann,

der viel redete, aber nie ein Buch las. Jetzt stand er am Lenkrad, sein lächerliches Toupet wehte im Wind.
»Wozu dieser Fernseher?« rief er.
»Das Raymarine«, antwortete Tákis. »Zeigt Ihnen alles an. Wassertemperatur, Geschwindigkeit, Tiefe ...«
»Und die Punkte auf Display?«
»Fische.«
Zadko lachte. Die Sonne warf zart oranges Licht auf den Yachthafen hinter ihnen, auf die Palmen an der Promenade, die weißen Häuser und Kirchtürme, die Angler auf der Mole.
»Richtig schön ist Griechenland nur in Wasser«, rief er.
»Da können Sie recht haben.«
»Von hier man kann nicht sehen, wie dreckig Griechenland geht! Glauben Sie, Griechenland kommt raus aus Scheiße? Ich glaub nicht. Soll sagen warum? Schlendrian! Grieche arbeitet nicht. Ich importiere Kühlschränke, Mikrowelle, alles aus die Türkei. Arçelik, gute Marke! Baut Grieche Kühlschrank? Nein. Baut Mikrowelle? Nein. Baut Waschmaschine? Baut Feta-Käse! Können Sie in türkische Kühlschrank stellen! Und der Grieche ist stolz. *Stolz wie Grieche*, sagen wir in Ukraine. Aber jetzt ich frage Sie: Worauf?«
Der Mann ging ihm auf die Nerven, mit seiner Rolex, dem Pferdeschwanz, der Playboy-Brille auf der Nase. Aber hatte Tákis eine Wahl? Seine einzige Hoffnung war, dass der Ukrainer das Boot wollte. Dass sie sich am Ende auf einen halbwegs fairen Preis einigten.
»Steckt viel Arbeit in Schiff, was? Stoffpolster? Genäht von Ihre Frau? Und jetzt kommt Hallodri mit große Schwanz wie ich! Kauft Ihnen Boot ab, für Preis zum Weinen! Schifffert von Insel zu Insel und fickt Hafennutte! Auf Stoffpolster, genäht von Ihre Frau!«
»Wenn es Ihr Boot ist, sollen Sie Ihren Spaß haben.«
Sie ließen die Insel Égina hinter sich, fuhren aufs offene

Meer. Und wenn Tákis einfach Nein sagte? Wenn er einfach sagte, er hätte es sich überlegt, das Boot stünde nicht mehr zum Verkauf?
»Das sage ich meine Landsleute: Stolz muss kommen von Arbeit! Stolz ohne Leistung ist wie Ficken ohne Eiersack! Ukraine, vor zehn Jahren war Dreck. Und heute? Immer noch Dreck. Aber Grieche scheißen wir zu mit Geld!«
Doch was würde Andréa sagen? Sie würde stumm auf den Tisch blicken, wo die offenen Arztrechnungen für ihre Tochter lagen.
Das Boot schlug in ein Wellental, die Sporttasche des Ukrainers fiel krachend von der Bank. Wieso war sie so schwer?
»Was sind Sie Beruf? Lehrer? Mariahimmel! Warum machen nichts Anständiges? Kühlschränke verkaufen, Arçelik, nie Problem! Wissen Sie, warum man raucht griechische Beamte nicht in Pfeife?«
»Weiß ich nicht ...«
»Denken Sie!«
»Ich habe keine Ahnung.«
»Warum man kann griechischen Beamten –«
»Wir sind schon ziemlich weit draußen.«
»Nicht rauchen in einer –«
»Kehren Sie um!«
Der Ukrainer würgte den Motor ab, indem er einfach den Zündschlüssel drehte.
»Stimmt etwas nicht?« fragte er.
»Das Boot ist nicht das Richtige für Sie.«
»Haben Sie was gegen mich?«
»Das sage ich nicht.«
»Was sagen Sie dann? Hm? Was sagen Sie?!«
Seine Stimme klang vollkommen anders. Er sprach Griechisch fast ohne Akzent.

»Ich möchte –«
»Sie möchten ein Problem?«
»Nein, ich –«
Das Boot schaukelte in den Wellen, die an der Bordwand gluckšten. Sie sahen kaum noch den Horizont.
»Ich fürchte, Sie wollen Ärger«, sagte der Ukrainer.
»Ich möchte –«
»Sie wollten Ärger, von Anfang an. Können Sie bekommen. Leeren Sie Ihre Taschen.«
»Was?«
»Leeren Sie Ihre Taschen!«
Der Mann lächelte nicht. Er nahm seine Playboy-Brille ab. Die Pupillen waren klein und stechend.
»Ich zeige Ihnen etwas.« Der Ukrainer griff in seine Sporttasche, holte einen Metallzylinder heraus. »Wissen Sie, was das ist? Edelstahl. Drei Segmente. Ein Griff und –«
Der Schlagstock brach Tákis' Kniescheiben, er sackte zusammen. Der Ukrainer stand über ihm, einen Fuß auf seiner Brust. Tákis spürte keinen Schmerz, hörte nur das Brechen der Knochen, als der Ukrainer zuschlug – erst auf die Oberarme, dann auf beide Schenkel. Vier Schläge, vier gebrochene Knochen. Der Ukrainer durchwühlte Tákis' Taschen, holte Handy, Portemonnaie, Autoschlüssel heraus.
»Wo steht Ihr Auto?«
»Bitte ...«
»Wo steht Ihr Auto?!«
»Sie dürfen nicht ...«
Der Ukrainer stellte seinen Fuß auf eine Kniescheibe. Der Schmerz kam wie ein Stromstoß, Tákis krümmte sich und schrie.
»Ihr Auto?«
»Vor dem Hotel! Miramare!«
»Welcher Wagen?«

»Ein Peugeot ... rot ...«
Der Ukrainer stellte sich auf die gebrochenen Armknochen.
»Welcher Wagen?«
»Ein Golf!«
»Welcher Wagen?!«
»Ein Mazda! Hellblau!«
Der Ukrainer holte aus seiner Tasche etwas, das wie schwarze Binden aussah.
»Ich gebe Ihnen das Boot«, stöhnte Tákis. »Umsonst ... Werfen Sie mich irgendwo an den Strand ...«
Gewichtsmanschetten, der Ukrainer zurrte sie um Tákis' Beine, seine Arme.
»Ich habe eine Frau ... eine Tochter ...«
Er fühlte eine Hand am Hemdkragen, eine am Gürtel. Ruhige, sichere Griffe, als ob der Ukrainer das jeden Tag machte. Der Kragen riss, sein Kopf schlug auf die Bordwand. Wie einen Sack warf der Ukrainer ihn ins Meer. Die Gewichte zogen ihn in die Tiefe, Schmerzen in den Ohren, in der Brust, blaues Licht. Andréa, ihre Lippen in der Sommernacht ...

Gabriel nahm die Brille ab und rieb sein Nasenbein. Er war gern ein anderer. Oft war es nützlich. Falls die Tötung zu einfach zu werden drohte, konnte er sich eine Aufgabe stellen. In diesem Fall: Den Mann reizen, bis aufs Blut. Ihn trotzdem, bis zur letzten Sekunde unter Kontrolle halten. Ein Lehrer, da war es nicht schwer gewesen. Gabriel hätte, um an dieser Tötung zu wachsen, die Aufgabe schwieriger wählen müssen. Er drehte seinen linken Arm. Plötzlich hatte er in der Schulter einen stechenden Schmerz gespürt. Er hatte den Kragen nicht richtig gepackt, der Kopf war gegen die Bordwand geschlagen. Er drehte die Schulter, streckte den Arm, versuchte, die Bewegung exakt zu wiederholen. Er fand den Schmerzpunkt nicht. Egal, der Mann war tot. Kein Blut, keine Zeugen, er hatte das Boot. Sechs Meter, kleine Kabine, neuer Dieselmotor. Für seine Zwecke ideal.

Niemand war am Steg gewesen, als sie hinausfuhren. Niemand würde Verdacht schöpfen, wenn er allein zurückkam. Der Lehrer hatte kurz vor dem Ablegen mit seiner Frau telefoniert. Sie wohnte im Norden Athens und erwartete ihn bis zum Abend nicht zurück. Gabriel konnte das Boot natürlich nach Süden steuern, um das Kap Soúmio, nach Rafína oder Pórto Ráfti. Aber da war noch der Mazda. Er konnte ihn an einer möglichst einsamen Stelle der Küste parken. Die Türen offen, Papiere und Telefon auf dem Sitz. Viele griechische Männer brachten sich seit Ausbruch der Krise um. Andererseits: Die Bauarbeiten auf der Linie 1. In zwei Tagen konnte er den Mazda gut gebrauchen.

Gabriel drosselte den Motor. Er suchte in der Kabine, fand ein Fernglas, richtete es auf das Schiff, das gerade in den Hafen einlief. Achtundfünfzig Meter Länge. Sieben Komma sechs Meter Breite. Niedrige Bordwand. Gut zu sehen der Kran, die Rettungsboote, am Bug die Kanone. Kein Detail, das er nicht schon kannte. Die Position der Luken, der Leitern, alles hatte er im Kopf. Aber es war immer sicherer, die Erinnerung frisch zu halten. Die jungen Männer an Deck zu sehen, die sich aufs Festmachen vorbereiteten. Die sich auf ihre Familien freuten, ihre Mädchen, ein kühles Bier ... Auf ein Leben, von dem sie glaubten, es läge noch vor ihnen.

13

Ludmilla333 möchte mit dir befreundet sein. Melde dich jetzt an, um mit Ludmilla in Kontakt zu treten.

Maria wollte nicht mit Ludmilla in Kontakt treten. Sie wollte sich nicht in einem sozialen Netzwerk anmelden. Vor allem: Sie wusste, wer Ludmilla333 war. Sie hatte ihrer Mutter eine Freude machen wollen, zur Silberhochzeit. Von ihrem Mann, das war klar, würde es nichts geben. Netbook mit Internet-Stick und einem Jahr Flatrate inklusive. Am Anfang hatte ihre Mutter furchtbar Angst gehabt, sich kaum getraut, einen Finger aufs Touchpad zu legen. Sie hatte die Enter-Taste gedrückt, ein Programm war abgestürzt, sie war in Tränen ausgebrochen. Dann die Abo-Fallen - vierundzwanzig Monate à dreißig Euro für einen Bildschirm-Schoner. Mehr als einmal hatte Maria ihre Mutter mit Drohbriefen an die Anwälte wieder herauspauken müssen. Das passierte nicht mehr. Stattdessen hatte ihre Mutter die Wunderwelt der sozialen Netzwerke entdeckt. Mitten in der Nacht schreckte sie hoch, checkte Mails aus Kasachstan, Mexiko, Namibia - wo immer die Menschen saßen, die sie als ihre Freunde bezeichnete. Sie hatte vierunddreißig Freunde auf Facebook. Nicht spektakulär, aber auch nicht wenig für eine sechsundvierzigjährige Frau ohne Arbeit, die in einem Plattenbau in Rostock-Lichtenhagen lebte. Allein mit einem Mann, mit dem sie nicht sprach, und einem taubstummen Nymphensittich, der nicht mit ihr sprach.

»Warum bist du nicht auf Facebook?«

»Mama, wir können telefonieren.«

»Aber ich wüsste viel besser, was du so machst!«
Maria hatte ein Internetcafé gefunden, in einer Straße hinter ihrem Hotel. Halbwüchsige saßen links und rechts von ihr, auf den Monitoren schlugen Raketen ein, explodierten Bomben. Sie öffnete ihre weiteren Mails: Sven und Moritz luden zu ihrer Hochzeit. Darja, wieder solo, freute sich über die Geburt von Zwillingen. Maria sollte ihre Stimme gegen Landminen in Angola erheben und für Säureopfer in Bangladesch.

Toi, toi, toi für deine Karriere auf diplomatischem Parkett! Ich weiß es von Alexia, einer deiner Mitbewerberinnen. Alles Gute für die letzte Runde. Wer hätte das der kleinen Maria zugetraut?

Jochen Saeckmann, auf dem Gymnasium waren sie zusammen Schulsprecher gewesen. Mit vierundzwanzig Jahren war er Teilhaber einer Unternehmensberatung in Nürnberg, hatte drei Kinder und saß, als Rostocker, für die CSU im Stadtrat. Überholspur, Gaspedal durchtreten und immer geradeaus – das war Jochen gewesen, schon damals. *Ich weiß es von Alexia, einer deiner Mitbewerberinnen.* Sie erinnerte sich an Alexia: Tochter eines griechischen Vaters und einer deutschen Mutter. Elite-Internat, fünf Fremdsprachen, Auslandssemester in der halben Welt. Sie würde Deutschland auf diplomatischem Parkett glänzend vertreten. Sie würde es bis Washington schaffen!
Maria zögerte einen Augenblick, bevor sie den Namen in die Suchmaschine tippte. Sie hatte Angst vor dem Platzen der Seifenblase. Dass sie hereingefallen war, auf Lüge und Hochstapelei.
Eléni Galánis.
14.200 Einträge.
Dr. Eléni Galánis, Immunologin in British Columbia. Eléni

Galánis, Buchhalterin in Pittsburgh ... Eléni Galánis, Athen. Eine der »jungen, scharfen Stimmen Griechenlands«, wie der New Yorker bewundernd schrieb. 2006–2008 Ressortchefin Politik der Andístasi. Die jüngste Ressortchefin Griechenlands. Sie fand nichts über ihr Alter, kaum biographische Angaben. Klar, die meisten Websites waren auf Griechisch. Eléni war auf eine Privatschule gegangen. Sie hatte zwei Semester in Edinburgh studiert. Sie kam also aus einer wohlhabenden Familie. Es bedeutete, sie hatte Geld. Sie konnte Maria aus der Klemme helfen. Maria fühlte Erleichterung, fast Euphorie. Alles würde sich nun aufklären. Sie hatte auf dem Kommissariat in Heraklion einen Fehler gemacht. Sie hätte auf einem Protokoll ihrer Aussage bestehen müssen. Ebenso auf einer Bestätigung, dass sie auf Bitten, sogar Drängen der griechischen Polizei nach Athen geflogen war. Andererseits: Sie hatte nichts mit dem Schlauchboot zu tun. Nichts mit dem Stahlkoffer. Ein Mann hatte sie um ein Haar ermordet. Wer sollte ihr daraus einen Strick drehen?
In ihrer Tasche piepte das Handy.

Kolonáki. Kleoménous 11c. Klingel ohne Namen. Zweimal lang, zweimal kurz. Ab 21 Uhr. Eléni.

Eine SMS von Eléni. Sie hatte Wort gehalten. Wahrscheinlich eine Party oder ein Abendessen mit Kollegen. Keine Hochstaplerin, keine Seifenblase.
Eine Peitsche knallte, eine Frau schrie. Der pickelige Junge am Terminal neben Maria lud Pornos auf einen USB-Stick. Er sah schuldbewusst herüber, sie sah tadelnd zurück. Sie schrieb eine Antwort an Jochen:

Danke für die Glückwünsche. Kannst du mir die Telefonnummer von Alexia schicken? Viele Grüße aus Athen. Maria

Einige Fragen blieben offen. Wie hatte Eléni erfahren, in welchem Hotel Maria wohnte? Wahrscheinlich von Gerakákis. Möglich, er war genauso korrupt wie Embiríkos und verkaufte vertrauliche Informationen an die Presse. Noch etwas war seltsam: Andístasi schien es nicht mehr zu geben. Und Maria fand im Netz keine Informationen über Eléni Galánis, die aktueller waren als 2009. Schwer zu glauben, dass eine Ressort-Chefin Politik in der Versenkung verschwindet. Wo arbeitete die junge, scharfe Stimme seitdem?

Hier Alexias Nummer. Können uns ja mal wieder auf einen Kaffee treffen. Bin öfter in Berlin. Lass dich nicht von den Griechen übers Ohr hauen. Jochen

Mal wieder treffen. Auf einen Kaffee. Dass die erste Liebe der Jugend flüchtig sei, war dummes Geschwätz. Sie war wahrscheinlich die einzige Liebe, die ein Leben lang hielt. Danach kamen nur noch Kompromisse. Keine Ehe schützte, keine drei Kinder. Auch kein CSU-Sitz im Nürnberger Stadtrat.
Exárchia, das Anarchistenviertel. Auf dem Bordstein drängte Maria sich zwischen Frauen mit Kinderwagen, Yuppies mit Kaffeebechern, afrikanischen Händlern mit schwarzgebrannten DVDs hindurch. Die Hauswände waren vollgeklebt mit Plakaten: Aufrufe zu Demonstrationen und Streiks, viel Che-Guevara-Romantik. Die meisten Plakate waren eingerissen und vergilbt. Aber zwischen ihnen leuchteten neue, größer als die anderen – aggressiv rot, schwarz und gelb. Sie zeigten das Parlamentsgebäude, zertrümmert von Hammer und Sichel. Einen Polizisten, Helm und Schädel geborsten unter Knüppeln. Vermummte Kinder, die eine Kalaschnikow in die Höhe reckten.
Maria fand einen ruhigen Platz hinter einem ausgebrannten Schulbus und wählte Alexias Nummer. Sie hatte Hunger.

Vorhin hatte sie einen Stand gesehen, Pizza für zwei Euro. Die würde sie sich gleich gönnen.
»Hallo, Alexia. Ich bin's, Maria Brecht. Du erinnerst dich?«
»Maria! Natürlich! Wie geht es dir? Wie geht's Kermit?«
»Kermit?«
»Der Fisch in eurer Wohngemeinschaft. Mit der Tuberkulose.«
»Kermit geht's wieder besser.«
»Das freut mich!«
Einer dieser *Soft Skills*, die Maria einfach nicht hatte: Immer interessiert sein. Dran bleiben, an den Problemen und Problemchen anderer Menschen. Sie im Kopf behalten, über Wochen, Monate. Bei erster Gelegenheit nachfragen, nachfragen, nachfragen!
»Ich bin gerade in Athen«, sagte Maria.
»Ich beneide dich!«
»Kannst du mir einen Gefallen tun?«
Maria bat sie, im Netz nach Informationen auf Griechisch über Eléni Galánis zu suchen. Eine Journalistin, sagte sie, mit der sie für ein Interview verabredet sei. Alexia verstand sofort, dass man sich über einen solchen Menschen vorher informieren musste. Das war nicht Schnüffelei oder Misstrauen, sondern Ausdruck von Respekt. Sollte sie Maria zurückrufen? Wichtige Stichworte als Mail schicken oder aufs Handy? Noch eine Eigenschaft, die Alexia zur hervorragenden Diplomatin machen würde: Mitdenken, mitdenken, mitdenken!
Ein Abschleppwagen nahm mit viel Lärm den Schulbus auf den Haken. Maria ging weiter. Alexia fragte:
»Hast du schon Nachricht aus Reihenwerder?«
Auf der Halbinsel Reihenwerder, im Berliner Stadtteil Tegel, lag der Campus der Diplomatenschule.
»Vor ein paar Tagen«, sagte Maria, »ist ein Brief gekommen.«

»Zu mir auch«, seufzte Alexia. »Weiß nicht, was ich falsch gemacht habe.«
»Die nehmen dich nicht?«
»Mein Japanisch war an dem Morgen unter aller Kritik. Und in der Gruppendiskussion habe ich Europarat und Europäischer Rat verwechselt.«
»Ich glaube nicht, dass das so wichtig –«
»Ich habe mich bei den Staatsschulden Belgiens vertan! Um einhundert Milliarden Euro!« Maria hörte sie schluchzen. »Das Niveau ist hammerhoch! Die nehmen nur die Besten.«
»Nimm es dir nicht zu –«
»Und wir sind eben nicht die besten!«
»Wir –«
»Wir sind nicht Elite!«
»Du –«
»Gute Besserung für Kermit!«
Maria stand in einer Seitengasse, vor einem Café, aus dem Reggae-Musik und Rauchschwaden drangen. Sie atmete tief ein und aus; Marihuana roch besser als verwesender Müll. Wo war der Pizzastand? Wie war sie in diese Gasse gekommen? Warum hatten sie Alexia nicht genommen?! Saßen Saboteure in der Prüfungskommission? Wählten tückisch die untauglichsten Kandidaten aus, um den diplomatischen Dienst der Bundesrepublik Deutschland zu ruinieren?!
»Aléxandros Grigorópoulos, 1993–2008. Während einer Demonstration von einem Polizisten erschossen.« Maria stand vor einer Gedenktafel. Sie war geschmückt mit roten Nelken. Neben der Gedenktafel hing ein Plakat. Es zeigte einen Jungen mit schwarzen Locken und großen Augen. Das Plakat schwor Rache.

14

»Die Geschäfte laufen schlecht. Sie werden wieder besser laufen. Ich danke dem Herrn für jeden neuen Tag.«
Sie saßen auf zwei Korbstühlen, im warmen Licht der Abendsonne, vor dem Schaufenster von *Al Hajjar und Söhne*. Vor ihnen, auf einem Platz mit Kopfsteinpflaster, spielten einige Jungen Fußball. Sie kämpften verbissen um den Ball, foulten sich und beschimpften den Schiedsrichter, der, kleiner als seine Kameraden und dicklich, schüchtern in seine Pfeife blies.
Hamoudi sog an seiner Wasserpfeife und reichte Gabriel das Mundstück. Gabriel schüttelte den Kopf.
»Du rauchst immer noch nicht?«
»Nein.«
»Alkohol?«
»Selten.«
»Frauen?«
»Ich habe für solche Dinge keine Zeit.«
Hamoudi lachte. Obwohl er sich beim Sitzen auf einen Stock stützen musste, war er immer noch ein gut aussehender Mann. Er hatte breite Schultern, volles, dunkelgraues Haar und buschige Augenbrauen. Wenn er lachte, blitzten Goldzähne. Er war ein Mann im goldenen Herbst des Lebens. Ein Mann, vor dem sich Menschen in den Dreck geworfen, um Gnade gefleht hatten, für sich und ihre Lieben.
»Hast du die Sachen bekommen?«, fragte Gabriel.
Hamoudi deutete mit dem Kopf auf das Schaufenster. »Hinten, an der Wand.«
Gabriel stand auf. Er stieß die Tür auf und trat ins Halbdun-

kel. Mehr noch als den Anblick alter Teppiche liebte er ihren Geruch. Sie rochen nach Sicherheit, Tradition und Heimat – nichts davon hatte er in seinem Leben gekannt. Die Seidenläufer, die farbenfroh glänzten und den Laien beeindruckten, waren billige Neuware aus China. Doch die schweren, dunkelroten und blauen Wollteppiche an den Wänden waren kostbare alte Stücke aus Kaschmir und Kerman.
An der Wand, hinter einem niedrigen Teetisch, lehnte ein lackierter Holzkasten, der an einer Seite spitz zulief: ein Koffer für ein Qanun, eine arabische Zither. Gabriel stellte den Kasten auf den Tisch, ließ die Schnallen aufschnappen und klappte den Deckel hoch. Vier 65-Millimeter PEARL-Handgranaten und ein faltbares PP-90 Maschinengewehr mit drei Magazinen à dreißig Schuss lagen im weinroten Futter. Außerdem eine Schutzweste, olivgrün, mit Hüftgurt, Kragen- und Leistenschutz. Protektoren für Ober- und Unterarme, Ober- und Unterschenkel. Gabriel prüfte das Material; er tippte auf einen Verbund von Keramik und Titan. Er war verblüfft, wie leicht es war. Alle Teile waren gut erhalten und sauber, bis auf ein paar Blutflecken an der Brust. Der Schutzanzug eines US-Soldaten, wahrscheinlich hatte ihn ein Schuss ins Gesicht getötet. Hamoudi, der schlaue Fuchs, hatte also immer noch gute Kontakte. Er konnte immer noch liefern.
Aber etwas fehlte. Das Entscheidende. Gabriel suchte zwischen den Granaten, dem Maschinengewehr, den Magazinen. Er fühlte sein Herz pochen. Er schloss den Kasten und eilte nach draußen, wo Hamoudi an seiner Wasserpfeife sog.
»Das Wichtigste fehlt!«
Hamoudi seufzte. Griff in die Seitentasche seines Sakkos und holte ein Zigarrenkistchen heraus. Er reichte es Gabriel und schüttelte den Kopf. »Was willst du bloß damit?«

Gabriel öffnete das Kistchen. Betrachtete andächtig den Inhalt, ohne ihn zu berühren. »Die Telefonnummer?«
»Steht auf dem Deckel.«
»Wie lange dauert es, bis sie heiß werden?«
»Zwanzig Sekunden.«
»Wie lange reichen die Mikrozellen?«
»Vierundzwanzig Stunden. Wahrscheinlich länger.«
Ein Fußball rollte vor die Füße des Alten. Er schoss ihn zurück, mit erstaunlicher Kraft, in die Mitte des Spielfeldes.
»Diese jungen Leute tun mir leid«, sagte er. »In welcher Welt werden sie groß? Wofür kämpfen sie? Unser Leben war hart. Wir wussten nie, ob wir den nächsten Tag überleben. Aber wir wussten, wofür wir kämpfen! Wir kannten die Sache!«
Hamoudi redete gern von dieser Zeit. Die achtziger Jahre, der Bürgerkrieg im Libanon. Hamoudi war Nachrichtenoffizier der Amal-Miliz in Beirut gewesen. Ihr oberster Folterer. Immer redete er von der Sache. Aber Gabriel wusste, die Sache war Hamoudi nie wichtig gewesen. Er hatte für Geld gefoltert. Und zum Spaß.
»Geben die Griechen dir Geld?«, fragte er. »Damit du dich in ihre dreckige Politik mischst?«
»Ich kann über meinen Auftrag nicht reden.«
Hamoudi hatte in den Verhörkellern gern junge Mädchen vergewaltigt. Und sich über das Flehen der Brüder und Väter amüsiert, die zusehen mussten. Heute lebte er mit einer dreißig Jahre jüngeren Frau und vier Söhnen. Er hatte keine Töchter. Die Frau hatte die Töchter abgetrieben, weil sie wusste, ihr Mann würde sich an ihnen vergehen, sobald die Brüste schwollen. Natürlich hatte sie ihn vorher um Erlaubnis gebeten. Er hatte geseufzt, wehmütig, wegen der hübschen verschwendeten Körper, und seine Erlaubnis erteilt. Hamoudi erzählte die Geschichte gern in geselliger Runde.

Gabriel zog einen Umschlag aus der Tasche und hielt ihn Hamoudi hin. »Zwanzigtausend.«
»Ich glaube dir.«
»Gehe rein und zähle nach.«
»Ich möchte dir lieber vertrauen und in der Sonne sitzen bleiben.«
Hamoudi steckte den Umschlag ein. Eine alte Frau am Stock auf der anderen Straßenseite grüßte ihn. Er rief ihr etwas zu, schäkernd, die Frau lachte.
»Wie alt warst du, als wir uns begegnet sind?«, fragte er. »Dreizehn? Vierzehn? Ein magerer, schüchterner Junge. Der allein ein geraubtes Fischerboot aus Griechenland in den Hafen von Sour gesteuert hatte. Meine Männer bringen dich zu mir. Ich frage: ›Was kannst du?‹ Du sagst: ›Ich kann fischen.‹ ›Was kannst du noch?‹ ›Ich kann töten.‹ ›Und was magst du lieber?‹ ›Töten.‹«
Nach dem Bürgerkrieg hatte sich Hamoudi in Sour niedergelassen, in einer Villa mit vielen Leibwächtern. Er war mit Gabriel in den Keller gegangen. Zwei französische Entwicklungshelfer hatten an Ketten gehangen, den Kopf nach unten. Eine Erpressungsgeschichte, Gabriel hatte es nicht genau verstanden. »Jetzt zeige mal, wozu du fähig bist«, hatte Hamoudi gesagt. Beim Anblick der abgerissenen Ohren und Brustwarzen war Gabriel übel geworden. Aber die Männer atmeten noch. Gabriel sollte sie weiterfoltern. Mit geschlossenen Augen hatte er an ihnen herumgestochert, nach wenigen Minuten waren beide tot gewesen. Hamoudi hatte die Augenbrauen zusammengezogen und gesagt: »Das üben wir noch mal.« Doch Gabriel hatte gesagt: »Ich möchte lieber einfach nur töten.«
Die Jungen stritten sich um einen Freistoß. Gabriel versuchte, ein silbernes Döschen zu öffnen. Der Deckel hatte sich verklemmt.

»Was ist mit deinem Arm?«, fragte Hamoudi.
»Die Schulter gestoßen.«
»Brauchst du einen Arzt?«
»Es ist harmlos.«
Er drehte den Deckel auf und hielt Hamoudi das Döschen hin. »Viele Grüße von Mouheddine.«
»Der Alte oder der Sohn?«
»Der Alte ist tot. Aber sein Sohn wahrt die Tradition. Die violetten sind mit Rosenöl.«
»Als könnte ich das je vergessen.«
Hamoudi legte sich zwei violette Pastillen auf die Zunge. Ließ sie schmelzen, schloss die Augen. Sein Lächeln warf ein Netz feiner Falten über das Gesicht.
»Die Griechen sind keine schlechten Menschen«, sagte er. »Aber eine solche Köstlichkeit kriegen sie nicht hin.«
»Die Griechen machen alles mit zu viel Zucker«, sagte Gabriel.
»Bist du immer noch Christ?«
»Natürlich.«
»Das habe ich an euch Christen immer bewundert: Ihr bringt euch nicht gegenseitig um. Jedenfalls nicht so wie wir. Dafür haben wir mehr Kinder.«
Hamoudi lachte. Viele seiner Opfer lebten noch. Sie waren ohne Augen, ohne Zunge, schreckten jede Nacht aus Alpträumen hoch. Hamoudi war mit sich im Reinen. Er hatte seinen Reichtum in Sicherheit gebracht und ein neues Leben begonnen. Sein Teppichhandel hatte einen ausgezeichneten Ruf. Waffen verkaufte er nur noch aus Liebhaberei. Er hielt sich blutjunge Mätressen und war stolz auf seine Söhne.
Er wischte sich mit einem Taschentuch über die Stirn. Er hustete. Ein Nachbar grüßte, er wollte den Arm heben. Doch ihn schwindelte, er musste sich am Stock festhalten. Schweißtropfen fielen von seiner Stirn aufs Pflaster.

»Möchtest du dich lieber in den Schatten setzen?«
Hamoudi schüttelte den Kopf. Er versuchte aufzustehen. Er sackte zurück, seine Beine waren gelähmt. Er fixierte Gabriel. Er deutete auf das Silberdöschen. »Du hast nicht zufällig ...«
»Die Pastillen sind nicht von Mouheddine.«
»Ich verstehe nicht.«
»Falls sie dich verhaften. Falls du redest.«
»Aber ich würde doch niemals ...«
Hamoudi atmete rasselnd, in schnellen Stößen. Beide Hände umklammerten den Knauf des Stockes.
Gabriel stand auf. »Es ist nötig.«
Er ging ins Geschäft. Der Qanun-Kasten war schwer und sperrig. Doch wenn er die Trageschlaufe über die unverletzte Schulter legte und den Kasten unten mit der Hand stützte, konnte er ihn ohne Schmerzen tragen.
Als er zurückkam, saß Hamoudi blass und fieberheiß auf seinem Stuhl. Er konnte nicht aufstehen. Er konnte nicht um Hilfe rufen. In wenigen Augenblicken würde er nicht mehr sprechen können.
»Wie lange habe ich noch?«, röchelte er.
»Fünf bis acht Minuten. Du wirst einfach vom Stuhl kippen. Jeder Arzt wird sagen, es war ein Infarkt.«
Hamoudis Augen wurden feucht. Seine Lippen zitterten. Er hatte entsetzliche Angst vor dem Sterben. »Was ich getan habe ... tun musste ...«
Gabriel griff in die Sakkotasche des Alten. Er steckte den Umschlag wieder ein. Seine Frau und seine Söhne würden genug erben, sie brauchten das Geld nicht. Mit brechender Stimme schrie Hamoudi:
»Für die Sache!«
Gabriel ging ohne Abschied, den Qanun-Kasten unter dem Arm. Hinter ihm schoss eine Mannschaft ein Tor. Die Jungen jubelten.

15

Flipflops. Die rosa Riemchen aus Krokodilleder; jeder Schuh mit einem Glitzerstein. Diese Flipflops, erklärte das Preisschild, waren von Crystalishious und kosteten 545 Euro. Über den Flipflops ein T-Shirt, weiß, Baumwolle, ohne Ärmel. 240 Euro. Vermutlich wegen der Pelzapplikation an Brust und Schultern. Badeshorts, 280 Euro. Was die stilbewusste Griechin für einen Nachmittag am Strand so brauchte.
In der Boutique gegenüber Kinderkleidung. Jäckchen, Schühchen, Hütchen - wer hier seine zwei Kinder neu ausstatten wollte, musste den Wert eines Kleinwagens auf die Theke legen. Maria ging weiter, von Schaufenster zu Schaufenster: Trüffelschaum-Pralinés in einer Patisserie, abstrakte Kunst aus Blattgold und Titan in einer Galerie. Kolonáki war das Amüsierviertel für Athener, die noch Geld hatten. Und Spaß daran, es öffentlich auszugeben. Zum Beispiel an den Tischen des kleinen Restaurants, an dem Maria gerade vorbeilief - keine Vorspeise unter zwanzig Euro. Oder in dieser Sushi-Bar, voller lachender Menschen - jung, schön, sorglos. Krise? Welche Krise? Vermutlich wohnten auch einflussreiche Politiker hier. Oder Gewerkschaftsführer. Jedenfalls lag kein Müll auf der Straße.
»Egal ob du an den Nordpol oder in den Urwald reist - packe immer ein Kleidungsstück ein, in dem du vor eine Königin treten kannst.«
Weise Worte ihrer Großmutter. Die es aus ihrem kasachischen Dorf nie an den Nordpol, nie in den Urwald geschafft hatte, schon gar nicht in die Nähe einer Königin.

Aber an ihre Lebensklugheit hielt sich Maria, seit sie laufen konnte. Also hatte sie das kobaltblaue Kleid mit den Spaghettiträgern eingepackt, die Silberkette und die weißen Sandalen. Beim Anziehen war ein Riemchen gerissen. Sie hatte zwölf Euro ausgeben müssen, für Espadrilles von einem der Händler auf dem Omónia-Platz. Zwei Euro hatte sie im Internetcafé bezahlt, zwei Euro für die Pizza. Sie hatte noch vierundzwanzig Euro. Sie ging über den Kolonáki-Platz, vorbei an einem voll besetzten Straßencafé. Sie fühlte die Blicke auf sich ruhen.
Kleoménous 11c.
Je höher Maria die schmalen Treppen hinaufstieg, desto stiller wurden die Gassen, desto exklusiver die Apartmenthäuser. Die Luft war kühl und sauber. Hier stand ein Porsche, dort ein Mercedes. Die Schaufensterauslage einer Boutique bestand aus zwei Handtaschen – natürlich ohne Preisschild. Hinter einer Tür unter blauem Licht verschwanden Männer in weißen Anzügen, Frauen in goldenen Pumps. Eine Bar oder ein Restaurant, dessen Name kein Außenstehender kennen musste.
Klingel ohne Namen.
Das Haus, vor dem Maria nun stand, war eine Spur älter, einfacher als die Apartmenthäuser links und rechts. Sie klingelte zweimal lang, zweimal kurz. Über der Tür hing eine Kamera. Sie hörte den Summer, stieß die Tür auf. Am Ende eines blassgelb gefliesten Treppenhauses, in dem es nach Bohnerwachs roch, wartete ein Fahrstuhl. Groß genug für drei Personen, das Schalterbrett war zerkratzt. Die Tür glitt hinter ihr zu, der Fahrstuhl fuhr hoch, ruckelnd, vierter Stock, fünfter Stock, er passierte das oberste Stockwerk. Er fuhr weiter. Sie hörte elektronischen Swing, der näher kam. Der Fahrstuhl hielt, die Tür glitt auf.
Sie war nicht sicher, ob sie in eine Diele, ein Wohnzimmer

oder auf eine Terrasse trat. Alles glitt in schwerelosem Luxus ineinander. Wasser rieselte von Schieferwänden, Lampen hingen wie bunte Tropfen aus dem Nirgendwo. Flügeltüren öffneten sich zu einer Bar, an der Männer in hellen Anzügen lehnten, mit Einstecktüchern und offenem Kragen. Frauen in schulterfreien, fließenden Kleidern schwebten über Milchglasfliesen wie sündige Engel. In einer cremeweißen Sitzgruppe hingen schöne, sehr dünne Mädchen, sprachen Portugiesisch und ließen sich von älteren Männern die Stirn küssen.
»Maria!«
Eléni kam auf sie zugetrippelt, in einem metallblauen Paillettenkleid, schimmernd wie ein Globus. Um den Äquator hatte sie einen schwarzen, strassbesetzten Gürtel gewickelt. Sie breitete ihre kurzen, runden Arme aus und rief:
»Du bist die schönste Frau des Abends.«
Küsschen links, Küsschen rechts.
»Hat der Taxifahrer die Adresse gleich gefunden?«
»Der Taxifahrer?«
»Trink ein Glas Champagner!«
Schon nahm Eléni zwei Champagnerkelche von einem Tablett, das eine dunkelhäutige Schönheit vorbeitrug. Sie trank ihr Glas in zwei Schlucken leer und warf es in eine Pflanzschale. Sie nahm Maria am Arm und führte sie auf die Terrasse.
»Der Gastgeber wird dich ansprechen«, flüsterte sie. »Yánnis Kostáki. Er sieht gut aus, er hat Geld. Ich bin sicher, er macht dir ein Angebot. Achte auf jedes Wort.«
Schon trippelte sie weiter, warf Kusshände nach hier und dort und empfing belustigte Komplimente für ihr Paillettenkleid. Das war ihre Maske. Keiner nahm sie ernst. Jeder hielt sie für ein durchgeknalltes, fettes Ding, mit dem man schäkern und lästern konnte, vor dem man seine Zunge

nicht zu hüten brauchte. Wahrscheinlich, dachte Maria, war Eléni Galánis eine clevere, gnadenlose Journalistin.
Sie trat an das Geländer der Terrasse. Am Himmel funkelten Sterne, unter ihr die Lichter der Stadt. Der Blick auf die Akrópolis war phantastisch. Die Polizei hatte das Transparent längst heruntergerissen. Klar und erhaben leuchtete der Parthenón über dem Mittelmaß der modernen Stadt.
»Ist sie nicht wundervoll?«
Maria drehte sich um. Vor ihr stand der Mann, den sie am Vormittag an der Tempelsäule gesehen hatte. Er zwinkerte ihr zu aus grünbraunen Augen. Er trug keine Abendgarderobe wie die anderen Gäste. Der seidig-fließende, anthrazitfarbene Stoff eines Mao-Anzugs umschmeichelte seine Brustmuskeln und den flachen Bauch.
»Nur wegen dieses Blicks habe ich diese Hütte gemietet.«
»Das war der einzige Grund?«
Er zuckte die Schultern. »Ehrlich gesagt, mir ist hier alles zu neureich. Nehmen Sie diesen Swimmingpool. Die Griechen sind verrückt nach Swimmingpools auf Dachterrassen. Wasser und Kacheln auf einer Höhe, so dass das Wasser leicht über den Rand schwappt.«
»So wie dieser?«
»Ist es nicht albern? In einem Land, dessen Oberfläche zu neunzig Prozent aus Wasser besteht? Es ist nicht mein Stil, aber was sollte ich machen? Ich wollte den Blick auf die Akrópolis. Rauchen Sie kubanische Zigarillos?«
»Ich rauche überhaupt nicht.«
»Machen Sie eine Ausnahme für diese Cohibitas. Ein Freund schickt sie mir aus Ciego de Ávila.«
»Sie haben Freunde auf Kuba?«
»Ich habe überall Freunde. Sagen wir gute Bekannte. Ein Mann, der glaubt, er habe viele Freunde, belügt sich selbst.«

Er zündete sich eine Cigarillo an und blies einen Ring in die windstille Luft. Er sprach gutes Englisch mit amerikanischem Akzent.
»Sie sind die Deutsche? Mit dem Problem auf Kreta? Eléni Galánis hat mir Ihren Namen ... Mein Gott, mein Gedächtnis ...«
»Maria Brecht.«
»Ich darf Sie Maria nennen? Eine Silbe weniger.«
Er wandte sich kurz ab, begrüßte ein Ehepaar, das in etwas zu förmlicher Abendgarderobe erschienen war; sie in burgundroter Robe, er im Smoking. Er begrüßte die Dame mit Handkuss. Er wandte sich Maria wieder zu.
»Entschuldigen Sie. Botschafter aus Venezuela. Solche Leute sind furchtbar leicht gekränkt.« Er reichte ihr seine schlanke, sorgfältig manikürte Hand. Sein Händedruck war fest, aber kurz. »Nennen Sie mich Yánnis.«
»Ich habe Sie heute Vormittag gesehen«, sagte Maria. »Auf der Akrópolis.«
»Mich?«
»Sie haben sehr dekorativ an einer Säule gelehnt.«
»Sie waren dort oben?« Er lachte. »Verrückt! Diese jungen Leute haben mich genervt, lieber Himmel! ›Das Transparent braucht einen extraleichten Stoff, sonst reißt es aus den Angeln.‹ Ich sage: ›Gut, wie viel soll's kosten?‹ Sie sagen: ›Das Transparent braucht eine spezielle Beschichtung, sonst sieht keiner die Schrift.‹ Ich sage: ›In Ordnung, wie viel soll's kosten?‹ Sie sagen: ›Das Transparent braucht besondere –‹«
»Sie haben die Aktion da oben finanziert?«
»Warum nicht?«
»OCCUPY THE SYSTEM?«
»Ich finanziere nicht, ich versuche zu helfen.«
»Okay, aber –«
»Sie erinnern sich an *Occupy Wallstreet*? Die Aktion hat mich

geärgert. Weil die jungen Leute Wallstreet nicht besetzt haben. Sie haben in einem Park ein paar Zelte aufgeschlagen. Die Aktivisten hier sind aus anderem Holz. Natürlich, die Verzweiflung ist größer. Das Land steht am Abgrund, ihre Zukunft. Sie müssen das Alte niederreißen und etwas Neues aufbauen. Es ist ihre einzige Option.«

Der Rauch seiner Cohibita roch gut. »Tagsüber finanzieren Sie die Besetzung der Akrópolis?«, fragte Maria. »Und abends laden Sie Unternehmer und Botschafter ein?«

»Sehen Sie darin einen Widerspruch?« Nachdenklich blies er einen zweiten Ring in die Luft. »Sehen Sie, Maria: Ich bin Investor. Ich investiere in Veränderung. In Menschen, die sich nicht einreden lassen, unsere Welt könne nur so sein und nicht anders. Wie sagt Ihre Bundeskanzlerin? Alternativlos? Schmeißen Sie sie raus.«

Eine Frau mit kurzen, kastanienbraunen Haaren und karmesinrotem Kussmund näherte sich von hinten. Sie leckte Yánnis über den Nacken. Ihre großen Pupillen hatte sie ganz sicher nicht vom Alkohol. Yánnis flüsterte in ihr Ohr, sie kreischte. Sie verlor das Gleichgewicht, kippte zur Seite, Yánnis fing sie auf. Er gab einem Serviermädchen ein Zeichen, sie führte die Frau zu den Champagnergläsern. Er wollte mit Maria allein reden.

»Ich komme aus Thessaloniki. Mit siebzehn bin ich abgehauen. Habe die Enge nicht mehr ausgehalten, die Spießigkeit. Jetzt komme ich zurück. Warum? Natürlich, einige Griechen glauben immer noch, sie können so weitermachen. Ein Sparpaket hier, eine Rettungsspritze dort. Aber die Wut wächst. Mit der Wut wächst die Kraft, mit der Kraft wächst die Hoffnung. Griechenland war in seiner Geschichte immer groß, wenn es aufstand. Wenn es die Fesseln abwarf. Voranging und anderen Nationen den Weg leuchtete. Ich glaube, Griechenland steht wieder an diesem Punkt.«

»Deshalb sind Sie zurück nach Athen gekommen?«
»Noch ein Glas Champagner?«
Bevor Maria antworten konnte, hielt er zwei Gläser in der Hand. Sie stießen an. Er zwinkerte.
»Übrigens kein Champagner. Ein Cava aus dem Baix Penedès. Eine ökologische Kooperative. Keine Bank wollte den jungen Leuten Kredit geben. Nun probieren Sie, wie gut dieser Cava schmeckt.«
Sie tranken. Im U-Turn hatten sie mehrere Champagner auf der Karte. Dieser Cava war besser.
»Und schließlich, Maria, investiere ich in Menschen mit einer Geschichte. In Menschen, sagen wir, wie Sie. Rede ich von Geld? Um Himmels willen! Ich rede von Vertrauen!«
Schade, dachte Maria. Sie stellte sich vor, wie sie in Barney's Bikeshop einen Haufen Vertrauen auf den Tisch legte.
»Schauen Sie sich um«, fuhr er fort. »Was sehen Sie?«
»Teure Kleider. Teure Uhren. Teuren Schmuck.«
»Täuschen Sie sich nicht. Die meisten dieser Leute sind überschuldet. Sie lassen ihre Platin-Kreditkarten aus den Portemonnaies schauen; aber sie können mit diesen Karten schon lange nichts mehr kaufen. Die Geschäfte trauen ihren Kunden nicht. Die Kunden trauen den Banken nicht. Die Banken trauen sich gegenseitig nicht. Misstrauen überall. Am Arbeitsplatz, unter Freunden, sogar in der Familie. Wo Vertrauen fehlt, fehlt Geld. Und wo Geld fehlt, wachsen die Schulden. Sie vertrauen mir. Ich missbrauche Ihr Vertrauen. Ich produziere Schulden.«
Jemand rief seinen Namen, er schien nicht zu hören. Sein Blick ruhte konzentriert auf Maria.
»Über wie viel Geld verfügen Sie?«, fragte er.
»Geld? Ich?«
»So ungefähr.«
»Ich hab's nicht im Kopf.«

»Sagen wir, Sie schlagen sich durch. Sie verhungern nicht, aber hätten gern mehr. Können wir uns darauf einigen?«
»Darauf können wir uns einigen.«
»Wie viele Freunde haben Sie? Denen Sie vollkommen vertrauen?«
Vielleicht Fredrik. Wenn er nicht bekifft war.
»Sagen wir, ein paar«, sagte er. »Aber hätten Sie gern mehr?«
»Wer hätte die nicht gern?«
Er lächelte. »Sehen Sie den Zusammenhang? Geld ist Vertrauen, Vertrauen ist Geld. Sie können die Begriffe in die Luft werfen. Fangen Sie einen, fangen Sie auch den anderen.«
Der Rauch der Cohibita, das Prickeln des Cava versetzten sie in gelöste, fast schwerelose Stimmung. Sie hatte keine Lust auf Widerspruch.
»Sie haben auf Kreta eine spannende Sache erlebt«, hörte sie Yánnis sagen. »Ein Boot, ein Mann, ein auffallend stabiler Koffer ... Vielleicht sogar ein Mord.«
Ihre Stimmung platzte wie eine Seifenblase. Er wusste es also auch. Wahrscheinlich von Eléni. Aber warum fing er plötzlich an, von einem Mord zu reden?
»Etwas ist schiefgelaufen«, fuhr er fort. »Davon muss man ausgehen. Sie sind nach Athen gekommen. Eléni sagt, jemand hat Sie gelockt. Vielleicht hat sie recht, vielleicht nicht. Trauen Sie Eléni?«
»Ich kenne sie erst seit ein paar Stunden.«
»Tatsächlich? Sie redet von Ihnen, als seien Sie gute Bekannte.«
Was erzählte diese Frau über sie?
»Vertrauen ist ein kostbares Gut, Frau Brecht. Wir dürfen es nicht verschleudern.«
Maria hatte nicht mehr vor, noch irgendjemandem zu vertrauen; nicht Gerakákis, nicht Eléni, und auch nicht Yánnis.

»Natürlich«, sagte er, »spüren wir alle diese Sehnsucht. Wir wollen vertrauen, unsere Geheimnisse mit einem Menschen teilen. Aber nicht mit jedem. Und schon gar nicht umsonst. Also umkreisen wir uns. In kleinen Schritten. Wir beschnuppern uns, tasten uns ab. Jeder gibt ein wenig preis.«
Sie trank einen tiefen Schluck. »Was, Yánnis, geben Sie preis?«
»Mein Interesse. An Ihrer Person und Ihrer Geschichte. Vertrauen Sie mir, Maria. Sie werden es nicht bereuen.«
Er zwinkerte, aber er lächelte nicht. Er warf den glühenden Rest seiner Cohibita in die Nacht und sagte leise:
»Beginnen wir mit einer einfachen Frage. Wo ist der Koffer?«

16

Er öffnete die Schlösser, dann die Schnallen. Er klappte den Deckel hoch. Sie hatten einige Hosen, Hemden, Wäsche hineingestopft, für den Fall einer Kontrolle. Billiges Zeug, er würde es wegwerfen. Aber darunter lag das Dromedar. Der Körper aus Atlas-Zeder. Die Augen aus Karneol. Schwanz und Hals mit bunten Perlen geschmückt, die Satteldecke bunt bestickt. Kunsthandwerk, wie es die Berber auf den Basaren Nordafrikas verkauften. Jedes Dromedar war ein bisschen anders. Deshalb war es Gabriels Bedingung gewesen: Es sollte dasselbe Dromedar sein, das er an jenem Vormittag, während der Vorführung in der Wüste, gesehen hatte. So konnte er sicher sein, dass es von den drei Libyern kam, nicht von einem Betrüger. Was die jungen Libyer anging: Sie würden nicht wagen, ihn zu betrügen. Sie wussten, wer er war.

Er legte das Dromedar auf den Nachttisch. Er drückte die Perlen zwischen den Ohren und unter dem Schwanz zusammen. Der Holzkörper klappte auf: Zehn Glasröhrchen lagen nebeneinander, jedes in einer Mulde aus Schaumstoff. Die fünf größeren Röhrchen enthielten jeweils etwa einen Drittel Liter einer klaren, farblosen Flüssigkeit. Die fünf kleineren Röhrchen fassten kaum den Inhalt eines Schnapsglases; ihr Inhalt war trübe gelb. Alle Röhrchen waren sorgfältig verschlossen, mit Silikon und Siegellack. Unmöglich, sie zu öffnen, ohne das dünne Glas zu zerbrechen.

Er holte die Bibeln aus den Plastiktüten, legte sie aufgeschlagen aufs Bett. Er streifte Gummihandschuhe über die Hände, bevor er das Zigarrenkistchen öffnete. In Watte gebettet, lagen die fünf Mikrozellen in dem Kistchen. Auf den Zellen

waren winzige Chips befestigt, von denen sich je zwei Drähte spreizten - wie die überlangen Fühler betäubter Käfer. So hauchdünn waren Drähte und Glas, dass seine Finger nicht den feinsten Fettfilm hinterlassen durften. Das Glas würde sich sonst ungleichmäßig erhitzen, es konnte zu früh brechen oder zu spät; die Lösungen würden versickern, ohne sich zu vermischen.
Aber sie mussten sich vermischen, im richtigen Verhältnis. Das hatten sie ihm vorgeführt, an dem Vormittag in der Wüste. Nach drei Stunden Fahrt hatten sie in einer zerschossenen Kaserne Halt gemacht. Gabriel hatte nicht gefragt, wo sie die Sahel-Flüchtlinge aufgetrieben hatten. Auf der Ladefläche eines Lastwagens hatten sie sie herangeschafft, in einen Container getrieben und den Container verschlossen. Dann hatten sie festgestellt, dass die Kamera zwar Bilder nach außen übermittelte, aber keinen Ton. Fast zwei Stunden hatten sie Kabel umgesteckt, Adapter poliert, die Konfiguration ihres Laptops geändert. Die Sonne war immer höher gestiegen und hatte auf den Container gebrannt. Schließlich hatte Gabriel gesagt:
»Wir machen es ohne Ton.«
Die Libyer hatten sich entschuldigt. Sie hatten neben Gabriels Stuhl ein Tischchen gestellt, mit Datteln und Hibiskustee. Sie hatten die Aufzeichnung gestartet und die Vorführung begonnen. Danach hatte Gabriel gesagt: »Und jetzt reden wir über den Preis.«
Er nahm einen Zünder aus dem Zigarrenkistchen, legte ihn in die Aussparung einer Bibel. Breitete die Drähte aus. Er legte erst ein großes, dann ein kleines Röhrchen in die Aussparung. Er wickelte den Draht fest, aber nicht zu fest ums Glas.
»Die Drähte sind gleichzeitig die Antennen«, hatte Hamoudi gesagt.

Würde es funktionieren? Welche Sicherheit hatte er? Hamoudi hatte ihm sein Wort gegeben. Gabriel hatte ihn bezahlt und getötet. Auf mehr Sicherheit durfte er nicht hoffen.

Er schlug die Bibel zu. Kaum sichtbar, höchstens einen Millimeter, ragten die Drähte aus dem Goldschnitt. Unwahrscheinlich, dass jemand vorher die Bibeln in die Hand nahm. Und wenn, würde ihm nichts Verdächtiges auffallen. Das Gewicht der Flüssigkeit ersetzte das Gewicht des herausgeschnittenen Papiers. Und die hässliche Frau hatte sich Mühe gegeben. Wie sich hässliche Frauen immer Mühe gaben; es war ihre einzige Hoffnung. Stabil klemmten die Röhrchen in der Aussparung.

Gabriel nahm den zweiten Zünder aus dem Kistchen. Breitete die Drähte in der zweiten Bibel aus. Er nahm ein Röhrchen ...

»Ahh!«

Er spürte den schneidenden Schmerz in der linken Schulter. Fast hatte er das Röhrchen fallen lassen. Als ob ein Nerv eingeklemmt war oder entzündet. Und nur in einer bestimmten Drehung, die er nicht wiederholen und nicht vorhersehen konnte, jagte ihm dieser Nerv den Schmerz von der Schulter bis zur Hand.

Er legte das Röhrchen aufs Bett. Er knöpfte sein Hemd auf und ging ins Bad. Die Schulter war seit heute Morgen etwas angeschwollen. Die Schwellung tat weh, wenn er auf sie drückte. Aber lange nicht so beißend wie eben.

»Brauchst du einen Arzt?«

Er hätte besser auf Hamoudi gehört. Hamoudi hätte ihm einen Arzt vermitteln können, der keine Fragen stellte. Gabriel konnte auch allein einen finden, wenn er bei den Arabern im Teehaus fragte. Sein Problem war Zeit. Er hatte einen Plan. Und er brauchte seinen Arm. Er konnte sich kei-

nen Arztbesuch leisten. Schon gar keinen Verband oder eine Operation.
Er stand vor dem Spiegel und fluchte. Er hatte Lust, der jungen blonden Frau einen Knochen zu brechen oder ein paar Zähne herauszuschlagen. Wie ein Junge hatte sie gewirkt, auf ihrem Mountainbike, mit wehendem Zopf unter dem roten Basecap. Sie hatte neben seinem Wagen angehalten, ohne vom Rad zu steigen. Hatte um Wasser gebeten, freundlich, aber ohne eine Spur von Angst. Er hatte ihr Cola gegeben – statt sie auf der Stelle zu töten! Was den Starken vom Schwachen unterscheidet, ist das Erkennen des Augenblicks. Sie hatte ihn beim Wasserlassen erwischt wie einen kleinen Jungen. Deshalb war er schwach gewesen. Hatte den Augenblick verpasst. Hatte sie das Blut sehen und aufs Fahrrad steigen lassen. Und für diese Schwäche zahlte er jetzt.
Dann die Sache mit den Steinen. Aus der Deckung des Felsens hatte sie ihn beworfen. Verteidigung, nun gut. Er hatte sie töten wollen. Aber als er schon wieder auf der Piste stand, fast an der Tür seines Wagens – da hatte sie den letzten, tückischen Stein geworfen. Das war nicht mehr Notwehr gewesen. Er war nicht mehr Angreifer gewesen, er war längst auf der Flucht. Und wenn er sich in diesem Moment gebückt hätte? Wenn sie seinen Kopf getroffen hätte?
Er starrte in den Spiegel. Er drückte auf die blauviolette Wunde und fühlte den Schmerz. Er überlegte, was er tun musste. Damit die Frau für ihre Schuld bezahlte.

17

Maria saß in einem Ledersessel auf der Terrasse und nippte an ihrem Champagnerglas. Männer und Frauen tanzten, tranken, räkelten sich auf den Polstern. Die dünnen Mädchen saßen am Rande des Pools, hielten ihre nackten Füße ins Wasser und aßen Canapés mit Garnelen. Eléni hatte, unter viel Lachen und Neugier, ihren Kopf in den Nacken gelegt, Champagner aus einem Glas in die Luft gestoßen und die Fontäne mit ihrem Mund aufgefangen, ohne einen Tropfen zu verschütten. Sie hatte Kusshände an die applaudierenden Gäste verteilt. Kurze Zeit später war sie mit einem rotwangigen Mann in einem grünen Anzug die Treppe hinaufgestiegen und in einem der oberen Räume verschwunden.

»Vertrauen Sie mir. Sie werden es nicht bereuen«, hatte er gesagt.

Die Frau mit dem kastanienbraunen Kurzhaarschnitt hatte Yánnis weggezerrt. Jetzt saßen sie zusammen auf der Chaiselongue neben dem Kamin. Sie zupfte Blätter von einem Bonsai, kitzelte seine Nase. Leckte die Nase mit ihrer Zungenspitze ab. Kitzelte sie wieder mit dem Bonsaiblatt. Ihre Augen waren nur noch Pupillen. Yánnis lachte wie frisch verliebt. Doch über die Schulter der Frau sah er herüber zu Maria.

Er hatte ihr ein Angebot gemacht. Er bot Geld für eine Information. Er hielt die Geschichte einer Touristin, die sich zur falschen Zeit an den falschen Ort verirrt hatte, für leeres Gerede. Was hatte Eléni ihm über sie erzählt? Maria konnte ihm kein Geld aus der Tasche ziehen für eine Information, die sie nicht hatte. Oder doch? Sie konnte sagen, sie brauchte

eine Anzahlung. Sie konnte behaupten, ihre Quelle verlange Sicherheit. Nicht fair, aber möglich.
»Wo ist der Koffer?«
Seine Frage machte nur Sinn, wenn er den Inhalt des Koffers kannte. Eléni hatte vermutlich einen Verdacht. Sogar Kommissar Gerakákis hatte sich auffallend für diesen Koffer interessiert. Nur Maria hatte keine Ahnung. Aber für das Vertrauen einer ahnungslosen Touristin zahlte Yánnis keinen Cent.
Sie stand auf. Sie schwankte einen Moment, sie hatte zu viel getrunken. Sie atmete tief die Nachtluft ein und fühlte sich wieder klar. Sie setzte sich, ihr Glas in der Hand, neben die Chaiselongue und beobachtete Yánnis und die Frau beim Turteln. Er biss in ihr Ohrläppchen. Flüsterte etwas in die Ohrmuschel. Sie kicherte und schüttelte den Kopf. Er drückte mit der Hand ihr Kinn, spielerisch, als solle sie den Mund aufmachen, als wolle er sie zwingen. Sie presste die Lippen aufeinander. Er zeigte drohend den Daumen. Sie leckte über die Kuppe und verschloss wieder die Lippen. Sie prustete los. Er tat ebenfalls, als amüsiere er sich. Aber Maria sah deutlich, es machte ihm keinen Spaß. Ihm war die Frau zuwider. Er zwang sich zu Küssen und Gelächter. Er wollte etwas anderes von ihr.
Die Frau sah Maria und verschluckte sich. Yánnis richtete sich auf. Der Kopf der Frau rutschte auf seine Brust, sie hustete, er gab ihr Klapse auf den Rücken.
»Sie amüsieren sich?«, fragte er.
»Mein erster Abend in Athen«, sagte Maria.
»Ein Amerikaner würde sagen: Es ist mein erster Abend in Athen, und ich finde es phantastisch!«
Die Frau verkrümmte sich in Yánnis Schoß, als müsse ihr Kopf seinen Penis bewachen. Er kraulte ihren Nacken.
»Amüsieren Sie sich?«, fragte Maria.

Er zuckte die Schultern. Sah in die Runde seiner Gäste, sein Blick verdüsterte sich.
»Schauen Sie sich diese Leute an. Alles Sumpfnattern. Ich habe zu lange in den Staaten gelebt. Ich will Risiko spüren, eine Energie für Veränderung. Nicht diesen degenerierten Stillstand. Damit wir uns verstehen: Ich bin in dieses kranke Land gekommen, um zu helfen. Aber wollen sich diese Leute helfen lassen? Stellen Sie zwei Griechen in die Wüste. Was passiert? Sie fangen an, den Sand zu verstecken. Graben Löcher, damit der eine den Sand vom anderen nicht sieht. Und dann feilschen sie. Jammern sich die Ohren voll, wie wenig Sand sie haben. Dieses Land widert mich an!«
Die Frau hob den Kopf. »Ich widere dich an, Schatz?«
»Ja, ja, du widerst mich an.«
Grunzend vergrub sie ihren Kopf in seinem Schoß. Der venezolanische Botschafter fiel mit großem Hallo in den Swimmingpool.
»Ich fahre volles Risiko«, fuhr er fort. »Kein Mensch außer mir würde sich auf dieses Spiel einlassen.«
»Ich bin bloß –«
»Lassen wir die Geschichte von der deutschen Touristin mal weg«, sagte er, eine Spur gereizt. »Eléni Galánis hat mir genug von Ihnen erzählt.«
»Einverstanden«, sagte Maria. »Lassen wir sie weg.«
»Ich bin einer der letzten Geschäftsleute, die sich noch mit diesem Land abgeben. Ich versuche, etwas zu bewegen. Aber ich brauche Informationen. Seit zwei Tagen kriege ich sie nicht mehr.«
Maria nippte an ihrem Glas. »Das ist schlecht.«
»Und ob das schlecht ist! Die Uhr tickt. Ich kann sie nicht anhalten. Selbst eine Verschiebung um einen Tag ...«
Er hielt inne. Maria hatte keine Ahnung, wovon dieser Mann redete. Sie hielt vielsagend ihre Hand in die Luft, als habe sie

verstanden. Yánnis schien ihr die Geste abzukaufen. Er beugte sich vor.
»Erinnern Sie sich, was ich vorhin gesagt habe?«, sagte er leise. »Ich bleibe dabei. Ein Deal ist ein Deal. Ich rate Ihnen, verkaufen Sie sich nicht an die falschen Leute. Ich habe mich ein paarmal in meinem Leben an die falschen Leute verkauft, ich habe jedes Mal teuer bezahlt.«
Er sah sie an. Sie schwieg. Er beugte sich weiter vor, seine Augenlider bebten. »Sagen Sie mir, was ist auf Kreta schiefgelaufen?«
Sie hörten Schreie, das Schlagen einer Tür.
»Wo ist dieser verdammte Koffer?!«
Eléni kam die Treppe heruntergestolpert. Der Rotwangige erschien auf der Galerie, fluchend, sein Hemd hing aus der Hose. Eléni schrie und schluchzte.
»Ich will ein Taxi!«

18

Sie saßen auf der Rückbank des Taxis. Eléni schluchzte nicht mehr. Im Gegenteil: Ruhig, fast heiter schaute sie auf die Straßenschilder, beugte sich nach vorn und gab dem Taxifahrer eine Anweisung.

»Yánnis hat mir dir gesprochen?«, fragte sie.

»Ja«, sagte Maria.

»Was wollte er wissen?«

»Er hat über Vertrauen gesprochen.«

»Hat er Geld geboten?«

»Er hat gesagt, es lohnt sich.«

»Hattest du das Gefühl, er ist unter Druck?«

»Was hast du ihm über mich erzählt?«

Sie fuhren vorbei am Sýntagma-Platz. Demonstranten campierten in Zelten, Stoffbahnen waren aufgespannt: *OCCUPY THE SYSTEM.*

»Ich habe ihm erzählt«, sagte Eléni, »dass Touristin deine Tarnung ist.«

»Tarnung wofür?«

»Dass du mehr weißt, als du zugibst. Dass du nach Athen gekommen bist, weil auf Kreta etwas schiefgelaufen ist.«

»Warum verbreitest du diesen Schwachsinn?«

»Weil ich will, dass er anbeißt! Dass er redet! Ich brauche es für meine Story!«

Das Taxi fuhr durch eine Seitenstraße, vorbei an einer Kirche und einem Schulhof.

»Triff dich mit ihm«, sagte Eléni.

»Nein.«

»Sage ihm, du bist bereit zu verhandeln.«
»Ich wüsste nicht, worüber.«
»Morgen Mittag gebe ich dir mehr Informationen.«
»Ich tauge nicht als Köder.«
»Brauchst du Geld oder nicht?! Du kannst aus dem Mann richtig viel Kohle herausholen!«
Das Taxi hielt vor einem Apartmenthaus in einer Grünanlage. Die Apartments hatten Terrassen oder große Balkone. Hier und da brannte noch Licht hinter getönten Scheiben. Eléni öffnete die Tür und stieg aus.
»Wir haben einen Deal, du erinnerst dich? Das Geld für dich, die Story für mich!«
»Du –«
»Ich rufe dich an.«
Sie schlug die Tür zu. Das Taxameter zeigte acht Euro. Eléni hatte keinen Cent bezahlt.
»Wohin?«, fragte der Taxifahrer.
»Einen Moment.«
Sie sah Eléni auf die Haustür zutrippeln. Die Absätze ihrer Pumps klackerten durch die Stille. An der Haustür blieb sie stehen. Sie drückte einen Klingelknopf und wartete. Sie drückte noch einmal. Also wohnte sie hier nicht. Maria hoffte, sie würde zurückkommen. Dann konnten sie über den Taxipreis reden. Feilschen! Wegen acht Euro! Eléni sagte etwas in die Sprechanlage und drückte die Tür auf.
»Wie viel kostet es bis zum Titania-Hotel?«, fragte Maria.
»Noch vier Euro.«
»Lassen Sie mich irgendwo auf dem Weg raus, wo es noch was zu essen gibt. Hauptsache billig.«
Am Titania-Hotel stellte der Taxifahrer das Taxameter ab und umrundete den Omónia-Platz.
»Ich habe auch Hunger«, sagte er.
Er war kein Grieche. Er hatte einen anderen Akzent. Er parkte

das Taxi in einer Seitenstraße. Das Taxameter zeigte zwölf Euro vierzig. Sie gab ihm dreizehn Euro.
»Aber ich kann Sie nicht zum Essen einladen.«
Sie schämte sich. Aber es stimmte. Im Portemonnaie hatte sie noch zehn Euro achtzig Cent.
Am Omónia-Platz hatte eine Snackbar offen. Sie bestellten zwei Sandwiches mit Schafskäse und zwei Becher frischen Orangensaft. Der Taxifahrer bezahlte für beide. Sie nuschelte einen Protest. Sie setzten sich auf zwei Hocker mit Blick über den Omónia-Platz und bissen in ihre Sandwichs.
»Danke«, sagte Maria. »Ich bin pleite.«
»Warum?«
»Konto gesperrt.«
»Ein Grieche sagt nie, er sei pleite. Er sagt: ›Du kriegst das Geld morgen.‹«
Ein Uhr nachts. Händler standen am Straßenrand, mit Zigaretten und Porno-DVDs. Manchmal hielt ein Wagen. Sie verkauften ihre Ware in die offenen Autofenster. Obdachlose schliefen neben dem Gitter des Metroschachtes. Am Tresen stand ein Geldwechsler mit Lesebrille und Turban. Er prüfte die Geldbündel zweier Afrikaner. Tippte Ziffern in seinen Taschenrechner, hielt ihnen das Display hin. Kurzer Wortwechsel, Nicken. Er zählte den Afrikanern Euroscheine und Münzen in die schwieligen Hände.
»Sind Sie Engländerin?«, fragte der Taxifahrer.
»Deutsche.«
»Deutschland ist gut. Nietzsche.«
Er trug schwarzes Hemd, Jeans, Sportschuhe. Sein Körper war mager, die Schultern hingen nach vorn. Die Brille mit dem schwarzen Rahmen war zu groß für das hagere Gesicht.
»Ich komme aus Teheran«, sagte er.
»Wie lange sind Sie schon hier?«

»Sechs Jahre. Zwei Jahre fahre ich Taxi.«
Im Dunkel des Taxis hatte sie nur wenig von seinem Gesicht gesehen. Jetzt sah sie die tiefen Furchen in seinen unrasierten Wangen«.
»Ich heiße Maria.«
»Darius.«
Er holte eine zerknüllte Packung Zigaretten aus seiner Hemdtasche und hielt sie ihr hin. Sie schüttelte den Kopf. Er zündete sich eine an.
»Ich habe in Teheran Soziologie und Philosophie studiert. Ich spreche vier Sprachen. Ich kann am Computer arbeiten.«
»Das ist gut.«
»Haben Sie einen Job? In Deutschland?«
Sie schüttelte den Kopf. Hinter dem Gitter des Metroschachts schrie ein Baby. Eine Frau setzte sich auf, wischte sich den Schlaf aus den Augen.
»Muss hier weg«, sagte Darius. »Fahre jeden Tag achtzehn Stunden. Geld verdienen, solange es geht.«
»Solange es geht?«
»Die Leute reden frei im Taxi. Sie denken, der blöde Araber versteht sowieso nichts.«
»Sie sind Perser.«
»Erklären Sie den Unterschied einem Griechen. Ich schnappe hier und da was auf. Zähle eins und eins zusammen. Hier knallt's. Und zwar bald.«
Die Frau wickelte das Baby aus verdreckten Stoffbahnen. Wischte ihm den Po mit Zeitungspapier und Wasser aus einem Kanister.
»Die Griechen schaffen alles über die Grenze«, sagte Darius. »Möbel, Gemälde, Schmuck. Nach Italien oder Zypern. Schauen Sie sich die Müllberge an. Wachsen immer höher. Der Wetterbericht hat Hitze angekündigt, über vierzig Grad. Und zwischendurch Gewitter. Was passiert, wenn das Zeug

in die Kanalisation suppt? Seit Tagen sagen sie im Radio, das Militär räumt den Müll weg. Aber das Militär kommt nicht. Also kippen sie Chlor ins Wasser, gegen Seuchen.«
Unter einer Decke hob ein Mann den Kopf. Er murrte die Frau an, die immer noch das Kind abwischte.
»Können Sie mir eine Einladung schreiben?«, fragte er.
»Wofür?«
»Für die Botschaft. Ein Visum nach Deutschland. Ich bin hier geduldet. Aber sie bearbeiten unsere Anträge nicht. Seit Jahren. Weil sie wissen, wenn sie unsere Anträge bearbeiten, haben wir Rechte. Ich kann nicht zurück in den Iran. Ich komme hier nicht raus. Wir sitzen alle in der Falle.«
Die Frau hinter dem Metrogitter versuchte, das Baby zu stillen. Aber das Baby wollte nicht trinken und schrie.
»Eine Einladung nützt Ihnen nichts«, sagte Maria. »Solange Sie keine Papiere haben, kriegen Sie niemals ein Visum.«
»Kennen Sie einen Deutschen? Der ein Taxi braucht, über die Grenze?«
»Sie haben die Falsche getroffen«, sagte Maria. Es ist mein erster Tag in Athen.«
»Aber Sie kommen von einer schicken Party.«
Wie sollte sie ihm das erklären? Sie konnte es nicht erklären. Er musste sie für eine Lügnerin halten, die sich von ihm auch noch zu Sandwich und Saft einladen ließ.
»Ich habe zwei Diplome! Ich spreche vier Sprachen!« Er warf seinen Zigarettenstummel weg. »Zigarettenpause vorbei. Fahren bis sieben Uhr. So lange habe ich das Taxi.«
»Es tut mir leid, dass ich Ihnen nicht helfen kann.«
»Kann ich Ihnen meine Karte geben? Falls Sie doch welche treffen, die plötzlich rausmüssen?«
Er stand auf. Er streckte sich. Offenbar hatte er Probleme mit den Bandscheiben. Er gab ihr seine Karte.
»Und sagen Sie Ihrer Freundin, in Teheran ist es legal.«

»Legal?«
»Die Operation. Sie dürfen im Iran nicht schwul sein, sonst kommen Sie an den Strick. Aber ein Mann darf eine Frau werden.«
»Sie machen sich lustig.«
»Fatwa von Khomeini.« Er dehnte die Arme hinter dem Nacken, beugte den Rumpf. »Operation ist im Koran nicht verboten, also ist es legal. Iran hat die höchste Zahl von Geschlechtsumwandlungen nach Thailand. Die Ärzte sind sehr gut. Viele kommen aus dem Ausland.«
Er deutete auf eine Frau in Netzstrümpfen und hohen Stiefeln, die aus einem Auto stieg. Sie war stark geschminkt und trug ein Halstuch.
»Griechische Transen sind hässlich. Im Iran haben sie Silikon, in Griechenland spritzen sie nur Hormone. Sie können sich die Operation nicht leisten. Sie tragen Halstuch, wegen Adamsapfel. Sie werden dick und spritzen immer mehr. Für zwanzig Euro steigen sie zu jedem Mann ins Auto. Ihre Freundin muss nach Teheran. Aber sie muss die Operation bald machen. Wenn sie zu alt ist, ist es zu spät.«

14. August

»Die Drachme ist heute die stabilste Währung der Welt.«

Franz-Josef Strauß, Bundesfinanzminister,
1968 über die Politik der griechischen Militärjunta

19

Maria lag im Kingsize-Bett ihres Hotelzimmers, die Fernbedienung in der Hand. Griechenland war Topthema auf euronews. Sechs Stunden Warnstreik der DEI, der staatlichen Elektrizitätsgesellschaft. Drohung mit unbefristetem Ausstand, Stromausfall im ganzen Land. Das Titania-Hotel hatte wahrscheinlich eigene Generatoren. Vielleicht war das Griechenlands Zukunft: Generatoren für die Reichen, Kerzen und Lagerfeuer für den Rest.

8.30 Uhr. Sie konnte nicht mehr lange liegen bleiben. Sie musste aufstehen und hinunter in den Frühstücksraum fahren. Sie stellte sich unter die Dusche und ging noch einmal ihren Plan durch: Etwas abseits setzen, allein an einen Tisch. Das Kapuzenshirt über die Lehne hängen. Zum Buffet gehen und den Teller mit Brötchen, Honigschälchen und Käseecken füllen. Am Tisch den Inhalt unauffällig in die Kapuze gleiten lassen. Etwas essen. Hoch ins Zimmer fahren und den Inhalt ihrer Kapuze in der Minibar verstauen. Eine halbe Stunde später den Vorgang wiederholen, möglichst mit Obst. Allerdings bestand die Gefahr, dass die Kapuze auffällig schwer werden würde. Die Bananen konnten herausragen. Also keine Bananen. Kiwis, falls vorhanden. Im Portemonnaie hatte sie noch zehn Euro sechzig. Sie konnte sich keine unnötigen Ausgaben leisten!

Sie trocknete sich ab und setzte sich auf den Bettrand. Hard Talk auf BBC. Die Sendung hatte gerade begonnen. Ein griechischer Politiker war zu Gast. Nicht der Ministerpräsident, das Gesicht hätte sie erkannt. Vermutlich ein Minister. Er war jung, höchstens vierzig. Das dichte schwarze

Haar, obwohl sorgsam nach hinten gegelt, ließ ihn jugendlich wirken. Sein mächtiges Kinn hatte etwas von einem Rammbock. Das Menjou-Bärtchen bildete immerhin einen reizvollen Kontrast. »Die neuen Zahlen«, sagte er, »sind gut. Griechenland ist auf dem richtigen Weg.« »Aber«, wendete Stephen Sackur ein, »die Arbeitslosigkeit steigt, die Wirtschaft schrumpft ...« »Die Zahlen«, insistierte der Minister, »sind gut. Und das, obwohl Griechenland für Europa seit Jahren an der Front steht. Illegale Einwanderung. Menschen- und Drogenschmuggel. Terrorismus. Kein Volk«, sagte er, »zahlt für die Verteidigung der europäischen Werte einen so hohen Preis. Wofür? Tägliche Demütigung? Drohungen und Spardiktate? Was wird aus Europa«, fragte der Minister, »wenn Griechenland aufsteht und *Óxi* sagt? Nein?«

Der Minister sprach leise und konzentriert. Sackur unterbrach, wie üblich, nach jedem Halbsatz – »welche Drohungen, welche Demütigung?« Der Minister hielt inne, sah den Moderator an. Als zögere er mit der Antwort, nehme alle Zwischenfragen ernst, wolle seinen Gesprächspartner keinesfalls mit Plattitüden abspeisen. Sackur füllte die Pausen mit immer neuen Zwischenfragen, blätterte in seinen Papieren, der Minister sah ihn schweigend an, zwei Finger am mächtigen Kinn. Eine Pause entstand. Sackur fragte:

»Sie glauben also, die Auszahlung der nächsten Tranche aus dem Hilfspaket ist nicht gefährdet?«

»Ich glaube«, antwortete der Minister, »an die Vernunft aller Verantwortlichen.«

»Kann man ein Land, das keine eigenen Haushaltsentscheidungen mehr trifft, dem in allen Bereichen politischen Handelns die Rahmenbedingungen diktiert werden, noch als souveränen Staat bezeichnen?«

»Ich glaube«, antwortete der Minister nach einer Pause,

»Griechenland war in seiner Geschichte immer groß, wenn es aufstand. Die Fesseln abwarf. Ich glaube, Griechenland steht wieder an diesem Punkt.«
Maria stutzte. Genau diese Sätze hatte sie gestern schon einmal gehört.
»Ich glaube an ein Europa der Freiheit«, fuhr der Minister fort. »An Menschen, die in Alternativen denken. Die sich nicht länger weismachen lassen, unsere Welt müsse so und nicht anders sein.«
Auf der Terrasse hatte sie sie gehört. Von Yánnis Kostáki. Ihr Telefon piepte, sie stellte den Fernseher stumm.
»Morgen, Maria!«
»Morgen, Undine.«
»Ich stehe am Hotelkiosk. Dein Name ist auf Kreta in allen Zeitungen.«
»Was?!«
»Zweimal auf Seite eins. Die Verkäuferin vom Kiosk übersetzt. Sie sagt, gestern wurde in den Bergen eine Leiche gefunden. Mit durchgeschnittener Kehle. Wahrscheinlich Araber. Und jetzt schreiben sie ...« Im Hintergrund übersetzte die Verkäuferin. »Die Polizei sucht eine deutsche Touristin. Die in der Nähe des Fundortes gesehen wurde. Auf einem Mountainbike, als sei sie auf der Flucht!«
»Das ist absurd!«
»Die Zeitung, Pátris, hat wieder die Fotos gedruckt. Klein auf der ersten Seite, groß im Innenteil. Und gestern, beim Abendessen, waren zwei Polizisten an unserem Tisch. Sie haben gefragt, was ich über deinen Aufenthalt weiß.«
»Hast du es gesagt?«
»Dass du in Athen bist und im Titania-Hotel.«
»Warum hast du mich nicht angerufen?«
»Ich dachte, die Polizei weiß längst Bescheid!«
»Wie sahen die Polizisten aus?«

Die Beschreibung des einen passte auf Embiríkos. Der andere konnte nicht Gerakákis sein.
»Sie haben gefragt, ob deine Abreise geplant war. Ich habe gesagt, nein, das war holterdiepolter. Ich wusste doch nicht …«
Maria versuchte, Undine zu beruhigen. Sie sagte, Undine habe alles richtig gemacht, die ganze Sache sei ein Missverständnis. Sie war nicht sicher, ob Undine ihr glaubte. Sie war nicht sicher, ob sie sich selbst glaubte.
Sie wählte Gerakákis Nummer auf dem Kommissariat. Niemand nahm ab. Sie wählte die Mobilnummer. Anschluss vorübergehend nicht erreichbar. BBC zeigte Bilder von Müllhaufen, Wasserwerfern, Tränengas über Barrikaden.

20

Stöhnen, Keuchen, Scharren der Bettpfosten. Gabriel drehte sich auf die Seite, drückte das Gesicht ins durchgeschwitzte Laken. Seit dem frühen Morgen war das Hotel ohne Strom. Anscheinend die ganze Straße. Er hörte aus der Gasse kein Radio, keinen Fernseher, keine Klimaanlagen.
Gabriel stand auf und ging ins Bad. Er erschrak beim Anblick der schwarzblauen Schwellung auf seiner Schulter. Er betastete sie. Sie war hart und schmerzte schon bei leichter Berührung. Die Wunde war entzündet. Der Stein hatte sich durch die Haut gebohrt. Vielleicht war ein Rest Dreck im Fleisch hängen geblieben. Er brauchte Medikamente. Gegen die Schwellung, den Schmerz, die Entzündung.
Die Wunde bedeutete eine Störung seines Planes. Aber keine Gefahr. Er musste bloß zur nächsten Apotheke gehen. Am besten zu einer, die etwas versteckt lag, mit wenig Kundschaft. In der er seine Schulter zeigen konnte, ohne dass es auffiel.
Diese Wunde bedeutete keine Gefahr!
Aus dem Nebenzimmer hörte er Streit. Der Freier wollte sein Geld zurück. Er wollte nicht für ein Zimmer zahlen, in dem es dreißig Grad heiß war und nach Fischabfällen stank. Die Frau zeterte, er zahle nicht für das Zimmer, sondern für sein Vergnügen. Und mit der Hitze habe er rechnen können; in der ganzen Stadt gebe es keinen Strom.
Gabriels Telefon klingelte. Ein schlechtes Zeichen. Nur ein Mann kannte diese Nummer. Und dieser Mann riskierte einen Anruf nur, wenn es Schwierigkeiten gab. Erst hörte er Röcheln, dann die metallene Stimme.

»Auf Kreta haben sie die Leiche gefunden.«
Gabriel hatte damit gerechnet. Das Versteck, eine ausgetrocknete Zisterne, war nicht ideal gewesen. Aber er hatte die Leiche schnell loswerden müssen.
»Sie haben das Schlauchboot gefunden«, schnarrte die Stimme. »Und jetzt die Leiche.«
»Das ist für die Sache sehr gut«, sagte Gabriel.
»Das hätte nie passieren dürfen!«
»Ich hatte geplant, dass sie die Leiche finden.«
Röcheln. »Warum?«
»Das Volk darf sich nicht sicher fühlen. Schüren Sie Angst. Verhören Sie Verdächtige.«
»Verdächtige? Die gibt es schon.«
»Umso besser.«
»Eine Touristin auf ihrem Mountainbike.«
Gabriel fühlte einen Stich in der Schulter.
»Sie wurde in der Nähe des Fundortes beobachtet. Sie ist auf ihrem Rad geflohen.«
»Verhaften Sie sie.«
»Sie hat sich abgesetzt!«
Gabriel schloss die Augen. Etwas stimmte nicht. Die Frau hatte unmöglich auf ihrem Rad fliehen können. Er hatte den zerbrochenen Rahmen gesehen.
»Eine junge Deutsche, blond, eher klein«, schnarrte die Stimme. »Hat sie Sie in den Bergen gesehen?«
Gabriel wusste nicht, was er antworten sollte. Er konnte abstreiten, der Deutschen begegnet zu sein. Aber vielleicht war sie bei der Polizei gewesen und hatte ihn beschrieben.
»Ich erinnere mich«, sagte er leichthin. »Eine junge Frau, rotes Basecap. Sie hatte sich verirrt.«
»Sie haben miteinander gesprochen?«
»Belangloses Zeug.«
»Worüber?«

»Schmetterlinge.«
»Hat sie etwas gesehen?«
»Nichts hat sie gesehen.«
Die Blutspritzer hatte sie gesehen. Die Sache wurde unangenehm. Wieder spürte er den pochenden Schmerz in der Schulter.
»Angeblich ist sie nach Athen geflogen«, sagte die Stimme. »Unsere Männer überprüfen das.«
»Schön«, sagte Gabriel. »Überprüfen Sie das.«
»Vielleicht war sie nicht zufällig in den Bergen«, sagte die Stimme langsam. »Vielleicht hat sie jemand geschickt.«
»Wer soll sie geschickt haben?«
»Was tut eine Frau auf einem Fahrrad in den Bergen?«
»Sie fährt Fahrrad!«
»Zur Mittagszeit? Allein?«
Sie hatte wie eine Touristin gewirkt. Sie war nicht bewaffnet gewesen. Sie war vor ihm geflohen. Aber wieso hatte sie sich abgesetzt? Nichts passte zusammen.
»Wir müssen verschieben«, hörte er die Stimme.
»Wir sind im Plan.«
»Wir haben ein Leck!«
Nichts war gefährlicher als ein Auftraggeber, dem die Knie zitterten. Der Nutzen und Risiko nicht mehr rational abwog, der nicht begriff, wann es zu spät war für den Rückzug. Aus dem Nebenzimmer hörte Gabriel die Stimme des Mädchens.
»Lick you ass! Lick you ass!«
»In Berlin ist sie Studentin, angeblich«, hörte er wieder die Metallstimme. »Wieso fliegt sie plötzlich nach Athen? Wohnt in einem teuren Hotel?«
Gabriel wusste es nicht. Der Auftrag lief aus dem Ruder.
»Überprüfen Sie Ihre Informationen«, sagte Gabriel. »Kriegen Sie heraus, ob diese Frau tatsächlich nach Athen gekom-

men ist. Den Rest überlassen Sie mir. Diese Deutsche ist keine Gefahr, hören Sie? Sie ist für die Sache keine Gefahr!«
Am anderen Ende wurde eingehängt. Gabriel hatte ruhig gesprochen. Er hatte versucht, die Sache herunterzuspielen. Aber er war nicht ruhig. Das Vertrauen seiner Auftraggeber hatte einen Kratzer bekommen. Jeder Kratzer konnte sich entzünden. Eine junge Frau, hoch in den Bergen, allein, zur Zeit der größten Hitze. Sie hatte ihn angesprochen, ohne eine Spur von Angst. Wenn sie tatsächlich nach Athen gekommen war – was hatte sie hier vor?
Vielleicht hatte sie tatsächlich jemand geschickt. Vielleicht gab es ein Leck. Dann reichte es nicht, sie zu töten. Dann musste er das Leck finden.

21

Das Buffet war umlagert. Von Russen, kein Durchkommen. Es gab keine freien Tische. Nur in der Mitte, wo jeder sie sehen konnte. Maria stand am Eingang zum Frühstücksraum, ihr Kapuzenshirt unter dem Arm. Sie musste auf einen freien Tisch an der Wand warten. Aber sie konnte hier nicht so herumstehen. Eine Sache fiel ihr ein, die sie schon gestern klären wollte. Sie ging zur Rezeption.

»Guten Morgen«, sagte sie. »Gibt es eine Nachricht für Maria Brecht? Zimmer 820?«

Die Rezeptionistin schaute in ihren Computer. »Nein, tut mir leid.«

»Hat jemand für mich angerufen? Während ich nicht im Zimmer war?«

»Das System hat keine Anrufe in Ihr Zimmer erfasst.«

»Können Sie feststellen, wer mein Zimmer bezahlt hat?«

»Wer Ihr Zimmer bezahlt hat?«

»Ich möchte sichergehen.«

Die Rezeptionistin verschwand hinter einer Tür. Vermutlich lag dort die Buchhaltung. Sie kam zurück, in der Hand ein Blatt Papier.

»Ich habe eine Kopie der Rechnung gezogen«, sagte sie. *»Hellas S.A.«*

»Was ist das?«

»Die Firma, die für Sie das Zimmer gebucht hat.«

»Keine Adresse?«

»Manchmal wünscht der Kunde keine Adresse auf der Rechnung.«

»Wann wurde das Zimmer gebucht?«

»Vorgestern gegen vierzehn Uhr. Alle drei Nächte wurden im Voraus bar bezahlt.«

»In bar?«

»Warum nicht?«

Die Rezeptionistin lächelte standhaft. Vor allem deutsche Gäste machten sich in letzter Zeit einen boshaften Spaß daraus, für jeden Centposten Rechenschaft zu fordern.

»Ich kann Ihnen versichern, Frau Brecht –«

Der Rezeptionschef griff ein.

»Die Rechnung ist korrekt.«

»Ich habe keinen Zweifel«, sagte Maria. »Aber –«

»Sie weist die Mehrwertsteuer aus, die Adresse des Hotels, die Buchungsnummer.«

»Natürlich –«

»Jedes Finanzamt akzeptiert sie.«

»Ich wollte bloß –«

»Auch in Deutschland!«

Wenigstens war jetzt ein Tisch an der Wand frei. Maria legte ihr Shirt so über den Stuhl, dass die Kapuze offen nach unten hing. Dann ging sie zum Buffet

»Die Rechnung ist korrekt!«

Das war sie sicherlich. Bis auf den Schönheitsfehler, dass sie nicht auf die Polizei oder ein Ministerium ausgestellt worden war. *Hellas S.A.* – das konnte alles sein. Gerakákis ging nicht ans Telefon. Und wenn, hatte er sicherlich eine Ausrede parat. »Trauen Sie keinem griechischen Polizisten«, Eléni hatte recht. Er hatte sie nach Athen geschickt. Aber wozu? In wessen Auftrag? Maria nahm einen Teller und stellte sich in die Schlange. Immer noch bestand die geringe Chance, dass alles ein Missverständnis war. Sie erinnerte sich an einen Zeitungsartikel, vor einigen Wochen in der Frankfurter Rundschau. Danach lagerten manche griechischen Ministerien ihre Ausgaben in Scheingesellschaften aus, um nach

Brüssel ein niedrigeres Defizit zu melden. Vielleicht war die *Hellas S.A.* so eine Scheingesellschaft? Flug und drei Übernachtungen! Mit Frühstück und Panoramablick! Bloß nicht nach Brüssel melden, sonst dreht die deutsche Bundeskanzlerin den Geldhahn zu!

Drei Frischkäseecken. Drei Honig-, drei Marmeladeschälchen. Zwei Päckchen Knäckebrot. Noch einen Yoghurt. Aufpassen, dass sie ihn später nicht in der Kapuze zerdrückte. Sie trug den Teller an ihren Tisch. Sie kehrte zurück zum Buffet, füllte ein Schälchen mit Cornflakes und Milch. Sie setzte sich an den Tisch. Sie begann, mit der rechten Hand die Cornflakes zu löffeln. Mit der linken griff sie die Frischkäseecken, schob sie unauffällig ...

»Frau Maria Brecht?«

Sie fuhr zusammen. Vor ihr standen zwei Männer in Polizeiuniform.

»Bitte beenden Sie Ihr Frühstück und folgen uns.«

Das schmutzgraue Hochhaus stand an einer Ausfallstraße, hinter einem Metallzaun mit Wachtürmen und Kameras. Der Wagen passierte eine Schranke und Soldaten in schusssicheren Westen. Einer der Polizisten stieg aus, verschwand im Halbdunkel eines Flachbaus.

»Wo sind wir hier?«, fragte Maria.

»Ministerium für Bürgerschutz.«

»Entschuldigung?«

»MINISTERIUM FÜR BÜRGERSCHUTZ.«

Der Polizist war nicht freundlich. Er war auch auf der Fahrt nicht freundlich gewesen. Zweimal waren sie an Barrikaden aus Müll vorbeigekommen. Die Nachrichten, die sie aus dem Funkgerät empfingen, waren offenbar nicht gut. Er hatte mit seinem Kollegen besorgte Worte gewechselt. Ministerium für Bürgerschutz. Das klang nicht nach einem Mitgliedsstaat der Europäischen Union. Eher nach einer ehemaligen Sowjetrepublik.

Der Kollege setzte sich wieder in den Wagen. Sie fuhren über einen Parkplatz, auf dem kaum Autos standen. Ein Gärtner hielt seinen Schlauch über sonnenversengte Büsche und Blumenrabatten. Im Schatten einer Limousine mit aufgesetztem Blaulicht spielten zwei junge Katzen. Elf Uhr. Vielleicht waren die Angestellten noch nicht erschienen. Oder schon in der Mittagspause. Wahrscheinlich arbeitete das Ministerium jetzt, im Sommer, in reduzierter Besetzung.

Unter dem Vordach stand eine Frau mit kastanienbrauner Kurzhaarfrisur und kleinem, karmesinrot geschminktem Mund. Gestern Nacht hatte sie mit murmelgroßen Pupillen Yánnis Nacken abgeleckt. Jetzt trug sie ein streng geschnittenes, mausgraues Kostüm und schwarze Nylons. Sie streckte Maria die Hand entgegen:

»Frau Maria Brecht? Ich heiße Katerína Kraniótis.«

Falls Sie sich an Maria erinnerte, so ließ sie sich nichts anmerken. Wahrscheinlich war sie vorbereitet. Wahrscheinlich hatte sie Marias Zeitungsfotos in der Akte, die sie unter dem Arm hielt. Frau Kraniótis stieß eine Glastür auf und ging Maria voraus.

»Heute ist es ruhig«, erklärte sie. »Wir sind im August. Und morgen ist Feiertag. Die Menschen nehmen einen Tag frei.«

Lange Flure, Neonlicht. Abgewetzter Teppichboden. Hin und wieder das Klingeln von Telefonen, selten eine Stimme. In einem Fahrstuhl fuhren sie in den 9. Stock.

»Warum heißt es Ministerium für Bürgerschutz?«, fragte Maria.

»Weil es das ist, was wir tun«, antwortete Kraniótis. »Wir schützen die Bürger.«

»Wovor?«

»Dem Ministerium untersteht die Polizei, die Küstenwache,

der Nachrichtendienst. Alles, was den Bürger oder den Staat bedroht, landet früher oder später bei uns. Hoffentlich früher.« Maria war nicht sicher, ob sie einen Unterton hörte.
Die Fahrstuhltür fuhr auf. Sie gingen über neu verlegten Teppichboden. An den frisch gestrichenen Wänden hingen Bilder von Hubschraubern und Kriegsschiffen. Die Türen standen weiter auseinander; die Büros dahinter mussten größer sein.
Kraniótis schloss die Tür zu ihrem Büro auf. Maria hätte gern gewusst, welche Position die Frau in diesem Ministerium bekleidete. Aber die griechischen Buchstaben auf dem Türschild konnte sie nicht lesen.
Es musste eine höhere Position sein. Das Büro war geräumig, die Möblierung aus dunklem Holz. Aus den Fenstern hatte man einen Blick auf Athen im Sommersmog. Die Tür zu einem Vorzimmer stand offen; wahrscheinlich arbeitete dort sonst eine Sekretärin. Jetzt waren sie allein. An der Wand über einer Sitzgruppe hing eine große Karte Griechenlands; auf Inseln und Festlandorte waren bunte Wimpel gesteckt. Eine griechische Fahne hing an einem Messingständer, der auf dem aufgeräumten Schreibtisch stand. Schließlich Kraniótis selbst: Ihr mausgraues Kostüm kam nicht von der Stange. Sie duftete leicht nach einem Parfum, das Maria gefiel. Und ihr Englisch war gut.
»Bitte setzen Sie sich.«
Kraniótis deutete auf den einzigen Stuhl, der vor ihrem Schreibtisch stand. Nicht auf die Sitzecke. Sie bot ihr auch kein Getränk an. Vielleicht weil die Sekretärin fehlte. Maria hatte zum Frühstück nichts trinken können. Die Polizisten hatten ihr kaum Zeit gegeben, ihr Schälchen Cornflakes leer zu essen. Kraniótis setzte sich hinter ihren Schreibtisch, in einen Stuhl mit hoher Lehne, auf dem sie etwas höher saß als Maria. Sie schob ihre Computertastatur zur Seite,

so dass sie die Arme aufstützen konnte. Sie lächelte und sagte:

»Dies ist kein Verhör. Sie sehen, ich schreibe nicht mit. Es sitzt auch niemand im Nebenraum. Wir können vollkommen offen reden.«

»Ehrlich gesagt, wäre mir ein Verhör lieber«, sagte Maria.

»Warum?«

»Eine offizielle Aussage. Mit Unterschrift und Kopie.«

»Ich verstehe nicht ...« Kraniótis scheiterte am Versuch, ihre wachsglatte Stirn zu runzeln.

»Vor zwei Tagen habe ich auf dem Kommissariat in Heraklion eine Aussage gemacht«, sagte Maria. »Jedenfalls dachte ich das. Der Kommissar hat Notizen gemacht, so wie Sie gerade Notizen machen. Aber meine Aussage wurde nie protokolliert. Plötzlich erscheinen Zeitungsartikel, in denen steht nur Unsinn. Zum Beispiel, dass ich auf meinem Mountainbike in eine Felsspalte gestürzt bin. Dass es aussah wie Flucht. Dass ich Kreta überstürzt verlassen habe. Dass ich verdächtigt werde, einen Menschen umgebracht zu haben.«

»Verstehe«, sagte Kraniótis und legte ihren Kugelschreiber zur Seite. »Das ist natürlich ärgerlich. Diese Berichte rücken Sie in der Tat in ein ungünstiges Licht.«

»Ich vermute sogar, das ist die Aufgabe dieser Berichte.«

»Geben Sie nichts auf ein paar kleine Artikel in der Regionalpresse.«

»Ihre Polizei gibt eine Menge auf diese Artikel. Gestern Abend hat sie meine Freundin auf Kreta ausgefragt. Heute Morgen holen mich Ihre Kollegen vom Frühstückstisch.«

»Ich verstehe, das regt Sie auf«, seufzte Kraniótis. »Und selbstverständlich haben Sie das Recht auf eine Aussage. Aber wie viel Aufwand würde das jetzt bedeuten? Sie bräuchten einen Anwalt, einen Übersetzer ...«

»Wir brauchen keinen Übersetzer.«

»Wir brauchen ihn fürs Protokoll. Wir müssen Ihre Botschaft informieren. Die Botschaft schickt Vertreter und einen Anwalt. So etwas findet immer seinen Weg an die Presse. Eine deutsche Touristin! Verwickelt, sprechen wir's aus, in einen Mord! Das steht dann nicht bloß in den Zeitungen auf Kreta. Das liest man auch in Berlin!«
»Die Zeitungen hätten von Anfang an nichts schreiben können, wenn es ein Protokoll gegeben hätte.«
»Ich gebe Ihnen vollkommen recht. In Deutschland wäre so etwas nie passiert. Die Polizei in Deutschland ist besser geschult und hält sich an die Regeln. In Griechenland haben wir Probleme mit Regeln, sogar mit unseren eigenen. Ich bin die Letzte, die das schönredet. Aber nun sitzen wir hier. Sie und ich. Wollen wir nicht versuchen, die Sache gemeinsam aus der Welt zu schaffen?«
Maria zuckte die Schultern. »Was wollen Sie wissen?«
Kraniótis nahm wieder ihren Kugelschreiber in die Hand. »Wie gefällt Ihnen Griechenland?«
»Es ist mein erster Urlaub hier.«
»Ihre Eindrücke?«
»Ein erstaunliches Land.«
»Ich höre den Zwischenton!« Kraniótis hob neckend den Finger. »Bevorzugen Sie die Berge oder das Meer?«
»Die Berge sind nicht so überfüllt.«
»Deshalb sind Sie am Vormittag des 11. August mit Ihrem Mountainbike ins Psilorítis-Gebirge aufgebrochen?«
»Genau.«
»Allein?«
»Meine Freundin hat einen fünfjährigen Sohn. Sie konnte mich schlecht begleiten.«
Kraniótis machte eine Notiz. »Sie müssen sehr sportlich sein.«
»Ich habe in Berlin kein Auto.«

»Sie waren auf zweitausend Meter Höhe.«
»Ich habe eine Wasserquelle gesucht.«
»Im August?«
»Unsere Reiseleiterin hatte von Schneefeldern gesprochen.«
»Auf Kreta! Im August! Welch ein Unsinn!« Kraniótis lachte und machte eine Notiz. »Sie waren das erste Mal so weit oben in den Bergen?«
Die gleiche Frage hatte ihr gestern Gerakákis gestellt.
»Ja. Wieso?«
»Sie haben da oben diesen Mann getroffen?«
»Er stand pinkelnd neben seinem Auto.«
»Wie unappetitlich! Sie hatten ihn vorher nie gesehen?«
»Nicht bewusst.«
»Was heißt das? Nicht bewusst?«
»Er war eine unauffällige Erscheinung. Jemand, den man leicht übersieht. Aber ich glaube, ich hatte ihn vorher nie gesehen.«
»Sie hatten also auch nie mit ihm gesprochen?«
»Nein.«
»Aber dort oben haben Sie gesprochen?«
»Er hat mir eine Dose Cola gegeben.«
»Cola? Warum?«
»Ich hatte Durst. Ich habe nach Wasser gefragt.«
»Aber er hat Ihnen Cola angeboten?«
»Ich vermute, er hatte kein Wasser.«
Kraniótis machte eine Notiz. Diese Notiererei machte Maria nervös. Als ob die Frau mit ihrem Stift Löcher in ihre Erinnerungen bohrte.
»Ich habe Blut gesehen.«
»Wo?«
»Hinter seinem Wagen. An der Stoßstange. Auf den Steinen. Niedergedrückte Zweige. Als hätte jemand eine Leiche in die Macchia gezogen. Ich bin aufs Fahrrad gestiegen. Er ist mir

gefolgt. Er wollte mich die Schlucht hinunterstoßen. Ich bin gestürzt, das Rad ist gebrochen.«
»Sie sind die Schlucht hinuntergestürzt?«
»An dieser Stelle war es noch nicht so steil. Eher ein Abhang.«
Kraniótis nickte. Notierte. Legte den Stift zur Seite. Sah Maria an, leicht vorgebeugt, von Frau zu Frau.
»Das ist alles sehr interessant, Frau Brecht. Ich bin sicher, Sie standen unter erheblicher emotionaler Anspannung.«
»Wie gesagt, er wollte mich töten.«
»Aber sehen Sie: Ich muss Ihre Aussage vor meinen Vorgesetzten rechtfertigen. Ich muss ihnen erklären, warum der Traktorfahrer, Rhadámanthus Typánis, eine vollkommen andere Version zu Protokoll gegeben hat.«
»Zu Protokoll?«
»Die Kollegen haben seine Aussage am nächsten Tag zu Protokoll genommen. Dies ist das reguläre Verfahren, wie Sie es, vollkommen zu Recht, auch für Ihre Aussage in Anspruch nehmen. Inspektor Embiríkos hat die Version des Traktorfahrers in allen Punkten bestätigt.«
»Inspektor Embiríkos war überhaupt nicht dabei!«
»Wie gesagt, er hat die Aussage von Herrn Typánis bestätigt.«
Kraniótis lehnte sich zurück, deutete seufzend auf ihre Notizen. »Dann diese vielen, an den Haaren herbeigezogenen Details ... Nach einer Quelle suchen im August ... Blutspuren, die sich in Luft auflösen ...« Wieder das Vorbeugen. Das Lächeln. Die weiche Stimme, von Frau zu Frau. »Falls Sie Ihre Aussage ergänzen möchten ... Glaubwürdiger machen ...«
Maria fühlte, dass ihr Herz schneller schlug. Dass ihr heiß wurde in ihrem T-Shirt.
»Und was, meinen Sie, könnte die Glaubwürdigkeit meiner Aussage erhöhen?«

»Wenn Sie zum Beispiel zugeben könnten, dass Ihre Anwesenheit in den Bergen kein Zufall war ...«
»Es war eine Fahrradtour.«
»Dass Sie jemand geschickt hat ...«
»Mich hat niemand geschickt!«
»Dass Sie wussten, wem Sie dort, auf diesem einsamen Plateau, begegnen würden ...«
»Ich hatte keinen Schimmer.«
»Hat Kommissar Gerakákis Sie geschickt?«
»Das ist grotesk!«
»Warum bestätigen Zeugen, dass er Sie am nächsten Morgen im Hotel aufgesucht hat?«
»Rufen Sie ihn an! Fragen Sie ihn!«
»Wir können ihn nicht anrufen. Er ist untergetaucht.«
Marias Hände verkrampften sich unter dem Sitz.
»Sie können uns sicherlich sagen, warum?«
Maria war in eine Falle gelaufen.
»Sollten Sie die Übergabe nur beobachten oder verhindern?«, fragte Kraniótis.
Sie wollte dieser Frau etwas ins Gesicht werfen.
»Warum sind Sie nach Athen gekommen?«
»Ich –«
»An wen berichten Sie in Athen?«
»Warum, Frau Kraniótis, waren Sie gestern auf dieser Party?«
»Haben *Sie* den Libyer umgebracht?!«
»Warum haben Sie, zugekokst bis unters Dach, am Gastgeber herumgeleckt?!«
»Für wen arbeiten Sie?!«
»Lieben Sie ihn oder waren Sie bloß geil?!«
Kraniótis sprang auf, ihre Hände streiften die Tastatur. Es wurde still im Raum. Was Maria für das Surren der Klimaanlage gehalten hatte, war die Lüftung des Computers gewe-

sen. Und die kleine Webcam, unauffällig neben dem Fuß der Schreibtischlampe, war auf Maria gerichtet.
Sie hörte Rufe auf dem Gang. Die Tür wurde aufgerissen. Ein Mann schaute herein, blass und gehetzt. Er rief ein paar Sätze herein. Kraniótis nickte. Die Tür blieb offen. Schweißperlen glitzerten auf ihrer Stirn. Auf dem Flur klingelten Handys. Die Erregung draußen schien sie nicht zu berühren. Im Gegenteil: Die Mundwinkel zuckten hoch, fast konnte man es Lächeln nennen. Sie faltete ihre Notizzettel zusammen.
»Halten Sie sich zu unserer Verfügung«, sagte sie. »Versuchen Sie nicht, das Land zu verlassen!«

Die Sonne blendete, als Maria aus dem Halbdunkel des Ministeriums trat. Unter dem Vordach standen Männer, einige in Uniform, andere im Anzug. Sie versuchte, Fetzen ihrer Gespräche aufzufangen; keine Chance, alle sprachen Griechisch.
Sie ging über den Parkplatz. Immer noch pochte ihr Herz, immer noch war ihr heiß, trotz brennender Sonne. Presseleute warteten vor der Schranke, Kameras und Mikrophone im Anschlag. Maria passierte die Schranke, ging auf die Presseleute zu. Niemand beachtete sie. Sie drängte sich durch die Menge, stolperte über ein Übertragungskabel, blieb auf dem Gehweg stehen.
Auf dem Pflaster saß ein junger Mann mit Irokesenschnitt, im Schneidersitz über einen Laptop gebeugt. Er schob ein Foto hin und her, vergrößerte Ausschnitte, änderte Licht und Kontrast. Das Foto zeigte das Deck eines Militärschiffes, hellgrau. Neben einer Luke lag ein menschlicher Körper in Uniform, der Kopf zugedeckt. Der junge Mann war nicht zufrieden, schob ein paar Regler hoch – der mattschwarze Fleck, in dem der Körper lag, begann rot zu leuchten, wie

Blut. Er verkleinerte das Tuch, das das Gesicht des Toten verdeckte. Er füllte den entstehenden schwarzen Fleck mit Hautfarbe – ein erstaunlicher Effekt, der die Leiche, obwohl man das Gesicht immer noch nicht sah, jünger, individueller wirken ließ. Er vergrößerte den Blutsee. Er setzte ein paar Reflexe in den See; damit das Blut frisch wirkte. Er trank einen Schluck Kaffee aus einer Thermoskanne. Dann tippte er in großen Lettern über das Foto ein Wort.

πόλεμος

»Was bedeutet das?« fragte Maria.
Der Mann sah auf:
»Krieg.«

22

Der Apotheker befühlte seine Schulter.
»Sie müssen zum Arzt gehen«, sagte er.
»Aber es ist nicht gebrochen?«
»Keine Fraktur. Aber vielleicht ein Knochensplitter, der auf einen Nerv drückt. Ich kann das hier nicht feststellen. Der Arzt muss es röntgen.«
Sie standen im Hinterraum der Apotheke. Der Apotheker war in Gabriels Alter. Er hatte einen Vollbart und einen Ehering am Finger.
»Haben Sie Familie?«, fragte Gabriel. »Dann wissen Sie, wie das ist. Zwei Mädchen mit Röteln. Ich brauche meinen Arm. Geben Sie mir etwas gegen die Schmerzen.«
»Ich kann Ihnen Paracetamol geben.«
»Meinen Sie, das reicht?«
»Der Arzt verschreibt Ihnen etwas Stärkeres.«
»Geben Sie mir etwas gegen die Entzündung.«
»Betaisodona-Salbe.«
»Aber wenn das Fleisch am Knochen entzündet ist?«
»Wie gesagt, der Arzt –«
An der Tür tönte der Gong. Der Apotheker entschuldigte sich, ließ ihn einen Augenblick allein. Gabriel sah Flaschen, Kartons, lange Reihen von Schubladen. Allein würde er nicht finden, was er suchte. Im Verkaufsraum verlangte eine Frau Cortisonspray, gegen Asthma. Der Apotheker bedauerte; es war seit Tagen ausverkauft. Die Frau schimpfte, in der ganzen Stadt gebe es kein Cortisonspray. Solle ihr Kind am Müll ersticken?
Der Apotheker kam zurück. Er deutete auf Gabriels Schulter.

»Mit dieser Sache sollten Sie nicht lange warten«, sagte er.
»Wie recht Sie haben. Ich weiß nicht, ob ich es heute zum Arzt schaffe. Dieser verfluchte Sturz von der Leiter! Bestimmt haben Sie Spritzen? Betäubung, gegen den Schmerz?«
»Lidocain. Aber ich darf Ihnen keine Spritze setzen.«
»Ich weiß, wie das geht.«
»Sie brauchen ein Rezept.«
»Lidocain? Das soll mir der Arzt verschreiben. Ich vertraue Ihnen. Schreiben Sie es mir auf?«
»Der Arzt weiß Bescheid.«
»Ich mache Ihnen einen Vorschlag.« Gabriel kratzte sich am Hals, als mühe er sich um die richtigen Worte. »Beide Töchter Röteln. Ich muss kochen, ich muss sie waschen, ich bin allein. Ich weiß nicht, ob ich es heute zum Arzt schaffe. Ich weiß, ich weiß. Sie dürfen mir nicht einfach so Lidocain verkaufen. Sie brauchen Sicherheit. Ich lasse Ihnen meinen Ausweis hier. Ach, was wollen Sie mit meinem Ausweis? Ich lasse Ihnen ein Pfand. Zweihundert Euro. Dreihundert. Geben Sie mir auch gleich die Tabletten.«
Gabriel hielt ihm das Geld hin.
»Ich kann das nicht machen«, sagte der Apotheker.
»Ich zahle die Medikamente natürlich sofort. Die Quittung schreiben Sie erst, wenn ich Ihnen morgen das Rezept bringe. So hat alles seine Richtigkeit.«
»Ich kann nicht –«
»Vierhundert!«
Gabriel hielt ihm die Scheine vors Gesicht. Der Apotheker zögerte. Es war eine kleine Apotheke. Was die Kunden wollten, konnte er ihnen seit Tagen nicht verkaufen.
»Sie müssen versprechen, dass Sie das Rezept bringen.«

»Verschenke ich vierhundert Euro?«
Gabriel lachte. Der Apotheker steckte hastig die Scheine in seinen Kittel.
»Ich gebe Ihnen Lidocain in einer Glasampulle. Fünfzig Milliliter. Sie – beziehungsweise der Arzt – ziehen Spritzen auf. Zehn Injektionen à fünf Milliliter.«
»So wird's gemacht!«
»Ich gebe Ihnen Diclofenac-Salbe und -Tabletten gegen die Entzündung. Sie wirken auch gegen den Schmerz. Falls er zu stark wird, nehmen Sie Dramadol-Tabletten.«
»Sie sind mein Retter!«
»Nehmen Sie nicht mehr als sechs Tabletten pro Tag.«
Im Vorraum tönte der Gong. Er hörte einen Vater und ein hustendes Kind. Der Vater verlangte nach irgendwas, um in dieser Stadt nicht zu krepieren.

Gabriel ging, die Plastiktüte mit den Medikamenten fest in der Hand, auf dem überfüllten Bordstein der Menándrou. Es war die Straße der Araber und Pakistanis. Er roch gegrilltes Hammelfleisch und Frittierfett. Ein Mädchen rempelte ihn an.
»Entschuldigung!«
Das Mädchen klopfte seine Jacke ab.
»Ich habe Ihre Jacke dreckig gemacht!«
»Schon gut.«
»Und Ihre Hose!«
»Lass es.«
»Da ist noch ein Fleck!«
Das Mädchen lief weiter. Gabriel fühlte seine Hosentasche. Er beschleunigte, holte das Mädchen ein. Er packte sie am Hals, zerrte sie in einen Hauseingang. Er presste ihre Kehle, drückte den Kopf gegen die Mauer. Durchsuchte mit der anderen Hand den fleckigen Trainingsanzug des Mädchens.

Er zog die Taschen nach außen: Sein Portemonnaie, Geldscheine, ein Springmesser und eine Armbanduhr fielen aufs Pflaster.
»Wo hast du das geklaut?«
»Habe ich gefunden!«
Gabriel gab ihr Ohrfeigen links, rechts, links, rechts, bis sie wimmernd zusammensackte. Passanten blieben kurz stehen und gingen weiter. Gabriel hob die Beute auf. Die Armbanduhr war wertlos, er warf sie in den Rinnstein. Was er behielt, war sein Portemonnaie, die Geldscheine – vierzig Euro – und das Springmesser, ein tückisches kleines Ding, die Doppelklinge scharf wie eine Rasierklinge.
»Sieh mich an!«
Das Mädchen hob sein dreck- und tränenfeuchtes Gesicht.
»Wie alt bist du?«
»Siebzehn!«
Er hob die Hand.
»Zwölf!«
Ohrfeige.
»Neun!«
Er erkannte die Stimme wieder. Griechisch mit Balkan-Akzent. Heute Morgen noch hatte er sie gehört, aus dem Nebenzimmer: *»Lick you ass!«*
»Bist du mir nachgelaufen?«, fragte er.
Das Mädchen nickte. Sein Hotel lag zehn Minuten Fußweg entfernt. Er bemerkte sonst schnell, wenn ihm jemand folgte.
»Du hast mich beobachtet?«
»Wo Sie Ihr Portemonnaie einstecken.«
»Was noch?«
»Dass Sie in der Apotheke waren.«
»Was noch?«
»Sie können Ihren Arm nicht gut bewegen.«

Er hob die Hand, ließ sie sinken. Man sollte ein Kind nicht für die Wahrheit schlagen. Und die Wahrheit war, dass man es ihm ansah. Das Kind hatte seine Schwäche erkannt. Dann erkannten sie auch andere. Einen Moment fühlte er sich wirr und hilflos.

»Willst du Sex?« Sie fuhr sich mit der Zunge über Ober- und Unterlippen und wackelte mit ihrer schmalen Hüfte. »Ich kann mit Mund und zwischen die Beine.«

»Wie heißt du?«

»Chanell.«

»Klaust du für deine Mama?«

»Ich soll Sachen kaufen.«

»Was für Sachen?«

»Creme. Gummis gegen Kinder.«

»Kinder wie dich?«

Sie senkte den Kopf.

»Wofür braucht deine Mama die Gummis?«

»Gegen Kinder.«

»Lauter!«

»Mama braucht Gummis gegen Kinder!«

»Gegen Kinder wie?«

Ihr fliehendes Kinn bebte. »Gegen Kinder wie mich.«

Kinder waren nie zu jung für die Wahrheit. Schon gar nicht dieses Kind. Chanell war dreckig und obszön. Sie brauchte Geld. Gabriel hatte sie in der Hand. Er fühlte sich wieder klar.

»Willst du mit mir Sex machen?«, flüsterte sie.

Er dachte an die Deutsche. Vor einer halben Stunde war ein neuer Anruf gekommen: Sie war in Athen. Sie wohnte am Omónia-Platz, im Titania-Hotel. Er kannte das Hotel. Es würde nicht schwer sein, sie dort zu töten. Aber er sah verschwommen die Umrisse eines Planes. Er fühlte, dass die Deutsche in diesem Plan einen wichtigen, vielleicht entscheidenden Platz einnehmen konnte. Und dieses dreckige kleine Mädchen, das Angst vor ihm hatte und seinen Penis in den Mund oder zwischen die Beine nehmen wollte – es war ein geeignetes Werkzeug.

»Zieh deinen Rotz hoch«, sagte er.

Chanell zog ihren Rotz hoch.

»Laufe zwanzig Schritte hinter mir.«

23

Im Portemonnaie hatte sie noch acht Euro zehn Cent.
Sie hatte ein Metroticket kaufen müssen, von Kateháki bis Monastiráki. Sie hatte sich ein Käsebrötchen geleistet. Auf der Toilette eines Restaurants hatte sie ein paar Schlucke Wasser getrunken. Das Wasser hatte ekelhaft nach Chlor geschmeckt.
Maria ging durch die winkeligen Gassen von Pláka. Überall sah sie Touristen mit Eistüten in der Hand. Sie fotografierten die puppenstubenhaft restaurierten Häuser mit schiefen Dächern und bunten Fensterläden. Sie kauften Straßenhändlern überteuerte Souvenirs ab. Maria hatte Lust, sich wie eine Touristin zu fühlen, wenigstens für eine halbe Stunde. Sich zum Beispiel in dieses Café mit der roten Markise zu setzen. An einem Frappé zu nippen, auf den Fernseher neben der Tür zu schauen, die neuen Bilder an sich vorbeiziehen zu sehen.
Bloß gab es keine neuen Bilder.
Ein Patrouillenschiff der Küstenwache war beschossen worden, angeblich von einem Flüchtlingsboot. Ein Soldat war tot, drei weitere verletzt. Das Flüchtlingsboot war in türkische Gewässer entkommen, das Schiff der Küstenwache hatte ihm nicht folgen, es auch nicht versenken dürfen – EU-Richtlinien und internationale Konventionen lieferten Griechenland schutzlos seinen Feinden aus. Sondersendungen zeigten in Endlosschleife die immer gleichen, unscharfen und verwackelten Bilder: Ein Soldat, tot an Deck. Das Flüchtlingsboot, mit ungewöhnlich starkem Motor und einigen vermummten Gestalten. Interview mit dem Kapitän:

Das Boot hatte einen Motorschaden vorgetäuscht, um aus nächster Nähe das Feuer auf seine Männer zu eröffnen. Einige der Vermummten hatten antigriechische Parolen gerufen. Wer hatte diese angeblichen Flüchtlinge mit Waffen versorgt? Wieso wurde das Boot von den Türken versteckt? Wer sollte das Dementi aus dem türkischen Außenministerium glauben? Live-Schaltungen zeigten erste Demonstrationen auf Chíos und Lésbos, zwischen deren Küsten sich der Anschlag ereignet hatte. Wütende Frauen, Männer, sogar Kinder, die skandierten und Transparente hochhielten: *πόλεμος! Krieg!*

»Dir bringe ich aus Athen nichts mit!«

»Auch nichts Schönes?«

»Ganz bestimmt nichts Schönes!«

Es war Marias Versprechen an Julian gewesen. Aber wie sollte sie ihr Versprechen halten, mit acht Euro zehn? Sie kannte sein Kinderzimmer. Vollgemüllt mit Bauklötzen aus Naturholz, Malkästen mit Öko-Tusche, Bilderbüchern aus Recyclingpappe, die seine kognitiven Fähigkeiten fördern sollten. Da vorn, vor dem Geschäft in der Athinás hingen kleine, olivgrüne Westen mit Taschen, Reißverschlüssen und einem Sternenbanner auf der Brust. Julian würde so eine Weste lieben. Er würde sie am Strand tragen, bis Undine sie ihm mit Schreien des Entsetzens vom Körper riss:

»Nichts mit Militär! Nichts mit der Flagge einer Invasionsarmee!«

Maria war ohne Öko-Tusche aufgewachsen. Kein Fahrrad, aber ein Pony. Kein Lerncomputer, aber die Weisheit ihrer Großmutter. Keine Spritze beim Zahnarzt, aber ein Schluck Wodka. Kognitive Fähigkeiten? Hauptsache, das Kind war gesund! Es war nicht das Paradies gewesen. Aber eine gute Kindheit.

Wahrscheinlich war es keine gute Idee, alle zwanzig Minuten

Gerakákis' Nummern anzurufen. Erstens weil sie ihn sowieso nicht erreichte. Zweitens weil sie keinen Grund hatte, ihm zu trauen. Drittens weil vermutlich seine Anschlüsse überprüft wurden. Und wenn ihre Telefonnummern auf dem Display auftauchten, machte sie das verdächtig.
Verdächtig wofür?
Neben der Metrostation Thisío war dieser Promotionstand von OTE gewesen: Sonderaktion! Internet, Festnetz, Mobiltelefon, alles an diesem Tag fast geschenkt! Maria hatte einen Kugelschreiber eingesteckt, einfach weil er umsonst war. Sie musste Klarheit in ihre wirren Gedanken bringen. Aber sie hatte kein Papier.
Sie stieß die Tür einer Filiale der Attica Bank auf. Sie genoss die klimatisierte Kühle und griff aus einem Ständer ein paar Überweisungsvordrucke. Es gab sogar zwei Sessel und einen niedrigen Tisch. Durfte sie hier sitzen? Eine mordverdächtige Deutsche ohne Geld? Sie setzte sich in einen der Sessel, legte ihre gesperrten Scheck- und Kreditkarten auf den Tisch, als sortiere sie ihre weitläufigen Finanzen.

Wer verdächtigt mich?
Wessen verdächtigt man mich?
Warum hat Gerakákis mich nach Athen geschickt?
Für wen hat Kraniótis im Ministerium meine Aussage aufgezeichnet?
Welches Interesse haben Eléni? Yánnis?

Diese Fragen einfach mal aufzuschreiben schaffte in ihrem Kopf ein Gefühl von Ordnung. Besser gesagt, die Illusion von Ordnung. Denn auf keine dieser Fragen wusste sie eine Antwort. Doch je länger sie die Fragen anstarrte, desto klarer wurde ihr: Die Antwort auf die wichtigste Frage war vermutlich die Antwort auf alle.

Was ist in dem Koffer?

Alle waren hinter diesem Koffer her: Gerakákis. Eléni. Yánnis. Kraniótis. Nur Maria hatte ihn gesehen, auf dem Rücksitz des Ford Fiesta. Nur Maria hatte mit dem Fahrer gesprochen.

Ist der Inhalt des Koffers gut oder schlecht?

Möglich, es gab zwei Parteien. Die Parteien kämpften um den Koffer. Maria war zwischen die Fronten geraten.
»Versuchen Sie nicht, das Land zu verlassen!«
Das würde Maria ganz bestimmt nicht versuchen, mit acht Euro zehn im Portemonnaie. Aber sie konnte auch nicht hier sitzen bleiben, während sich die Schlinge immer fester um ihren Hals zog. Sie musste sich wehren. Sie konnte zur Deutschen Botschaft gehen. Sie hatte die Adresse nicht, aber vor jeder antiken Säule stand mindestens ein deutscher Tourist mit einem Reiseführer in der Hand. Leider war das mit der deutschen Botschaft nicht so einfach. Maria hatte vor wenigen Tagen ihre Zulassung bekommen für ein Studium an der Diplomatenschule des Auswärtigen Amtes. Wenn sie sich jetzt an die Botschaft wandte, bedeutete das Papier. Das Auswärtige Amt schaltete sich ein. Schließlich ging es um Mord. Aber eine Mordverdächtige konnten sie unmöglich zum Studium zulassen. Vielleicht würde sich die Sache schnell klären. Nach der Szene heute Vormittag im Ministerium für Bürgerschutz? Eher nicht. Einige Leute wollten, dass sie verdächtig war. Dass sie den Mord begangen hatte, dass sie Schlimmeres plante. Wer waren diese Leute? Wie viel Macht hatten sie? Ihr kam die Idee, dass eine finstere Macht sie für ihre Rolle gecastet hatte. Eine mittellose Studentin. Ohne Freunde oder Eltern, die helfen konnten. Ohne die

Möglichkeit, sich an die Botschaft zu wenden. Oder das Land zu verlassen. Sie verwarf diese Idee als chlorwasserinduziertes Hirngespinst. Aber selbst wenn sie eine Rolle spielte: Wovon handelte das Stück?

»..., *parakaló?*«

Maria schaute hoch. Eine Bankangestellte stand vor ihr, in Marias Alter. Sie hatte etwas gefragt, auf Griechisch. Wahrscheinlich nur, ob sie ihr helfen könne. Maria murmelte eine Entschuldigung, stopfte hastig ihre Überweisungsträger und Bankkarten in die Tasche. Sie fühlte sich arm. Sie fühlte sich schuldig. Sie wollte hier weg.

Aéolou, die Fußgängerzone. Gestern Morgen war sie hier nur einigen Passanten und kämpfenden Ratten begegnet. Jetzt war die Fußgängerzone voller Menschen. Einige diskutierten erregt in Gruppen, andere drängten sich um den Fernseher eines Cafés.

Ansprache des Ministerpräsidenten. Er stand auf dem Rollfeld eines Flughafens, im Hintergrund die Regierungsmaschine. Er wirkte übermüdet, die Stirn war in tiefe Falten gelegt, seine Haut aschgrau. Er sprach leise, hob die Hand und senkte sie wieder. Maria musste die Worte nicht verstehen; sie sah, was er sagte. Einschnitte und Opfer. Schmerzhafte Entscheidungen. Verantwortung für das Ganze. Scheideweg. Künftige Generationen. Keine Alternative. Die Stimme der Vernunft, niemand wollte sie hören. Die Passanten pfiffen und lachten, riefen höhnische Witze, wie zu einem Boxer, der nur noch einsteckt und nicht mehr austeilt.

Schnitt. Neuer Politiker, neue Szenerie.

Wieder ein Rollfeld. Doch im Hintergrund keine behäbige Regierungsmaschine, sondern ein Hubschrauber mit drehenden Rotoren. Journalisten, Mikrophone – und der junge Politiker, den sie heute Morgen auf BBC gesehen hatte. Er

trug Hemd ohne Krawatte, kein Sakko. Die Unterarme waren frei, die Pilotenuhr betonte das kräftige Handgelenk. Ein Mann, der zupackte. Er musste sein großes Kinn nicht nach vorn recken; alles an seiner Haltung zeugte von Entschlossenheit, Mut, dem Willen zum Handeln. Die Passanten in der Fußgängerzone nickten, applaudierten, einige reckten die Fäuste. Es ging nicht mehr um den Beschuss in der Ägäis, um den toten Soldaten. Der Soldat war Symbol geworden für die Schwäche und Demütigung des ganzen Landes. Für die Pleite der Banken, den Müll auf den Straßen, die Bettler in den Fußgängerzonen, die ΕνοικιΑζεται-Schilder in den Schaufenstern, die Ratten im Rinnstein. Frage einer Reporterin, vom Minister eine zornige Antwort. Ein fester Blick in die Kamera. Die letzten Sätze gingen im Jubel auf der Fußgängerzone unter. Eine junge Frau, die mit ihrer Hornbrille und der Jutetasche aussah wie eine Studentin auf Lehramt, klatschte begeistert in die Hände.
»Wer ist das?«, fragte Maria.
»Dimítros Doukákis«, antwortete die Frau. »Minister für Bürgerschutz.«
Der Minister bestieg den Militärhubschrauber fast mit einem Sprung, drehte sich aber nicht noch einmal um. Er winkte nicht in die Kameras, die Lage war zu ernst für eitle Gesten. Abheben des Hubschraubers, Applaus des Volkes in der Fußgängerzone.
Einer begann, immer mehr fielen ein. Junge Männer mit schwarzen Hosen und geschorenen Köpfen, ältere Männer mit Schmerbauch und Bierdose, Frauen mit Einkaufstüten und Kinderwagen: Sie sangen ein Lied, einige hielten den rechten Arm nach vorn gestreckt.
»Was singen die?«
»Die Nationalhymne.«
Die Studentin versuchte zu übersetzen. »Klinge vom Schwert ...

scharf und spitz ... Sklavenkette zerbrochen ... Knochen, voll Wut ...«
Sie brach ab, ihr Englisch war nicht gut genug.
»Besser, wenn Sie jetzt gehen«, sagte sie.
»Warum?«
»Wegen Ihrer blonden Haare.«
»Viele Frauen hier haben blonde Haare.«
»Aber Ihre sind nicht gefärbt.«
Hinter Maria steigerte sich der Gesang zum Grölen. Sie ging schneller. Sie schaute sich um. Niemand folgte ihr. Aber Männer in schwarzen Jeans und Stiefeln kamen ihr entgegen.
Sie wich aus in eine Ladenpassage. Geschlossene Geschäfte, vergitterte Treppenaufgänge. Schlafsäcke und leere Weinflaschen, Gestank von Urin. Sie hörte Schritte. Vielleicht nur ihr Echo. Der Gang endete am heruntergelassenen Gitter eines Ausgangs. Nackte Schaufensterpuppen grinsten sie an. Sie ging schneller. Wie kam sie hier raus? Wieder die Schritte. Eine kranke Taube kauerte zwischen Abfällen und starrte sie an. Da vorn, Licht! Sie lief. Sie gelangte ins Freie, außer Atem.
Sie hatte Durst. Sie war erschöpft. Nirgends eine Bank, um sich zu setzen. Wo war sie? Alle Seitenstraßen in Athen sahen gleich aus. Billig hochgezogener Beton. Aus einem offenen Fenster der Sommerhit: *»Baa-baa-bi-baa-boo.«* Sie musste etwas trinken. Bei der Erinnerung an das Chlorwasser wurde ihr übel.
Sie kam an eine Straßenkreuzung. An einer Ecke stand ein Kiosk. Einen Euro legte sie als Obergrenze fest für eine Flasche Wasser. Neben dem Verkaufsfenster stand ein Kühlschrank voller Softdrink- und Wasserflaschen. Neben dem Kühlschrank hing ein Plakat: Angela Merkel in SS-Uniform. Dann lieber Durst.

Wenn diese Griechen ihr Land so liebten – warum räumten sie nicht endlich den Müll weg? Warum verplemperten sie ihre Zeit mit Singerei und dämlichen Plakaten?! War vielleicht zu einfach gefragt. Im Philosophiekurs hatte sie gelernt, die einfachen Fragen sind die besten. Sie hatte ihre Hand gehoben und gefragt: Warum sind einfache Fragen die besten? Die Klasse hatte gelacht. Der Lehrer hatte gestammelt und einen romantischen Philosophen zitiert, keiner hatte die Antwort begriffen. Warum fiel ihr das ein? Ausgerechnet jetzt? Ihre Gedanken wurden wirr. Sie brauchte etwas zu trinken!
Sie gelangte an einen Platz mit Bäumen und Blumenrabatten. An einer Seite stand das Historische Nationalmuseum. In der Mitte ein Denkmal: Theódoros Kolokotrónis, Freiheitskämpfer des 19. Jahrhunderts. Er saß auf einem Pferd, heroisch deutete sein Arm Richtung – wohin? Auf die Fassaden billig hochgezogener Bürohäuser? Vielleicht kam es darauf nicht an. Vielleicht war auch gar nicht wichtig gewesen, was Doukákis auf dem Rollfeld gesagt hatte. Die Geste zählte, die Entschlossenheit. Jeden Tag hörten die Griechen, wie faul, korrupt, überschuldet und verlottert sie waren. Sie wollten das nicht mehr hören. Sie würden jedem Führer folgen, der heroisch genug den Weg wies. Egal in welche Richtung. Das Ziel würden sie Freiheit, Stolz und Ehre nennen.
»Griechenland war in seiner Geschichte immer groß, wenn es aufstand. Wenn es die Fesseln abwarf.«
Originalton Yánnis Kostáki, Originalton Dimítros Doukákis. Sie sahen beide gut aus, waren erfolgreich und relativ jung. Was noch? Was verband diese beiden Männer?
Der Piepton nervte. Maria brauchte einige Sekunden, um zu begreifen, dass es ihr Handy war, das in der Hosentasche piepte.

»Grüß dich, Maria.«
»Hallo, Alexia.«
»Tut mir leid wegen gestern.«
»Kein Problem.«
»Ich war völlig fertig.«
»Kann ich verstehen.«
Wieso war Alexia noch mal fertig gewesen? Ach ja, die Absage von der Diplomatenschule.
»Inzwischen denke ich, vielleicht ist der diplomatische Dienst gar nicht so toll«, sagte Alexia. »Gibt bessere Jobs.«
»Glaube ich auch.«
»Die haben ihre Kriterien, wir haben unsere Kriterien.«
»Richtige Einstellung.«
»Ich habe für dich recherchiert, wegen Eléni Galánis. Kann es sein, sie war früher ein Mann?«
»Kann gut sein.«
»Und ihr Vater Vizegouverneur der Bank of Greece? Das war damals in den Schlagzeilen. ›Sohn von Top-Banker trägt Frauenkleider!‹«
»Wann war das?«
Maria setzte sich auf die Stufen vor dem Nationalmuseum.
»2003 ging's los«, sagte Alexia. »Der Vater war Nía Dimokratía, also konservativ. Die Bank of Greece ist die Nationalbank. Er wurde als Gouverneur gehandelt, sogar als Finanzminister. Da war ein Sohn in Frauenkleidern ein Problem. Der Vater hat schaurige Interviews gegeben. Dass er sich für seinen Sohn schämt. Dass er Gott um Gnade anfleht ...«
»Gnade?«
»Die Griechen sind das religiöseste Volk Europas. Die Kirche redet in allen politischen Entscheidungen mit.«
»Ist er Minister geworden?«
»Das hat sein Sohn verhindert. Ab 2004 nannte er sich Eléni und heuerte bei der Andístasi an. Andístasi heißt Wider-

stand und war ein linksalternatives Blatt, das außerhalb von Exárchia kein Mensch las. Galánis hat es groß gemacht.«

»Womit?«

»Skandale. Die Nía Dimokratía war an der Regierung und unglaublich korrupt. Allein während der Olympischen Spiele sind Milliarden auf Schwarzen Konten versickert. Andístasi hat Namen genannt. Summen. Dokumente veröffentlicht. Kathimeriní, Eleftherotypía, Ta Néa, alle großen Zeitungen haben von ihr abgeschrieben.«

»Woher hatte Eléni ihre Quellen?«

»Das war ihr Geheimnis. Hast du den Artikel im New Yorker gelesen?«

»Über die junge, scharfe Stimme Griechenlands?«

»Ein dicker, schriller Transvestit, den keiner ernst nimmt. Der New Yorker schreibt, das sei ihre Masche.«

Von dieser Masche hatte Maria gestern einen Eindruck bekommen.

»Was ist 2008 passiert?«

»2008 war der Höhepunkt. Der Vatopaídi-Skandal. Hast du davon gehört?«

»Sollte ich?«

»Ging damals auch durch die deutsche Presse. Vatopaídi ist ein Kloster auf dem Athosberg. Athos ist eine Mönchsrepublik in Chalkidikí, im Norden Griechenlands. Die Republik ist für Frauen gesperrt. Nicht einmal weibliche Tiere sind erlaubt.«

»Klingt schwul.«

»Vor allem lukrativ. Die Republik hat ihr eigenes Steuerrecht. Keiner hat Einblick in die Finanzen, nicht der griechische Staat, nicht die Europäische Union. Keiner weiß, wie viel Geld auf Athos gewaschen wird. Aber jeder sieht, dass die Klöster immer prächtiger werden. Und einige Mönche leben wie die Könige. Was ist das für ein Lärm?«

Eine Horde schwarz gekleideter Männer zog am Museum vorbei. Sie sangen, sie grölten, ihre Stiefel schlugen aufs Pflaster. Maria ging hinter einer Säule in Deckung.
»Athener Wutbürger«, sagte sie. »Erzähle weiter.«
»Zwei dieser Mönche waren Vater Ephraim und Vater Arsenios. Sie kümmerten sich in Vatopaídi um die Finanzen. Vatopaídi besaß zu der Zeit nicht viel. Was es hatte, war ein Besitztitel aus dem 14. Jahrhundert über einen See. Dieser See lag in einem Naturschutzgebiet und war so gut wie wertlos. Aber die Mönche sind nach Athen gereist und haben den See getauscht. Gegen staatliche Grundstücke, Athener Innenstadt, ehemaliges Olympiagelände, beste Lagen. Nicht gegen ein Grundstück, nicht gegen zehn – gegen dreiundsiebzig!«
»Wie haben sie das geschafft?«
»Niemand weiß es. Bis heute. Es gab Prozesse und Ausschüsse, die konservative Regierung ist über den Skandal gestürzt. Die Mönche haben, im Tausch gegen einen wertlosen See, ein Immobilienvermögen von eineinhalb Milliarden Euro zusammengerafft! Sie müssen die Politiker mit unglaublichen Summen geschmiert haben. Andístasi hatte angeblich geheime Unterlagen. Die bewiesen, dass Ministerpräsident Kóstas Karamanlís von den Mönchen mehrere Millionen Euro bekommen hatte. Aber Andístasi hat die Unterlagen nie veröffentlicht. Die Zeitung wurde eingestellt.«
»Warum?«
»Ich habe es nicht herausgefunden. Ich habe wirklich gesucht. Niemand hat darüber geschrieben. Wie wenn die griechische Presse plötzlich einen Maulkorb hatte.«
»Und Eléni Galánis?«
»Sie wird noch hin und wieder in Foren erwähnt. Aber sie hat keinen Job mehr. Als ob sie auf einer schwarzen Liste steht.«

Maria hörte Grölen. Irgendwo ging eine Fensterscheibe kaputt.
»Da ist noch was«, sagte Alexia. »Ihr Vater, der Vizegouverneur. Vor sechs Wochen gab es in seiner Villa einen Raubüberfall. Er wurde in seinem Pool ertränkt.«

24

Er hatte vergessen, in der Apotheke Alkohol zu kaufen. Er konnte die Einstichstelle nicht desinfizieren. Dann musste es eben so gehen. Er biss die Zähne zusammen und stach die Kanüle ins entzündete Fleisch. Einige Tropfen Blut fielen ins Waschbecken. Er drückte fünf Milliliter Lidocain in die Wunde. Er spürte den Schmerz des Druckes und der Nadel in seinem Fleisch. Aber nur wenige Sekunden. Er spürte Wärme, in der der Schmerz sich langsam verflüchtigte. Nach einer Minute spürte er auch die Wärme nicht mehr. Nach fünf Minuten war seine Schulter vollkommen taub. Er konnte sie drehen, strecken, er konnte mit der Handfläche auf die Wunde drücken. Er spürte keine Behinderung, keine Schwäche. Er schluckte zwei Diclofenac-Tabletten gegen die Entzündung. Die Dramadol-Tabletten brauchte er nicht. Er fühlte sich stark. Er fühlte sich klar. Der Vorrat an Spritzen und Tabletten würde reichen für die nächsten zwei Tage. Bis sein Plan erfüllt war, bis er Griechenland – oder was davon noch übrig war – verlassen hatte. Er hatte in Beirut seinen Hausarzt, dem er vertraute. Er hatte weitere Hausärzte in Kairo, Dubai, Damaskus und Lausanne. Er glaubte nicht an teure Spezialisten. Er setzte sich aufs Bett. Stille im Nebenzimmer. Wahrscheinlich schlief die Mutter. Ihre Tochter kaufte Gummis gegen Kinder. Er hatte eine Weile in der Innenstadt suchen müssen. Das dreckige Mädchen war ihm gefolgt wie eine hungrige Ratte. Ein Zeitungsstand auf dem Sýntagma-Platz hatte ihm endlich eine Pátris verkaufen können. Großes Foto der zugedeckten Leiche auf dem Titelblatt. Große Fotos der Deutschen im Innenteil.

Titania-Hotel. Immer klarer sah er das Uhrwerk seines Planes. Die Deutsche war nicht länger ein Sandkorn im Getriebe. Sie war ein notwendiges Rädchen. Aber es war noch zu früh zum Handeln. Sieben Uhr. Keinen seiner Schritte durfte er überstürzen.

Was den Starken vom Schwachen unterscheidet, ist die Fähigkeit zu warten. Sein erster Auftrag, zwei Tage nach seinem fünfzehnten Geburtstag. Ein Kurier der Hisbollah, der angeblich mit den Israelis kollaborierte. Ein einfaches Ziel, sobald er sein Haus verließ. Bloß wusste niemand, wann das sein würde.

Gabriel hatte sich hinter einen Erdhaufen gelegt, eine Dragunow im Anschlag. Er hatte gewartet. Er hatte Cola getrunken, Brot gegessen und auf das Tor der Umfassungsmauer gestarrt, eine Nacht und einen Tag. Er hatte auf dem Boden gelegen und in die Erde gepinkelt. Weil er auf dem Bauch nicht kacken konnte, hatte er nicht gekackt. Als die Cola nicht mehr half gegen die Müdigkeit, hatte er Kaffeebohnen gekaut. Nach zwei Tagen und zwei Nächten hatte er halb zerkaute Kaffeebohnen gekotzt. Nach drei Tagen und drei Nächten hatte er seine Arme blutig gebissen, nicht gegen die Müdigkeit, sondern gegen die Halluzinationen. Am frühen Morgen des vierten Tages war das Tor aufgerollt und der schwarze Toyota Hilux war herausgekommen. Gabriel hatte ins Seitenfenster geschossen. Er hatte sich auf sein Klapprad gesetzt und war achtzehn Kilometer zurück nach Sour gefahren. Zweimal war die Kette abgesprungen. Hamoudi hatte beim Frühstück gesessen und einen amerikanischen Sportkanal geschaut. Gabriel hatte gesagt:

»Auftrag erfüllt.«

Hamoudi hatte gesagt:

»Gut gemacht.«

Gabriel hatte sich auf die Toilette gehockt und gekackt.

Später stellte sich heraus, der Mann hatte nie mit den Israelis kollaboriert. Und Gabriel hatte nicht ihn erschossen, sondern seine Frau. Aber darauf, erklärte Hamoudi, kam es nicht an. Kein Menschenwerk unter Gottes Sonne war ohne Irrtum. Worauf es allein ankam: Gabriel hatte gewartet.

Im Nebenzimmer wurde die Tür aufgeschlossen. Er hörte das Lachen der Frau. Sie hatte also nicht geschlafen. Er hörte die Stimme zweier Männer. Er fragte sich, was es über ein Land aussagte, dass die Männer sich die Huren teilen mussten?

Sein Telefon klingelte.

»Wir müssen verschieben«, hörte er die metallene Stimme.

»Wir sind im Plan«, sagte Gabriel.

»Wir haben einen Verräter. Die Deutsche –«

»Ich kümmere mich um die Deutsche.«

»Wir wissen nicht, wie viel sie weiß.«

»Sie gehört zum Plan.«

»Für wen arbeitet sie?!«

Auf dem Nachttisch lag der Zeitungsausriss, das Foto der Frau. Die kleine Nase. Das Basecap.

»Diese Frau«, krächzte die Stimme, »bringt uns alle hinter Gitter!«

Gabriel zwang sich zu einem besonnenen Tonfall. »Selbst wenn die Deutsche eine Spur gewittert hatte«, sagte er, »selbst wenn sie etwas wusste; sie wusste nicht das Entscheidende.« Gabriel hatte den Koffer. Auf allen Ebenen liefen die Vorbereitungen. Es gab nicht den geringsten Hinweis auf eine Störung, einen Verdacht. Planmäßig war heute Vormittag der Soldat erschossen worden. Das Volk war empört. Die Medien berichteten voller Geifer. Der Minister war auf dem Weg in die Ägäis. Das alles waren wichtige Schritte. Gabriel sah den kleinen, alten Mann in seinem viel zu großen Sessel sitzen. Sah ihn, wie er seine Stirn mit einem Taschentuch tupfte. Ein Bürokrat, hinter seinem Schreibtisch tat er mutig. Aber sobald er aufstehen sollte, den Finger an den Abzug legen, schlotterten ihm die Knie.

»Sie hätten niemals diese Frau –«

Gabriel erklärte geduldig, wie ein Vater seinem verängstigten Kind, dass die Frau wichtig war. Dass sie einen Platz hatte im Plan. Gerade sie, eine junge Deutsche, eine Studentin der Politik, war ein Trumpf in der Hinterhand. Im Nebenzimmer gackerte die Hure, als würde sie an den Füßen gekitzelt. Gabriel dachte, vielleicht gab es wirklich ein Leck, vielleicht war die Deutsche gefährlich, vielleicht war es sicherer, sie heute Nacht zu töten. Aber wieder fühlte er das Pochen in seiner Schulter. Die Wunde war schwarz geschwollen und hart. Er wollte, dass die Frau vor ihrem Tod einen spitzen Stein fühlte.

25

»Maria! Welche Überraschung!«
»Ich wollte Ihnen danken. Für die wundervolle Party.«
»Deshalb sind Sie gekommen?«
»Nicht nur.«
Maria hatte zweimal lang, zweimal kurz geklingelt. Sie hatte einen Moment gewartet und wieder zweimal lang, zweimal kurz geklingelt. Sie hatte den Klingelknopf gedrückt gehalten, bis der Türöffner gesummt hatte. Jetzt stand Yánnis vor ihr, in einem rubinroten Hausmantel mit japanischen Schriftzeichen. Er wollte wohl entspannt wirken. Er wirkte nicht entspannt. Er hatte Ringe unter den Augen. Sein Hausmantel roch nach Zigaretten.
»Ich wusste, dass Sie es sind«, sagte er.
»Woher?«
»Ein Grieche hätte zweimal geklingelt und sich ins nächste Café gesetzt.«
»Ich bin Deutsche. Ich klingele Sturm.«
Briefe und Schnellhefter waren über die cremeweiße Sitzgruppe gebreitet, Yánnis räumte sie hastig zusammen. Er klappte ein MacBook zu und schob es unter das Sofa. Auf einer Reisstrohmatte lagen Hantelstangen und Gewichte.
»Möchten Sie Champagner?«, fragte er.
»Wasser wäre mir lieber.«
Barfuß ging er die Stufen hoch in die Kochlandschaft. Er holte eine Flasche Evian aus dem Kühlschrank und stellte sie auf die Arbeitsplatte aus Naturstein. Er suchte in den Schränken, offenbar nicht sicher, wo die Gläser waren. Als er

sich umdrehte, hatte Maria die Flasche bereits halb leer getrunken.
»Da hat jemand Durst.«
»Athen dehydriert mich.«
»Athen dehydriert uns alle. Vor allem verdummt es. Verklebt die Hirnzellen mit Lügen und Geschnatter. Die ökologischen Winzer pumpen mich um mehr Geld an. Die Hitze, sagen sie, ruiniere ihren Jahrgang. Ich sage, ›habt ihr keine Rücklagen‹? Sie sehen mich an, als komme ich aus einer anderen Galaxie. Die Spanier enttäuschen mich. Griechen mit Kastagnetten.«
Er holte eine fast volle Flasche Cava aus dem Kühlschrank. Roch daran. Verzog angewidert das Gesicht und goss den Inhalt in den Ausguss. Er nahm eine zweite Flasche Evian und goss ihren Inhalt in einen Stahlkessel. Töpfe und Pfannen hingen dekorativ über Messerblöcken, Tonkrügen, Salz- und Pfeffermühlen. Alles wirkte edel, zwanglos – und vollkommen unbenutzt.
»Haben Sie heute schon Nachrichten gesehen?«, fragte Maria.
»Diese Geschichte vor Lésbos?«
»Was halten Sie davon?«
»Man kann die Griechen gar nicht für so blöd halten, wie sie sind.« Er stellte den Kessel auf das Kochfeld des Induktionsherdes. »Flüchtlinge aus Afghanistan, Somalia, Yemen. Fliehen Tausende von Kilometern. Und die ganze Zeit tragen sie Waffen? Beschießen unsere Soldaten aus einem Flüchtlingsboot? Wer soll dieses Märchen glauben? Das Volk glaubt's. Zieht durch die Straßen, grölt Nazi-Parolen und macht Jagd auf Ausländer. Ich bin froh, wenn ich meine Zelte wieder abbreche.«
»Sie wollen weg aus Athen?«
»Ich zähle die Tage. Inzwischen rieche ich den Müllgestank bis hier oben!«

Er schüttete Teeblätter in ein Netz und hängte es in eine gusseiserne, japanische Kanne. Maria trank noch ein paar Schlucke Wasser. Sie fühlte sich besser. Ihre Augen sahen klarer. Sie sah, dass Yánnis' Bewegungen fahrig waren. Als habe er zu wenig geschlafen oder zu viel geraucht.
»In den Straßen jubeln sie Doukákis zu«, sagte sie.
»Ein Blender. Machtgeil. Vielleicht für dieses kaputte Land der Richtige.«
»Der Richtige wofür?«
In seinem Blick sah sie Gereiztheit. »Sind Sie wirklich so naiv, Maria? Es gibt für dieses Land keine gute Lösung mehr. Der Zeitpunkt ist verpasst.«
Er arrangierte kleine, mit Rosenmotiven bemalte Tassen und Untertassen, Silberlöffelchen, Stövchen auf einem japanischen Lacktablett.
»Ich war heute im Ministerium für Bürgerschutz«, sagte Maria. »Bei Ihrer Freundin.«
»Bei wem?«
»Der Rothaarigen mit der hyperaktiven Zunge.«
»Sie ist nicht meine Freundin.«
»Gestern schienen sie sich sehr zu mögen.«
»Sie erhofft sich von mir etwas, das ich ihr nicht geben werde.«
»Sie erhoffen sich nichts?«
Wieder der gereizte Blick. Er goss das sprudelnde Wasser in die Kanne. Er stellte sie aufs Stövchen und trug das Tablett die Stufen herunter zum Tisch.
»Und?«, fragte er. »Was wollte sie von Ihnen?«
»Sie will mir einen Mord anhängen.«
Er lachte.
»Ich war vor drei Tagen mit meinem Mountainbike in den Psiloritis-Bergen auf Kreta. Ich habe einen Mann gesehen, einen Stahlkoffer, Blut ...«

»Das weiß ich alles.«
»Ich war schon gestern erstaunt, wie gut Sie informiert waren.«
»Ich habe Ihnen schon gestern gesagt, Menschen mit spannenden Geschichten interessieren mich.«
»Verblüffend viele Menschen interessieren sich dafür. Sie versuchen sogar, die Geschichte noch spannender zu machen. Die Zeitungen drucken Berichte, die mit der Wahrheit nichts zu tun haben. Heute Morgen holen mich Polizisten vom Frühstückstisch. Ich sitze Ihrer Freundin gegenüber –«
»Herrgott! Sie ist nicht meine Freundin!«
»Welche Position hat sie im Ministerium?«
»Unterstaatssekretärin. Ihr Chef ist Panourgiás, seit Ewigkeiten Staatssekretär. Doukákis ist sein sechster Minister.«
Er arrangierte die Tassen, die Kanne mit dem Stövchen, das Honigglas auf dem Tisch. »Und jetzt, Maria, lassen wir dieses Getratsche mal weg. Reden wir über uns. Was ich für Sie tun kann, was Sie für mich tun können.«
Er schenkte dunklen, dampfenden Tee in die Tassen. »Ich habe Ihnen ein Angebot gemacht. Ich wiederhole es. Wenn Sie die Informationen haben, die ich brauche, nennen Sie Ihren Preis. Wenn Sie sie nicht haben, sagen Sie, was Sie brauchen, um sie zu beschaffen.«
Er pustete auf seine Tasse.
»Angenommen, ich habe die Informationen nicht.«
»Die dicke Klatschtante erzählt etwas anderes.«
»Angenommen, ich habe keine Ahnung –«
»Wenn Sie keine Ahnung hätten, wären Sie jetzt nicht in Athen. Wenn Sie keine Ahnung hätten, hätte das Ministerium Sie nicht vorgeladen.«
»Ich –«
»Wenn Sie keine Ahnung hätten, säßen Sie jetzt nicht auf meiner Couch! Verkaufen Sie mich nicht für blöd!!«

Er räusperte sich. Er machte den Mund auf und wieder zu. »Entschuldigung. Ich bin heute etwas ... Bitte probieren Sie diesen Tee.«
Maria probierte ihn.
»Und?«
»Darjeeling.«
»Sicher?«
»Er hätte etwas länger ziehen können.«
»Wissen Sie, als was man ihn mir verkauft hat? Tibet-Tee! Mönche, die für den Erhalt ihres Klosters kämpfen! So betrügt man mich! Und da soll man nicht hin und wieder die Fassung verlieren!«
Er trank und schüttelte angewidert den Kopf.
»Ein staub- und wasserdichter Koffer«, sagte Maria. »Geschmuggelt aus Libyen. Ein Mann wird für diesen Koffer ermordet. Das Ministerium für Bürgerschutz schaltet sich ein. Was kann in dem Koffer Wertvolles sein?«
»Wir müssen hier nicht über Details reden.«
»Sicher keine Perlen oder Juwelen.«
»Natürlich nicht.«
»Auch keine Drogen für Ihre ... Ihre Bekannte aus dem Ministerium.«
»Sie glauben nicht, wie leicht man in Athen an dieses Zeug rankommt.«
»Was noch? Ich habe lange überlegt. Mir fällt nichts ein. Außer natürlich Waffen. Ein Koffer mit einer Waffe. Aber es müsste schon eine besonders gefährliche Waffe sein. Eine, an die man in Europa nicht herankommt. Gefährlich genug, um den Staatssekretär in seinem Ministerium zu alarmieren. Kennen Sie Doukákis persönlich?«
»Er war ein-, zweimal hier.«
»Aber Sie mögen ihn nicht?«
»Das habe ich nicht gesagt.«

»Blender, machtgeil ...«
»Ich habe nicht gesagt, dass ich ihn nicht mag! Drehen Sie mir nicht das Wort im Mund herum!«
»Wissen Sie, dass er Sie zitiert? Ich habe ihn heute Morgen im Interview gesehen. Er hat Sie fast wörtlich wiederholt. Dass Griechenland aufstehen muss, seine Fesseln abwerfen ...«
»Soll mir das schmeicheln?«
»Menschen, die in Alternativen denken ...«
»Was, Maria, wollen Sie eigentlich sagen?«
Sie ließ Honig von einer Holzspirale in ihre Tasse tropfen. »Bevor wir über Ihr Problem reden, reden wir ein bisschen über meines. Seit der Begegnung in den Bergen stellt man mir Fallen. Die erste war der Traktorfahrer mit seinen Handyfotos. Die zweite war der kretische Kommissar und seine Einladung nach Athen. Die dritte Falle war das Verhör im Ministerium. Als ob diese Fallen nur Etappen sind auf dem Weg in eine große Falle. Aus der ich nicht mehr herauskomme. Sie sagen, der Anschlag in der Ägäis ist Propaganda?«
»Sie drehen mir wieder das Wort im Mund –«
»Genauso wie die neuen Plakate, die überall in der Stadt hängen. Die Lügen in den Zeitungen! Ein Boot aus Libyen, ein Mord, eine Deutsche, die vom Tatort flieht! Man baut mich zur Schurkin auf!«
Sie stand auf. Sie ging zum Fenster. Wie hässlich diese Stadt von hier oben aussah. Unterhalb der Akrópolis nur Dreck! »Sie wissen, was in dem Koffer ist, nicht wahr? Ihre Unterstaatssekretärin weiß es. Der Staatssekretär weiß es. Wahrscheinlich weiß es sogar der Minister! Bleiben wir dabei, in dem Koffer ist eine Waffe. Also? Wovor haben Sie Angst?«
Ihr Telefon klingelte. Auf dem Display sah sie Elénis Nummer, sie drückte den Anruf weg. »Dass die Waffe zum Einsatz kommt?«

»Wer wollte Sie anrufen?«
»Oder dass sie nicht zum Einsatz kommt?!«
»Wer wollte Sie anrufen?!«
Das Telefon klingelte erneut, sie schaltete es aus. »Geht Sie nichts an.«
»Wollt ihr mich alle verarschen?!«
Er sprang auf. An Hals und Schläfen schwollen die Adern. »Wollt ihr mich ruinieren?! Meinen Champagner saufen und mich ausziehen bis aufs Hemd?!«
Er zerschmetterte die Teetasse auf den Fliesen. Wirr, schwer atmend schaute er um sich. Als wisse er einen Moment nicht, wie er in dieses Penthouse gekommen war. »Ihr habt mich verarscht, das wollen Sie sagen? Diese fette Transe hat mich verarscht?«
»Kommt drauf an, was sie Ihnen erzählt hat.«
»Dass Sie bereit sind zu verkaufen. Dass Sie die Informationen haben, die ich brauche. Dass Sie nicht billig sind. Aber bereit zu verhandeln.«
»In diesem Fall –«
»Was?!«
»Hat sie Sie verarscht.«
Er schüttelte den Kopf. Seine Hände ballten sich zu Fäusten. Er versuchte ein Lachen, aber das Grinsen fror in seinem Gesicht fest. »Warum, Maria, sind Sie hergekommen?«
»Ich wollte wissen, ob mein Verdacht stimmt. Dass eine Waffe aus Libyen geschmuggelt wurde. Dass Sie – und nicht nur Sie – Angst haben, sie kommt nicht zum Einsatz.«
»Und jetzt glauben Sie, Sie wissen Bescheid? Die Wahrheit ist komplizierter, als Sie sich das in Ihrem hübschen Kopf vorstellen.«
Er setzte sich. Verschränkte seine Hände und ließ die Knöchel knacken. »Wie lange sind Sie noch in Athen?«
»Vielleicht bis morgen, vielleicht länger.«

»Sie wissen es nicht?«
»Ich finde es schwierig, in dieser Stadt die Zukunft zu planen.«
»Sie sollten Athen verlassen.«
»Wirklich? Ihre Bekannte aus dem Ministerium hat mich genau davor gewarnt.«
Er atmete ruhiger, seine Gesichtszüge entspannten sich. »Ich schätze Sie, Maria. Ich wünschte, wir wären uns unter weniger trüben Umständen begegnet. An einem weniger trüben Ort. Deshalb gebe ich Ihnen einen Rat. Legen Sie sich nicht mit Leuten an, die stärker sind als Sie.«
»Ich habe das Gefühl, das tue ich die ganze Zeit.«
Sein Lachen klang noch etwas gepresst. »Kennen Sie diese russischen Puppen? Man öffnet eine und findet eine neue?«
»Matrjoschkas, natürlich.«
»Leider funktionieren diese Puppen in Athen anders. Die neue Puppe ist nicht kleiner, sondern größer. Und weniger freundlich. Die nächste Puppe knurrt sogar und will Sie beißen. Je mehr Puppen Sie finden, desto gefährlicher werden sie. Und die letzte Puppe, Maria – wird Sie fressen!«
Er sagte es wie ein Vater, der seiner Tochter aus Spaß ein bisschen Angst macht.
»Also?«, fragte Maria. »Was raten Sie mir?«
»Versuchen Sie, noch heute über die Grenze zu kommen. Nehmen Sie nicht das Flugzeug. Sie müssten Ihren Ausweis zeigen, die Sicherheitskräfte nehmen Sie fest.«
»Welche Grenze?«
»Ich empfehle Bulgarien oder die Türkei.«
»Ich habe kein Geld.«
»Ihnen fehlt kein Geld, Maria. Ihnen fehlen Freunde.« Ihm gelang sogar wieder das Zwinkern. »Natürlich helfe ich Ihnen.«
»Eine Ausländerin steht unter Mordverdacht. In der Nacht flieht sie über die Grenze. Wie sieht das aus?«

»Optik ist Ihr geringstes Problem.«
»Reicht das nicht für einen internationalen Haftbefehl?«
»Bis dahin sind Sie in Deutschland und können sich verteidigen.«
»Ich bleibe hier.«
»Damit man Ihnen neue Fallen stellt?«
Er seufzte. Er zuckte die Schultern wie ein Vater, dessen Tochter in ein schwieriges Alter kommt. Er stand auf. »Warten Sie einen Moment.«
Er ging die Wendeltreppe hoch. Sie sah ihn hinter einer Glastür verschwinden. Ihre Hand fuhr durch die Unterlagen, die neben den Sesseln lagen. Zahlen mit vielen Nullen, Tabellen und Adressen. Maklerprospekte. Angebote für möblierte Villen und Penthäuser in Lissabon, Madrid, Dublin ...
Yánnis kam die Treppe herunter.
»Ich möchte Ihnen etwas schenken«, sagte er. »Mein Geschenk mag Ihnen abwegig erscheinen, sogar obszön. Aber ich fürchte, Sie werden es brauchen.«
Er legte eine Pistole auf den Tisch. Sie war klein, der Lauf kurz. »Eine Beretta Tomcat mit zweimal sechs Schuss Munition.«
»Was soll ich damit?«
»Nehmen Sie sie in die Hand.«
Maria nahm die Waffe in die Hand. Sie war überrascht, wie leicht sie war.
»Sie werden sich sicherer fühlen«, sagte er.
»Ich dachte, Sie lehnen Gewalt ab?«
»Ich lehne auch Grippeviren ab. Es wäre Leichtsinn, sich nicht zu schützen.«
»Ich will keine Waffe.«
»Sie sehen, was auf der Straße los ist.«
»Ich habe keine Ahnung, wie man schießt.«
»Sie ist bereits geladen. Neue Munition schieben Sie unten

in den Griff ... Genau dort. Sie entsichern mit dem Hebel am Daumen ... Gut machen Sie das ...«
»Ich bin Linkshänderin.«
»Spielt keine Rolle. Jedes Kind kann sich damit verteidigen.«
»Jedes Kind kann damit einen Menschen töten.«
»Wo denken Sie hin? Es sind Platzpatronen.«
»Danke für das Angebot. Aber –«
»Niemandem würde ich diese Waffe anvertrauen außer Ihnen. Nehmen Sie sie, bitte. Damit ein Angsthase wie ich heute Nacht ruhiger schläft.«
»Heute Nacht?«
»Bis Sie wieder sicher sind.«
Maria stand auf. Sie steckte die Beretta in ihre Gesäßtasche. Sie holte eine Karte und ihr Telefon aus ihrer Hosentasche.
»Wen rufen Sie an?«, fragte er, plötzlich misstrauisch.
»Ein Taxi.«

26

Das Taxi fuhr die steile Straße hinunter, vorbei an einem Sushi-Restaurant und einem Jazz-Café. Im Licht der Scheinwerfer und Schaufenster schien Darius' Gesicht noch fahler als gestern Nacht.
»Wann haben Sie Ihre Schicht begonnen?«, fragte Maria.
»Ich habe sie nicht begonnen.«
»Sie fahren seit gestern Nacht?!«
»Kollege ist abgehauen, in die Türkei. Ich habe das Taxi. Also fahre ich.«
Sie hielten an einer roten Ampel. An einem Transformatorenkasten klebte ein Plakat: Der tote Soldat an Deck, in einem Meer von Blut. Darüber das Wort, das Maria inzwischen lesen konnte: πόλεμος – Krieg.
»Sie haben recht«, sagte sie. »Es braut sich was zusammen.«
»Machen Jagd auf die Afrikaner«, sagte Darius. »Viktória-Platz, Laríssa-Bahnhof ... Jagen sie mit Knüppeln.«
Die Ampel sprang auf Grün, sie bogen in die Vasilíssis Sofías. Nach hundert Metern hörten sie Sirenen, sahen Blaulicht. Zwei Polizeiwagen überholten sie, hielten Kellen heraus, zwangen das Taxi zum Halten am Straßenrand. Polizisten sprangen heraus, mit gezogener Waffe. Sie hörten den Ruf aus einem Megaphon.
»Was wollen die?« fragte Maria.
»Sie sollen Ihre Waffe aus dem Wagen werfen.«
»Ich habe keine.«
»Werfen Sie Ihre Waffe hinaus.«
»Sagen Sie ihnen, das ist ein Irrtum!«
Das Taxi war umstellt von Polizisten. Darius sah sie skep-

tisch an. Er ließ das Fenster herunter, rief den Polizisten etwas zu.

»Sie sollen aussteigen. Mit Ihren Händen über dem Kopf.«

Maria stieg aus, hielt die Hände über dem Kopf. »Spricht hier jemand Englisch? Deutsch?«

Verständnislose Blicke. Rufe zum Polizeiwagen, der vor ihnen wartete.

»Die Polizei hat einen anonymen Hinweis bekommen«, übersetzte Darius. »Sie seien illegal mit einer Schusswaffe und scharfer Munition unterwegs.«

Maria schloss die Augen.

»Sie hätten jemanden bedroht.«

Sie atmete tief durch. Antwortete, so ruhig sie konnte: »Sagen sie Ihnen, das ist eine Verleumdung. Oben in Kolonáki hat mich ein Betrunkener belästigt. Er wollte mich ins Gebüsch zerren. Ich habe gesagt, ich habe eine Schusswaffe.«

»Haben Sie auf ihn geschossen?«

»Natürlich nicht!«

Der Iraner übersetzte. Ein Polizist rief etwas zurück.

»Angeblich haben Sie den Mann mit einer Pistole bedroht.«

»Durchsuchen Sie mich. Durchsuchen Sie das Taxi. Ich habe getan, als ob ich eine Waffe aus meiner Hosentasche ziehe. Das hier ist seine Rache!«

»Sie haben einen Ausweis?«

Maria hielt ihren Personalausweis hoch. Die Polizisten kamen vorsichtig näher, bedeuteten ihr, sich umzudrehen. Sie tasteten sie nicht einmal ab. Es war offensichtlich, dass sie weder unter ihrem T-Shirt noch in ihrer dünnen Hose eine Pistole versteckte. Sie schauten mit einer Lampe unter den Sitz des Taxis, ins Handschuhfach, zwischen die Ritzen der Polster. Eine Polizistin prüfte die Papiere des Iraners. Sie sagte etwas. Er sagte etwas zurück. Er griff in seine Konsole.

Ein gefalteter Fünfzig-Euro-Schein wanderte von seiner Hand in ihre. Sie gab ihm die Papiere zurück.
Marias Personalausweis war in Ordnung.
Es gab keine Schusswaffe im Wagen.
»Sie bedauern den Zwischenfall und wünschen Ihnen einen schönen Abend.«
Sie fuhren weiter. In mehreren Geschäften, an denen sie vorbeikamen, waren Schaufensterscheiben eingeschlagen und die Auslagen geplündert.
»Warum mussten Sie der Polizistin fünfzig Euro geben?«
»Ich habe keine Papiere.«
»Aber Sie fahren Taxi?«
»Was soll ich machen?«
»Es tut mir leid.«
»Mein Risiko.«
Seine Stimme war ruhig. Aber sie wusste, sie hatte ihn um den Verdienst eines Tages gebracht. Mindestens.
»Was hätte die Polizei mit mir gemacht?« fragte Maria. »Wenn sie eine Waffe gefunden hätten?«
»Eingesperrt.«
»Bis morgen. Dann hätten sie die Botschaft angerufen.«
»Morgen ist Feiertag«, sagte der Iraner.
»Also wäre ich bis übermorgen im Gefängnis geblieben.«
»Länger. Sie haben Personal in den Gerichten entlassen, wegen der Sparmaßnahmen. Der Rest ist in Urlaub oder streikt.«
Sie fuhren am Parlament und an der Akademie vorbei. Erst hatte Yánnis sie über die Grenze schaffen wollen. Jetzt hatte er versucht, sie hinter Gitter zu bringen. Er wollte nicht, dass sie frei und in Athen blieb. Warum nicht?
»Was haben Sie ins Gebüsch geworfen?«, fragte Yánnis. »Bevor ich gekommen bin?«
»Eine Beretta Tomcat. Mit zweimal sechs Schuss Munition.«

Yánnis runzelte die Stirn.
»Die Polizisten sollten die Waffe finden und mich aus dem Verkehr ziehen. Es war eine Falle. Alles in diesem Drecksland ist eine Falle!«
»Die Griechen sind das ehrlichste Volk der Welt.«
»Sehr lustig.«
»Sie lügen«, sagte Darius. »Aber sie tun auch nicht so, als ob sie die Wahrheit sagen. Schauen Sie die Zeitungen. Die Sparmaßnahmen. Die Wirtschaftszahlen. Und dass Griechenland seine Schulden zahlt. Natürlich alles gelogen. Aber wer glaubt die Lügen? Niemand! Also ist es ehrlich!«
Sie hielten vor dem Titania-Hotel. Das Taxameter zeigte sieben Euro achtzig Cent. Maria gab ihm acht Euro.
»Ich kann Ihnen keine fünfzig Euro geben«, sagte sie.
»Sie sind pleite«, sagte er.
»Ich weiß, wie jämmerlich das klingt.«
»Die Ratten verlassen das sinkende Schiff.«
Er deutete auf Reisebusse, vor denen Touristen mit Koffern und Taschen standen.
»Glauben Sie?«
»Überall vor den Hotels. Der Flughafen ist voll. Die Touristen werden krank von der Luft und vom Wasser. Einige mieten ein Taxi bis zur Grenze. Hauptsache raus.«
Ein mageres Mädchen im eingerissenen Trainingsanzug ging bettelnd zwischen den Ausländern herum. Sie bekam hier und da eine Münze.
»Sie sollten heute Nacht nicht in diesem Hotel schlafen«, sagte Darius.
»Das Zimmer ist bezahlt.«
»Der Mann wollte Sie ins Gefängnis bringen.«
»Er hat es nicht geschafft.«
»Wenn er im Hotel anruft? Wenn er hört, es hat nicht geklappt?«

Der Reiseleiter scheuchte das Mädchen weg. Es zeigte ihm den Mittelfinger und verkroch sich zwischen die Stoßstangen der Reisebusse. Maria gab Darius die Hand.
»Ich danke Ihnen. Für alles.«
Er zögerte, bevor er sie nahm.
»Werde mich nie dran gewöhnen.«
»Woran?«
»Einer Frau die Hand drücken. Ist im Iran verboten. Und in Griechenland, als Taxifahrer, kriegt man wenig Gelegenheit.« Er drückte sie fester. »Fühlt sich aber gut an.«
Die Touristen waren Deutsche. Erregt diskutierten sie Vertragsklauseln und Präzedenzfälle aus früheren Urlauben. Wie viel Reisepreisminderung für den Müll? Wie viel für das Chlorwasser? Die geschlossene Akrópolis? Und die Merkel in SS-Uniform: Konnte man da nicht auch ...?
Maria stieß die Glastür auf. In einem Sessel in der Lobby saß Eléni. Sie war bleich. Ihr Puder war tränenverwischt.
»Wir müssen reden«, sagte sie.
»Welche Lügen hast du Yánnis über mich erzählt?«
»Ich muss dir etwas zeigen!«
»Dass ich hinter dem Schmuggel stecke?! Hinter dem Mord?!«
Eléni zitterte. Ihr Make-up war verschmiert.
»Ich kenne«, flüsterte sie, »den Inhalt des Koffers!«

27

Durch das Geäst der Bäume und Fliedersträucher leuchteten die Lichter des Záppeion. Er hatte sich einen Ziegenbart ans Kinn geklebt. Er trug enge, gebleichte Jeans und ein rot-blau kariertes Hemd. Er hatte es bis weit auf die Brust geöffnet. Es war kurz nach elf Uhr, eigentlich zu früh. Aber er durfte den Mann auf keinen Fall verpassen.
Gabriel sah Schatten, die um die Bäume strichen. Er hörte Rascheln, Schritte im Gebüsch.
Klicken eines Feuerzeugs.
Die Flamme erhellte ein breites, junges Gesicht. Albaner, wahrscheinlich. Muskulöse Arme und Schultern im weißen, ärmellosen T-Shirt. Eine Hand griff an die Schwellung in der Hose. Die Flamme erlosch, Gabriel sah nur noch das Glühen der Zigarette. Der Junge flüsterte etwas, rieb die Finger gegeneinander. Er wollte Geld. Gabriel schüttelte den Kopf, der Junge verzog sich ins Gebüsch.
Männer streiften auf schmalen Pfaden durch den Park. Hier, wo Gabriel stand, war das Buschwerk besonders dicht. Die Männer blieben stehen, taxierten ihn kurz, gingen weiter. Gabriel wusste, er war kein attraktiver Mann. Er war auch nicht hässlich. Er war Durchschnitt, weiter nichts. Allerdings hatte er einen großen Penis. Der Penis musste reichen, für diesen Termin. Doch der Mann, den er suchte, war nicht hier. Vielleicht würde er heute gar nicht kommen, in der Nacht vor Mariä Entschlafung. Oder erst recht. Zur Not musste Gabriel es ohne den Mann schaffen. Aber das bedeutete zusätzliches Risiko.
Er hörte unterdrücktes Stöhnen, Schmatzen. Er fühlte für

diese Männer keinen Hass, aber auch kein Mitleid. Süchtige, die ihre Lebenszeit an sinnloses Vergnügen vergeudeten. Gabriel hatte als Junge gern an seinem Penis herumprobiert. Er hatte die Zeit gestoppt, die er brauchte, um hart zu werden. Er hatte gewartet, drei Tage, vier Tage, und das Glied gerieben und gepresst, bis das Weiße zum Hals spritzte. Er hatte die Entfernung gemessen und sich beim nächsten Mal auf einen besseren Spritzwinkel konzentriert. Ein einziges Mal hatte er es bis ans Kinn geschafft. Um den Spritzwinkel musste er sich heute Abend keine Sorgen machen. Um die Erektion allerdings schon. Vor einer halben Stunde hatte er sich eine Spritze in die Schulter gesetzt. Er hatte zwei Diclofenac-Tabletten geschluckt gegen die Entzündung. Er fühlte keinen Schmerz, aber leichte Flauheit im Magen. Und sein Penis klemmte taub in der engen Jeans.

Vom Záppeion hörte er Jugendliche mit einer Gitarre. Mücken summten. Keine Krankheit, mit der die Männer hier nicht infiziert sein konnten. Mückenstiche konnten viele dieser Krankheiten übertragen. Er wollte sich hier nicht länger aufhalten als nötig.

»Pssst!«

Nur ein paar Schritte entfernt stand der Mann, auf den er gewartet hatte. Er klopfte sich Blätter von seinem blassgelben Polohemd. Er war etwas größer als Gabriel, die Schultern schmaler, die Hüften breit. Er trug weiße gebügelte Jeans und Tennisschuhe. Gabriel wusste nicht, wann ein Mann schön war. Aber er wusste, wann ein Mann hässlich war. Dieser war hässlich. Wahrscheinlich fand er Gabriel nicht anziehend. Aber in diesem Park war Gabriel seine einzige Hoffnung auf ein paar Augenblicke Lust. Und er hatte den großen Penis. Auf den Penis mussten sie sich einigen.

Gabriel öffnete seinen Reißverschluss, griff in seinen Slip, ließ das schlaffe Stück Fleisch heraushängen. Er massierte seine Vorhaut und drückte, oberhalb des Hodensacks, auf den Schwellkörper. Der Penis schwoll nicht an, oder nur ein bisschen. Gabriel massierte und drückte, der andere fuhr sich mit der Zunge über die Lippen. Jetzt richtete sich der Penis doch auf, die Eichel leuchtete blauviolett wie ein Bonbon. Der andere trat vor und ging auf die Knie. Er breitete ein Taschentuch über die Erde, um seine Jeans nicht zu beschmutzen. Erst dann öffnete er den Mund. Gabriel packte den Hals, schlug den Kopf gegen den Baumstamm, dreimal, viermal, bis die Schädeldecke knackte. Blut spritzte von der Stirn, aus den Haaren, Gabriel achtete darauf, sich nicht zu bekleckern. Er hielt den Mann am Hals fest, bis er zusammensackte. Gabriel durchsuchte seine Hosentaschen. Er fand Kondome, ein Fläschchen Gleitgel, einen Fahrschein für die Metro – und den Schlüsselbund.

Er hörte Zweige knacken, schloss seine Hose und zog sich zurück in den Schatten eines Busches. Der albanische Strichjunge. Er fuhr zurück, als er den zuckenden, Blut spuckenden Mann auf der Erde liegen sah. Er blickte sich um. Kniete sich hin, tastete hektisch die Taschen der Jeans ab. Er fingerte am Verschluss der Armbanduhr, steckte sie ein. Er verzog sich ins Gebüsch, der Mann auf der Erde spuckte ein letztes Mal Blut, bevor er tot liegen blieb.

Gabriel trat auf den Weg. Männer saßen auf Bänken um den Springbrunnen. Bildete er es sich ein, oder starrten sie ihn an? Möglich, sie hatten das Röcheln gehört, das Brechen der Schädeldecke. Aber hier wollte niemand Ärger mit der Polizei. Nicht der Student, der noch bei seiner Mutter wohnte. Nicht der Familienvater, den seine Frau noch im Büro vermutete. Schon gar nicht der Einwanderer ohne Papiere, der hier für ein paar Euro seinen Mund und seinen Unterleib vermietete.

Auf den Stufen des Záppeions sah Gabriel die Jugendlichen

singen und Gitarre spielen. Der Anblick dieser heiteren jungen Leute war ihm unangenehm. Er dachte, dass er in ihrem Alter schon mehr Menschen getötet hatte, als dort zusammen auf den Stufen saßen. Dass er sich einen kleinen Namen gemacht hatte, im Südlibanon, für seine Kompetenz und stille Verlässlichkeit. Er hatte damals viel gelesen, über Waffen und Sprengstoff. Er hatte keine Freunde. Einmal wollte ein Mädchen mit ihm schlafen. Er hatte seine Hose heruntergelassen, die Vorhaut massiert und den Schwellkörper gedrückt. Sie hatte ihn ausgelacht. Er hatte einen Preis gezahlt für das, was er heute war. Welchen Preis zahlten diese Jugendlichen?

Die Gitarre stimmte eine neue Melodie an. Die Hände eines Mädchens streichelten die Schenkel eines Jungen. Gabriel erkannte die Melodie wieder, vor zwei Tagen hatte er sie in der Ermoú gehört: *»Somewhere over the rainbow ...«* Das Mädchen sang, der Kopf ihres Freundes lag auf ihrer Schulter.

»Somewhere over the rainbow
Way up high
There's a land that I heard of
Once in a lullaby.«

Neben den Jugendlichen lehnte ein Gitarrenkoffer an den Treppenstufen. Gabriel war in seinem Leben schon einigen Männern mit Gitarrenkoffern begegnet. Aber noch nie einem, der in seinem Gitarrenkoffer eine Gitarre transportierte.

»Somewhere over the rainbow
Skies are blue.«

Jetzt küsste das Mädchen den Jungen auf den Mund. Der Anblick machte Gabriel ärgerlich, geradezu wütend. Welches Land? Welcher Regenbogen? Wenn dort alles so viel besser war, warum blieben sie auf den Stufen sitzen? So schlecht konnte es dort ja offenbar nicht sein!

»And the dreams that you dare to dream
Really do come true.«
Er ging weiter. Die Schulter pochte. Die zweite Spritze hatte nicht so lange gewirkt wie die erste. Aber er fühlte den Schlüssel in der Jeanstasche. Sein Auftrag, darauf kam alles an. Viele Menschen, die er noch zu töten hatte. Es war nicht bloß ein Auftrag. Es war die Rechnung seines Lebens! Vielleicht, dachte er, wenn er genug getötet hatte, wenn die Rechnung endlich beglichen war, würde er sich eine Gitarre kaufen.

28

Die Kamera hing an der Decke, vermutlich über der Tür – auf dem Bildausschnitt waren keine Türen zu sehen. Auch keine Fenster, bloß rotbraun gestrichene, teils angerostete Metallwände. Die Menschen saßen oder lagen auf dem Boden. Maria zählte elf, wahrscheinlich gab es weitere außerhalb des Bildausschnittes. Eine Frau schlief neben zwei kleinen Kindern.

»Woher, glaubst du, kommen die Leute?«

»Dunkle Haut, eher groß«, sagte Eléni. »Sahelzone. Tschad, Niger, Sudan ...«

Sie wirkten müde, ausgezehrt, die Haut war trocken. Zwei Männer stritten sich, ohne Kraft. Ein Mädchen lag zitternd im Schoß seiner Mutter, die ihr durchs schweißnasse Haar strich.

Jetzt gab es Bewegung. Ein Uniformierter trat ins Bild, man sah seinen massigen Körper und den rasierten Hinterkopf nur von hinten. Die Menschen sahen ihn an, voller Erwartung. Das Video hatte keinen Ton. Aber offenbar verkündete er gute Nachrichten, die Menschen lächelten, weckten die Schlafenden auf. Eine alte Frau wollte dem Mann die Hände küssen, aber der zog sie schnell weg.

»Vielleicht hat er Papiere versprochen«, sagte Eléni. »Für Europa.«

Der Mann hatte ein Spielzeug mitgebracht: Ein Dromedar aus Holz, geschmückt mit Perlen und einer bestickten Satteldecke. Warum er es in den Raum brachte, war nicht klar. Noch weniger, warum er es einem kleinen Jungen in die Hand drückte. Das Dromedar war ungefähr einen halben

Meter hoch und ebenso breit. Der Uniformierte strich ihm mit seiner fetten Hand über den Kopf, die Mutter flüsterte ihrem Kind etwas ins Ohr; ihr Junge sollte dem Mann danke sagen.

Der Uniformierte verließ den Raum. Die Menschen redeten, lachten sogar. Ein Alter breitete ein Tuch auf dem Boden aus und betete. Der Junge spielte mit seinem neuen Schatz. Seine Finger drückten zwischen den Ohren, am Schwanz ... Das Dromedar klappte auf, eine Stichflamme schoss heraus. Das Kind verkrümmte sich, dann die Mutter. Innerhalb von Sekunden war der Raum ein Inferno würgender, sich übergebender Leiber. Sie schrien, warfen sich gegen die Wände. Es dauerte höchstens zwei Minuten, dann waren alle Menschen tot. Erstickt, am Gas und ihrem Erbrochenen.

Sie saßen in Elénis kleiner, aufgeräumter Wohnung. Durch das geöffnete Fenster hörten sie Musik und Gelächter aus einem Straßencafé. Auf dem Bildschirm bewegte sich nichts mehr.

»Wo hast du das Video her?«, flüsterte Maria.

»Ist doch egal.« Elénis Stimme bebte.

Maria griff nach der Fernbedienung. Ließ den Film zurücklaufen, bis zur Stichflamme.

»Warum willst du das noch mal sehen?«, fragte Eléni.

»Ich will wissen, ob das Video echt ist.«

»Natürlich ist es echt.«

Maria ließ den Film langsam vorlaufen. »Die Flamme ... Der Junge atmet das Gas ein, neben ihm die Mutter ... Aber hier!« Maria stoppte das Video. »Der würgende Mann! Am anderen Ende des Raumes!«

»Ja, und?«

»Wie breitet sich das Gas so schnell aus?«

»Vielleicht ein Ventilator.«

Auf Eléni, das war Maria klar, wirkte sie vollkommen gefühl-

los. Aber sie kannte sich: Das Entsetzen würde später kommen, in einigen Minuten, hoffentlich erst in ein paar Stunden. So lange musste sie hinsehen, versuchen zu begreifen.
»Die ganze Zeit hat sich nichts bewegt«, sagte sie. »Keine Haarsträhne, kein Stück Stoff …« Sie stoppte den Film. »Hier! Der Mann auf dem Teppich verkrümmt sich! Im selben Moment bricht die Frau an der Wand zusammen!«
Eine Mutter warf sich über ihr Kind, es erbrach sich durch ihre Hände.
»Wie kann das Gas alle diese Menschen zur selben Zeit töten?«
»Ich habe keine Ahnung von Chemie.«
»Ich auch nicht. Aber wir wissen, was passiert, wenn im Bad eine Parfumflasche auf die Fliesen fällt und zerbricht.«
»Die ganze Wohnung stinkt.«
»Aber nicht sofort!«
»Ich will das nicht weiter sehen …«
Draußen im Café erzählte jemand einen Witz. Alle lachten.
»Das Gas reagiert nicht an der Luft«, sagte Maria. »Es reagiert *mit* der Luft.«
»Kann sein.«
»Im Dromedar sind zwei Gase, wahrscheinlich flüssig. Deshalb am Anfang die Stichflamme, wenn sie reagieren. Dann gibt es eine Kettenreaktion. Woraus besteht normale Atemluft? Sauerstoff und Stickstoff. Und ein paar Gase, Helium, Methan …«
Erbrochenes tropfte aus den aufgerissenen Mündern. Eine Fliege, der das Gas offenbar nichts ausmachte, flog zwischen den toten Körpern hin und her. Wieder trat der Uniformierte ins Blickfeld, jetzt mit Gasmaske. Er trat hier und da gegen eine Leiche. Hob einen toten Säugling auf und ließ ihn fallen. Er stellte seinen Stiefel auf die Hand einer Frau.
»Warum tut er das?« fragte Eléni.

»Er will beweisen, dass sie tot ist.«
Er sprang auf die Hand, zerquetschte sie mit seinem Stiefelabsatz.
»Mach das aus!«, schrie Eléni.
Der Uniformierte zog das Dromedar unter dem Körper des Jungen hervor. Er hielt es nach oben, in die Kamera. Er klappte es auf: In dem Hohlraum wäre Platz für mehrere Liter Flüssigkeit gewesen. Aber er war leer – bis auf zwei winzige, geplatzte Reagenzröhrchen.
»Er will zeigen, wie wenig man braucht. Wie stark das Gas ist. Wie viele Menschen man töten kann.«
Ende des Videos.
Eléni stand auf. Hielt eine Fernbedienung Richtung Fenster. Drückte darauf herum.
»Seit zwei Monaten ist diese verpisste Klimaanlage kaputt«, sagte sie. »Weißt du, was der Vermieter sagt? Er hat kein Geld, weil die Leute ihre Miete nicht zahlen! Ich lebe in einem Backofen!!«
Sie schleuderte ein Buch gegen die Klimaanlage. Es fiel aufs Fensterbrett und warf einen Blumentopf um.
»Zahlst du deine Miete?«
»Im August? Für eine Wohnung ohne Klimaanlage?! Was redest du für eine Scheiße, Maria Brecht?!«
»Wann hast du das Video das erste Mal gesehen?«
»Vor einer Stunde.«
»Wo hast du es her?«
Eléni antwortete nicht. Stattdessen trippelte sie in die Küche. Maria hörte Gläser klirren. Die Wohnung war vollgestellt mit Nippes aus Glas und Porzellan. In den Regalen standen Bücher von Barbara Wood, Elisabeth George, Paulo Coelho. Auf dem Fensterbrett rankte sich Zierefeu an einem Gitter hoch, in dem Porzellanelfen hingen. Ihre tantenhafte Maske legte Eléni auch in der eigenen Wohnung nicht ab.

Sie kam zurück mit einer Zwei-Liter-Flasche Retsina. Aus einer Anrichte holte sie Gläser und eine Karaffe Crème de Cassis. Sie schenkte sich ein Glas Wein ein und trank es gierig leer. Sie goss sich ein zweites Glas ein und leerte es zur Hälfte. Sie ließ sich in einen pastellblauen Bastsessel fallen. Sie atmete durch, als habe der Wein sie aus einem Alptraum geweckt.

»Vor zwei Monaten bekam ich einen Anruf«, sagte sie. »Ein Mann, dessen Stimme ich seit Jahren nicht gehört hatte. Der sagte, er müsse mich unbedingt sehen. Treffen in Elliníkon, nachts, am alten Flughafen. In einem Auto ohne Licht. Regen trommelt aufs Autodach, alles wie im Gangsterfilm. Bloß dass am Steuer kein Gangster saß, auch kein Held. Sondern mein Vater. Pensionierter Banker. Hohes Tier. Von jedem Minister die private Telefonnummer im Kopf. Ich war erschrocken, wie alt und verängstigt er aussah. Er hat gesagt, dass Griechenland etwas Schreckliches bevorsteht. Dass er keinen Ausweg sieht. Dass er Angst hat um sein Leben. Er gab mir einen Umschlag. Er sagte, wenn ihm etwas zustößt: In dem Umschlag sind die Namen der Hintermänner.«

»Hintermänner wovon?«

»Von dem, was Griechenland droht. 2007, vor Ausbruch der Krise, haben sie sich das erste Mal getroffen. Männer aus der Politik, der Wirtschaft, sogar der Erzbischof von Athen, Christódoulos. Sie waren sich einig, dass Griechenland auf einen Abgrund zusteuerte. Politisch, wirtschaftlich, moralisch. Sie haben diskutiert, was getan werden muss. Sie haben einen *Aufruf der Dreißig* veröffentlicht. Sie forderten eine Bekämpfung der Schuldenmacherei, der Korruption, eine neue Kultur der Wahrheit. Der Aufruf wurde in drei Zeitungen gedruckt, es gab ein paar Leserbriefe – das war's. Die Männer dachten an die Gründung einer Partei. ›Wir wollten das Richtige‹, das hat mein Vater immer wieder gesagt. Aber obwohl sie alle das Richtige wollten, konnten sie sich nicht auf einen Namen für ihre Partei einigen, schon gar nicht auf ein Programm. Im Frühjahr 2010 brach die Krise voll aus. Der Erzbischof war inzwischen tot. Die Gruppe schrumpfte. Ein Anführer kristallisierte sich heraus: Rénos Panourgiás, seit Ewigkeiten Staatssekretär im Ministerium für Bürgerschutz. Seine Familie war im Krieg von den Deutschen ermordet worden. Jetzt sah er, wie die Deutschen wieder anreisten. Bücher prüften. Vorschriften machten. Firmen kauften. In Griechenland Schritt für Schritt wieder die Macht übernahmen.«

Eléni mischte Retsina und Crème de Cassis. Sie reichte Maria ein Glas.

»Die Gruppe bestand zu der Zeit noch aus zehn bis fünfzehn Personen. Die Treffen wurden immer konspirativer. Sie benutzten Decknamen, trafen sich auf kleinen Inseln oder in Landstraßenhotels. Je tiefer Griechenland in den Abgrund rutschte, desto radikaler wurden die Maßnahmen, die sie für nötig hielten. Eine war die Wiedereinführung der Monarchie. Es gibt noch einen griechischen König, Konstantin II. Er hat die Schwester der Königin von Dänemark geheiratet und lebt seit Jahrzehnten im Exil. Die Gruppe schickte eine Delegation nach Dänemark, einen Bischof, den Programmdirektor von Voulí TV und meinen Vater. Sie fanden Konstantin auf seiner Segelyacht, im Hafen von Trelleborg. Sie sind an Bord geklettert und haben ihm die Krone angeboten.«

»Was hat Konstantin gesagt?«

»Wenn sie noch einmal in seiner Nähe den Namen dieser verluderten Schandrepublik aussprechen, macht er den Hund los.«

Von draußen, aus dem Café tönte der Sommerhit: *»Baa-baa-bi-baa-boo.«*

»Bei Panourgiás wurde Krebs diagnostiziert. Sein Kehlkopf wurde herausoperiert, seitdem spricht er nur noch mit einem Apparat, den er sich an den Hals drückt. Kein Tag ohne Streiks und Demonstrationen. Neue Sparauflagen. Neue Diktate. Deutsche Unternehmer und der Wirtschaftsminister reisen an, auf der Suche nach Schnäppchen. Griechenland ist kein souveränes Land mehr. Die Politiker nicken nur noch ab, was in Berlin, Paris, Brüssel beschlossen wird. Keine Regierung löst das Problem. Und Panourgiás weiß, er hat nicht mehr viel Zeit.«
Eléni nahm ihr Halstuch ab. Maria sah den Adamsapfel.
»Männer, die Verantwortung übernehmen. Die keine Marionetten fremder Mächte sind. Die bereit sind zu handeln. Was brauchen diese Männer? Einen charismatischen Führer, dem das Volk vertraut. Doukákis ist beim Volk beliebt. Er sieht gut aus. Er kann Reden halten. Aber er weiß, früher oder später wird das Volk sich von ihm abwenden. Weil es sich von jedem demokratisch gewählten Politiker abwendet. Er will nicht enden wie die anderen demokratisch gewählten Politiker. Er sieht sich als etwas Größeres. Er will das Land retten. Aber er braucht mehr Macht. Was ist die Lösung?«
Sie musste die Frage nicht beantworten. Immer wenn Stille eintrat, trank Eléni einen neuen Schluck oder, wenn ihr Glas leer war, mischte sich ein neues. Maria verstand, warum: Sie wollte nicht an das Video denken.
»Sie haben einen Plan entworfen. Wer ist Freund, wer ist Feind? Welche Gebäude muss man unter Kontrolle bringen? Welche Personen kann man kaufen, welche muss man verhaften? Welche Grundrechte müssen suspendiert werden, wie lange? Mit welchen Kommuniqués stellt man das Ausland ruhig? Wie viel Zeit braucht die Vorbereitung, wie viel Geld? Tausende kleine und kleinste Maßnahmen. Von ›In welchem Raum seines Palastes halten wir den Staatspräsi-

denten fest?‹ bis ›Wie sichern wir die Versorgung der Marinestützpunkte mit frischem Gemüse?‹ Sie haben ein Protokoll dieser Maßnahmen angefertigt. Es bestand aus zweitausendvierhundert Seiten. Sie nannten es Perseus-Protokoll.«
»Warum Perseus?«
»Die Griechen lieben ihre antiken Helden. Sie haben sonst keine. Und Perseus hat der Medusa das Haupt abgeschlagen. Genau so sahen sie sich: Helden, die für die Unterdrückten zum Schwert greifen. Es gibt noch eine Parallele. Griechenland hatte seinen letzten Putsch 1967. Damals riss eine Gruppe von Offizieren die Macht an sich. In einer Nacht schalteten sie sämtliche Gegner aus. Diese Gruppe war klein, aber sie hatte eine Geheimwaffe: den Prometheus-Plan. Er war ursprünglich mit Hilfe der CIA entwickelt worden, um Griechenland vor einer Machtübernahme durch die Kommunisten zu schützen. Die Gruppe spannte den Plan wie ein fremdes Pferd vor den eigenen Karren. So ähnlich soll es diesmal wieder laufen. Ein Anschlag, angeblich vom Ausland gesteuert. Straßenschlachten, Anarchie. Eine Gruppe verantwortungsvoller Männer schreitet ein, löst Parlament und Regierung auf, stellt Ordnung und nationale Ehre wieder her.«
Schweigen. Eléni trank. Ihr Kopf war rot geworden und glänzte. Maria sah Pigmentflecken an Schläfen und Stirn.
»Sogar die erste Rede, die Doukákis halten soll, haben sie schon entworfen. Er wird sagen, korrupte, selbstsüchtige Diebe haben Griechenland an den Abgrund geführt. Sie haben die Nation um ihren Reichtum betrogen. Die Diebe haben die Schulden gemacht, nicht das Volk. Das Volk erkennt die Schulden nicht an. Das Volk ist ab heute frei. Glaubst du, irgendein Grieche protestiert? Sie läuten die Glocken!«
»Griechenland ist eine Demokratie.«
»War es 1967 auch.«

»Es ist Mitglied der Nato, der Vereinten Nationen ...«
»Alles wie 1967.«
»Das Ausland –«
»Das Ausland?! Ha! Wer kräht danach, wenn Griechenland aus der EU austritt und die Drachme wieder einführt? Die Banken sehen ihr Geld sowieso nicht wieder! Und die Europäer? Die Deutschen? Ihr seid doch froh, wenn ihr Griechenland endlich los seid!«
Sie trank. Wahrscheinlich hatte sie recht. Ein kleines Land am Südzipfel des Balkans, das sich abseilte und seinen eigenen Weg ging. Ein paar lauwarme Protestnoten aus den europäischen Hauptstädten. Niemand würde ihm nachtrauern.
»Hast du das Video von deinem Vater?«, fragte sie.
Eléni schüttelte den Kopf. »Mein Vater wollte aus dem Komplott aussteigen. Er hatte Angst vor Panourgiás. Vor seinen Andeutungen. Dass man einen Profi brauche, einen von außen, ›für die nötige Sache am Anfang‹. Ich habe meinen Vater beschworen, er solle weiter an den Treffen teilnehmen. Berichte schreiben, Material sicherstellen. Eine Liste mit ein paar Namen reicht nicht. Wenn er die Gruppe wirklich auffliegen lassen will, braucht er Beweise. Wir haben über Prepaid-Karten telefoniert und jede Woche die Nummern gewechselt. Mein Vater hat Unterlagen gescannt und an eine geheime Mail-Adresse geschickt. Auf diesen Unterlagen tauchte zum ersten Mal der Name Yánnis Kostáki auf.«
»In welchem Zusammenhang?«
»Ohne Zusammenhang. Bloß als Geschäftsmann. Das lag an Panourgiás. Er wurde immer misstrauischer, er hatte Angst vor einem Verräter in den eigenen Reihen. Er steckte alle mit seiner Paranoia an. Sie haben sich gegenseitig nicht mehr getraut, sie haben sich überwacht und denunziert. Es gab keine Treffen mehr mit mehr als vier Personen. Es gab nichts schriftlich. Was mein Vater mir mailte, waren Ge-

sprächsnotizen. Panourgiás wollte alles wissen. Aber niemand sollte wissen, was er plante und mit wem. Vor ungefähr sechs Wochen ein Anruf meines Vaters. Ich habe seine Stimme kaum erkannt. Er bestand nur noch aus Angst. Er sagte, er müsse mir etwas zeigen.«
Sie machte eine Pause. Sie ließ ihr Glas stehen. Vielleicht weil unten im Café gerade die Gläser klirrten und jemand einen Trinkspruch rief.
»Wir hatten uns am Flughafen verabredet, für den nächsten Abend. Aber in der Nacht vorher gab es in seiner Villa einen Raubüberfall. Seine Leiche trieb im Pool. Vermutlich, sagte die Polizei, hatten die Räuber ihn ertränkt. Sie wollten die Kombination des Safes. Tatsächlich stand der Safe offen und war leer. Die Breitling-Uhr meines Vaters fehlte und sein Portemonnaie mit Bargeld und Kreditkarten. Alles sah nach Raubüberfall aus. Aber die Einbrecher hatten auch seinen Schreibtisch durchwühlt. Sie hatten seinen Computer eingeschaltet und in den CDs gesucht. Sie hatten seinen DVD-Player nicht mitgenommen. Aber der Schlitten stand offen.«
»Du glaubst, Panourgiás' Leute haben ihn umbringen lassen?«
»Wer sonst?«
»Weil sie einen Verdacht hatten?«
»Sie hielten ihn nicht mehr für zuverlässig.«
»Aber warum haben sie nicht auch dich umgebracht?«
»Warum sollten sie? Mein Vater und ich waren seit Jahren zerstritten, das wusste das halbe Land. Ich bin eine Journalistin ohne Job. Und stell dir vor, in kurzer Zeit sterben Vater und Sohn. Wer hätte noch an einen Raubüberfall geglaubt?«
Jetzt sangen sie unten alle: *»Baa-baa-bi-baa-boo.«* Maria sprang auf und schloss das Fenster. Eléni protestierte nicht.
»Du erinnerst dich an den Herrn im grünen Anzug?«, fragte

Eléni. »Auf Yánnis' Party? Styliános Kallíris, Bürgermeister von Pátras. Er stand auf der Liste meines Vaters. Zweimal im Monat kommt er nach Athen. Er hat hier eine Wohnung. Ich kannte die Adresse nicht. Aber ich wusste, dass er auf, sagen wir, eher füllige Frauen steht. Wir haben auf der Party geturtelt. Wir haben uns verabredet. Er hat mir die Adresse seiner Wohnung ins Ohr geflüstert. Ich habe seine Hand zwischen meine Beine gelegt und gesagt: ›Fühl mal, er ist schon hart.‹ Er war entsetzt!«

»Das war der Skandal auf der Party?«

Eléni nickte. »Ich brauchte einen Grund, um schnell wegzukommen. Das Taxi hat mich vor seinem Haus rausgelassen. Ich musste viermal klingeln, bis endlich ein Nachbar geöffnet hat. Ich habe Sekundenkleber in sein Türschloss gedrückt. So wenig, dass man von außen nichts sieht.«

»Eléni!«

»Was tust du, wenn du morgens um vier nach Hause kommst und dein Schloss klemmt? Du rufst den Schlüsseldienst. Wo kriegst du die Nummer her, in einer fremden Stadt? Kallíris hatte Glück. Die Karte eines Schlüsseldienstes klebte über den Klingelschildern. Er musste nur die Nummer wählen, zwanzig Minuten später kam ein netter Herr mit grauem Bart, hat die Tür geöffnet und ein neues Schloss eingesetzt. Stell dir vor! Ausgerechnet Fidel!«

»Der Akrópolis-Besetzer?«

»Und weil Fidel seine Freunde nicht im Stich lässt, hatte ich nun einen Schlüssel zu Kallíris' Wohnung.«

Eléni war zufrieden mit sich. Sie zeigte für Marias Kopfschütteln kein Verständnis.

»Heute Mittag habe ich mich in der Wohnung umgesehen. Ich habe Unterlagen fotografiert. Ich wollte die CDs kopieren, aber es waren zu viele. Ich habe sie mitgenommen. Ich wusste, er liebt seine Frauen füllig. Ich wusste nicht, er liebt

sie fett! Und eine CD, ohne Beschriftung, in einer Hülle neben der Tastatur ...«
Sie deutete auf den Fernseher.
»Sie haben einen Killer engagiert«, sagte Eléni leise. »Den besten. Einen Libanesen mit Kontakten nach Libyen. Er hat Arafat ermordet. Offiziell ein natürlicher Tod. Keine Spur zum Auftraggeber. Genau das ist seine Spezialität.«
Sie schwiegen lange. Maria hatte Lust, sich zu betrinken. Aber sie brauchte einen klaren Kopf. Es gab das Video. Es gab den Plan der Putschisten. Es gab den Koffer.
»Weißt du, was der Libanese plant?«, fragte Maria.
Eléni schüttelte den Kopf.
»Weißt du, wann er es plant?«
»Sie wollen die politische Führung ausschalten. Es soll wie ein Anschlag linker Extremisten aussehen. Aber es können auch mehrere Anschläge sein. Paketbomben, zum Beispiel. Haben in Griechenland eine gewisse Tradition.«
Maria erinnerte sich: Vor einigen Jahren waren mehrere Botschaften, sogar das Bundeskanzleramt, Ziel von Paketbombenanschlägen gewesen. Die Spur hatte nach Athen geführt, ins Exárchia-Milieu.
»Du musst das Video an die Polizei geben«, sagte Maria.
»Was soll das bringen?«
»Die Polizei muss ermitteln.«
»Gegen wen? Die Produzenten des Videos?«
Eléni hatte recht. Das Video stammte aus Libyen. Vermutlich. Es lieferte keinen Hinweis auf ein Verbrechen in Griechenland.
»Du hast die Unterlagen, die Liste der Namen ...«
»Ich habe handschriftliche Notizen eines Mannes, der diese Notizen nicht erklären kann, weil er tot ist. Und ich habe eine Liste, auf der einige der führenden politischen Persönlichkeiten des Landes stehen. Und?«

»Die Polizei –«
»Die Polizei untersteht dem Ministerium für Bürgerschutz. Der Minister heißt Doukákis, sein Staatssekretär Panourgiás. Ich kann froh sein, wenn sie mich nicht wegen Verleumdung verhaften.«
»Dann gib's an die Presse.«
»Ich bin die Presse.«
»Du musst diese Leute stoppen!«
Eléni ließ Crème de Cassis in ihr Glas tropfen. »Ich kann diese Leute nicht stoppen. Ich will sie nicht stoppen. Und weißt du warum?«
Sie griff in eine Schublade und warf einen Brief auf den Tisch. »Deshalb! Jahrelang habe ich darauf gewartet. Ich bin so gut wie am Ziel. Ein paar Löcher muss ich noch stopfen. Dann habe ich die Story des Jahrhunderts!«
Der Brief war von der amerikanischen Botschaft in Athen. Es war die Bewilligung einer Greencard.
»Ich will neu anfangen«, sagte Eléni. »Neuer Körper, neues Gesicht, neues Leben. Und ganz bestimmt nicht als Tellerwäscherin. Aber ich komme nicht mit leeren Händen. In Griechenland knallt's, und ich habe die Wahrheit. Ich habe die Namen, die Protokolle, das Video. Ich habe die beste Story seit Watergate.«
Maria fing an zu begreifen. Aber das konnte Eléni nicht ernst meinen. Zuschauen, wie eine Handvoll Männer sich blutig an die Macht putschten? In Griechenland eine Diktatur errichteten?!
»Das ist nicht bloß eine Story«, sagte Maria. »Das ist ein Verbrechen. Du hast gesehen, wie wenig man von dem Zeug braucht, um ein Massaker anzurichten. Was ist, wenn sie mehrere Liter haben?«
»Ich kann's nicht verhindern.«
»Du kannst einen Putsch verhindern!«

»Ein Putsch macht dieses Land nicht schlimmer, als es ist!«
Elénis Hände krallten sich in die Lehnen des Bastsessels. Als wolle Maria sie herauszerren, ihr etwas wegnehmen, was ihr zustand.
»Mein Vater hätte die Freundlichkeit haben können, sein Testament in den letzten Wochen zu ändern. Er hat es nicht getan! Ich bleibe enterbt und kriege keinen Cent! Wenn ich meine Sachen verkaufe und ein paar Schulden begleiche, habe ich gerade noch Geld für ein Flugticket und ein paar Nächte im CVJM. Aber ich habe eine Story im Gepäck! Niemand macht sie mir kaputt!«
Sie blickte hoch zu Maria. In ihrem Lächeln lag keine Freundlichkeit, sondern Drohung. »Auch du nicht!«

29

Sie gingen über den Viktória-Platz, auf den Bänken saßen noch um diese Uhrzeit dunkle, hochgewachsene Männer. Frauen in bunten Gewändern und Kopftüchern hielten ihre Kinder im Arm. Flüchtlinge aus der Sahelzone; diese hatten überlebt.
»Was schaust du dich um?«, fragte Eléni.
»Hast du nicht gestern gefragt, ob ich verfolgt werde?«
Transvestiten kamen ihnen entgegen, grell geschminkt, in Perücken und Netzstrümpfen. Sie sahen sofort, Eléni war keine geborene Frau. Sie grüßten sie mit Kreischen und Kusshand.
»Ich will nicht so enden wie die«, sagte Eléni.
»Es gibt andere Möglichkeiten.«
»Welche? In einer Federboa auf der Schaukel schwingen und *Je ne regrette rien* singen?«
Maria wusste keine Antwort. Eléni hatte eine Story. Sie konnte sie für viel Geld verkaufen. Wenn sie den Putsch verhinderte, zerstörte sie nicht bloß ihre Story. Sie zerstörte ihr Leben.
Sie gelangten an den Rand eines kleinen Parks. Der Park war schwach beleuchtet. Am anderen Ende bestrahlten Scheinwerfer einen klassizistischen Palast.
»Was ist das?«, fragte Maria.
»Das Archäologische Museum.«
Maria griff in ihre Hosentasche. Bückte sich, als sei eine Münze aufs Pflaster gefallen. Sie blickte sich um, griff nach der unsichtbaren Münze und stand wieder auf.
»Lass uns durch den Park gehen«, sagte sie.

»Ist gefährlich.«
»Umso besser.«
Bevor Eléni widersprechen konnte, bog Maria in den Park ein. Dürre Gestalten kauerten auf dem Rasen, manche standen, seltsam verkrümmt, auf den Wegen. Flämmchen leuchteten, Löffel blitzten. Eine Frau, ihr Alter unmöglich zu schätzen, hockte unter einer Laterne, der skelettierte Arm mit einer Gummischnur abgebunden. Sie stach mit der Spritze nach hier, nach dort, fand die Vene nicht und wimmerte. Andere Junkies lagen im Gras, die Spritze im Fuß, vielleicht waren sie schon tot.
»Eine Attraktion, die nicht im Reiseführer steht«, flüsterte Eléni. »Die größte offene Heroinszene Europas.«
Fahle Augen aus tiefen Höhlen starrten sie an, ein Mann, nackt bis auf eine vollgekackte Unterhose, stolperte, tanzte, tippte Eléni auf die Schulter.
»Money, money, money ...«
Plötzlich schwenkte er drohend eine Spritze, Eléni zog Maria am Arm. Maria blieb stehen. Gab Eléni ein Zeichen, als habe sie zwischen Schlafsäcken und Schuhen etwas entdeckt. Sie ging ein paar Schritte ins Halbdunkel. Plötzlich machte sie einen Satz, sprang ins Gebüsch, Eléni hörte einen Kinderschrei ...
Maria kam zurück, im Schwitzkasten ein verdrecktes kleines Mädchen im Trainingsanzug. Sie drehte dem Kind einen Arm auf den Rücken, eine kleine, schimmernde Kamera fiel ins Gras.
»Heb die Kamera auf!«, rief Maria Eléni zu. Je mehr das Kind um sich schlug und schimpfte, desto fester drückte Maria zu.
»Was sagt sie?« fragte Maria.
»Sie sagt, sie holt ihre großen Brüder.«
»Was noch?«

»Sie ficken dich.«
»Frag sie, von wem sie die Kamera hat.«
Eléni fragte. Das Mädchen antwortete trotzig.
»Sie sagt, von ihrem eigenen Geld.«
»Blödsinn.«
»Sie sagt, sie hat Männern die Eier geleckt.«
»Und wer hat dich geleckt, damit du mir nachspionierst?!«
Sie ließ das Mädchen los. Sie lief nicht weg. Streckte fordernd ihre Arme nach der Kamera aus.
Maria klickte sich durchs Menü, bis sie die Fotos fand. Es waren über dreißig. Das Mädchen hatte auf sie gewartet, vor dem Titania-Hotel. Hatte sie das erste Mal vor etwa zwei Stunden fotografiert, als sie aus dem Taxi stieg und sich ihren Weg durch die Touristengruppen zur Tür bahnte. Dann, als sie mit Eléni wieder herausgekommen war. Sie war ihr die ganze Zeit gefolgt, mindestens zwei Kilometer, bis zu Elénis Wohnung. Maria hatte nichts bemerkt. Erst als sie wieder aus der Haustür gekommen waren, war ihr das Mädchen im zerrissenen Trainingsanzug aufgefallen. Es hatte auf dem Bordstein gehockt und mit dem Finger Kreise in den Dreck gemalt.
»Frage sie, welche Sprachen sie spricht.«
Das Mädchen murmelte etwas und spuckte auf den Boden.
»Griechisch, Rumänisch, Bulgarisch, Serbisch.«
Keine Sprache, die Maria verstand.
»Wer hat ihr gesagt, sie soll mich verfolgen?«
»Ein Mann.«
»Wie heißt er?«
»Weiß sie nicht.«
»Wie sah der Mann aus?«
»Wie ein Fickmann.«
»Wie heißt du?«
»Chanell.«

»Wie alt bist du?«
»Siebzehn.«
Sie standen vor dem verstockten Kind, das mit den Füßen scharrte und auf den Boden spuckte. Wieder kam der Mann in der vollgekackten Unterhose und drohte mit seiner Spritze.
»Ich will hier weg!«, schrie Eléni.
Sie verließen den Park Richtung Museum, das Mädchen folgte ihnen. Sie brauchte die Kamera, sie brauchte die Fotos.
»Der Mann will, dass sie alles fotografiert, was du in Athen machst«, übersetzte Eléni. »Jeden Ort, wo du hingehst, jede Person, die du triffst.«
»Hat der Mann auch gesagt, warum?«
Chanell schüttelte den Kopf.
»Wo wohnt er?«
»Im Hotel.«
»Wann triffst du dich wieder mit dem Mann?«
»Heute Nacht. Oder morgen früh.«
Maria steckte die Kamera in ihre Hosentasche. Chanell keifte.
»Sage ihr, sie soll mich zum Hotel des Mannes bringen.«
»Maria –«
»Eher kriegt sie die Kamera nicht wieder.«
»Du weißt nicht, was er vorhat. Ob er gefährlich ist.«
»Was schlägst du vor?! Soll ich das Mädchen einfach laufenlassen?!«
Eléni starrte auf ihre Pumps. Sie biss sich auf die Lippen.
»Du warst bei Yánnis?«, fragte sie.
»Heute Nachmittag.«
»Hat er dir Geld geboten?«
»Er wollte mich ins Gefängnis bringen.«
»Warum?«
»Er hat die gleiche Angst wie du. Dass der Putsch nicht stattfindet.«

Der Mann in der Unterhose streichelte Chanell über die Wange. Sie spuckte ihm ins Gesicht.
»Du hältst mich für eiskalt, was?«
»Ich frage mich bloß, ob es irgendetwas gibt, das du nicht tust für deine Story.«
»Wenn du in meiner Situation wärst ...«
»Das ist immer die Ausrede.«
»Yánnis ist das größte Loch in meiner Geschichte. Ich weiß nicht, wer er ist, wo er herkommt. Welche Rolle er spielt. Ich muss das Loch schließen, bevor es zu spät ist.«
Sie fasste Marias Hand und presste sie. »Es ist unsere Story! Wir machen sie gemeinsam! Watergate, Bernstein und Woodward! Wir sind ein Team!«
Maria entzog ihr die Hand. »Geh nach Hause. Schau dir noch mal den Film an. Und dann überlege, über wie viele Leichen du für deine Story gehen willst.«

30

Stávros sog an seiner Zigarette. Eigentlich durfte er während der Wache nicht rauchen. Aber wer war hier, um es ihm zu verbieten? Die wenigen Menschen, die spätnachts noch auf dem Mitrópolis-Platz unterwegs waren, sahen ihn nicht, im Schatten der Kirchenmauer. Da hatten es Kóstas und Ioánnis, seine beiden Kameraden, nicht so gut; sie bewachten das Hauptportal. Sowieso sinnlos, dieser Nachtdienst. Natürlich, Vorschrift war Vorschrift. Und alle kannten die Gerüchte. Alle fühlten, es lag etwas in der Luft. Angst, Wut, Verzweiflung – ein Gemisch, dem nur der Funke fehlte. Aber wer saß an der Zündschnur? Wer hatte die Zündhölzer? Nicht die Regierung, natürlich nicht. Marionetten, sonst nichts. Machten Versprechungen und brachen sie. Kündigten Verbesserungen an, die nicht kamen. Und die anderen, die Regierungen in Europa, Amerika, die Banken? Kickten Griechenland hin und her wie eine alte Blechbüchse. Vielleicht saßen auch sie nicht an der Zündschnur. Vielleicht waren sie bloß wie Kinder im Karussell, die stolz am Steuerrad ihres Wagens drehten. Sie drehten nach links, nach rechts, aber es spielte keine Rolle. Ihr Wagen fuhr im Kreis und kam keinen Meter voran. Und warum? Weil der Karussellbesitzer es so wollte! Stávros sog heftig an seiner Zigarette. Nein, das war zu simpel gedacht. Auch der Karussellbesitzer hatte keine Macht. Er konnte sein Karussell schneller oder langsamer drehen, er konnte es anhalten, vielleicht, das war schon nicht mehr sicher, konnte er es rückwärts laufen lassen. Aber wer hatte das Karussell gebaut? Nach wessen Plan? In welchem Auftrag war dieser Plan entstanden? Wer finanzierte die Auf-

traggeber? Vermutlich hatte Alékos, sein bester Freund, recht, und alles war eine große Verschwörung. Auf wen war in diesen dunklen Zeiten noch Verlass? Und wenn er sich entscheiden musste, zwischen den Mächtigen und dem Volk, Unterdrückung und Freiheit, Demokratie und Gerechtigkeit – war nicht klar, auf welcher Seite er zu kämpfen hatte?
Stávros nahm Haltung an, trat die Zigarette aus, als er den Mann im schwarzen Ráson kommen sah. Der Mann trug keinen Ring, keine Kette, bloß eine Kordel um die Taille. Also kein Bischof. Kein Priester. Wohl nur der Diákonos. Stávros bekreuzigte sich trotzdem.
»Kalispéra, Diákonos.«
»Kalispéra.«
Der Diákonos trug einen Sack auf seinem Rücken und sah ein bisschen aus wie der Heilige Vassílios.
»Was ist in dem Sack?«, fragte Stávros.
Der Diákonos blinzelte ihn an »Bibeln. Möchten Sie sie sehen?«
»Nein. Ja. Entschuldigung, aber die Sicherheitsstufe –«
»Sie tun nur Ihre Pflicht.«
Der Diákonos öffnete den Sack, holte eine Bibel heraus. »Es sind fünf.«
»In Ordnung.«
»Möchten Sie sie lesen?«
»Nein. Ja!« Stávros stammelte. »Sie verstehen, der Dienst ...«
Der Diákonos nickte. Er ging auf die kleine Holztür zu, griff in seinen Ráson, zog ein Schlüsselbund heraus ...
Gabriel fand den Kasten mit den Schaltern neben der Tür. Er schaltete bloß zwei Nischenlichter ein. Besser, wenn draußen niemand seinen Besuch bemerkte. Er hatte die Mitrópolis am Vormittag, unauffällig zwischen Touristengruppen, besucht. Fast eine Stunde lang hatte er sich hier aufgehalten, sich jedes Detail eingeprägt: Die Position der Lichtschalter,

der Ikonostase, des Sarges der Heiligen Filothéi. Die Entfernung zu den Bänken, den Türen, möglichen Fluchtwegen. Nach sicheren Verstecken hatte er sich umgeschaut. Niemandem durften die alten Bibeln verdächtig scheinen. Der Bischofsthron schied deshalb aus, ebenso die Kanzel, trotz ihrer günstigen Position, leicht erhöht, vor der ersten Reihe.
Er stieg auf die Empore, versteckte zwei Bibeln links und rechts der Säulen. Er schaute auf das Display seines Telefons: vier Balken, keine Gefahr eines Funklochs im entscheidenden Augenblick. Hinter der Ikonostase schnitt er einen Spalt in die Holzverkleidung; gerade genug, um eine weitere Bibel hineinzuschieben. Drei Balken auf dem Display. Zwei Balken, hatte er beschlossen, würde er nicht riskieren. Neben dem Altar stand eine Leiter – noch bis vor einer Stunde hatten Spezialkräfte die Mitrópolis auf Sprengstoff durchsucht; aus einer Nebenstraße hatte Gabriel die Einsatzwagen beobachtet. Er schob die Leiter hinter die Königliche Tür, fand einen Gipssockel, deponierte die vierte Bibel.
Er hörte Rascheln, Knacken. Er verharrte auf der Leiter. Eine Ratte im Gebälk? Sein Blick suchte die blaue, sternenfunkelnde Kuppel ab, die Kronleuchter, das Schnitzwerk der Brüstungen und Pedimente, die goldverkleideten Ikonen. Er sah keine Bewegung. Aber wieder hörte er das Rascheln. Sein Blick blieb an einer Ikone hängen. Weiße Haut, schwarze Augen. Die Lippen halb geöffnet, als wollte sie ihm etwas sagen. Ein Geheimnis, eine Warnung. Warnung wovor? War er nicht stärker als jeder Feind? Er stand auf der Leiter und spürte, deutlich wie seit Wochen nicht, dass sein Plan gesegnet war. Dass seine Rache gesegnet war. Niemand kannte die Wahrheit. Niemand ahnte, wie viele Menschen sterben würden. Dreihundert Tote in der Kathedrale; es war bloß der Beginn.
Die fünfte Bibel, er hatte sie noch im Sack. Er stieg von der

Leiter. Er kniete sich vor den Sarg der Heiligen Filothéi, prüfte den Empfang - vier Balken. Er wollte die Bibel unter das Postament schieben; da hörte er wieder das Rascheln. In der Kuppel? Hinter der Brüstung? Eine Störung. Er konnte sich nicht entscheiden, ob diese Störung wichtig war. Er kniete vor dem Sarg der Heiligen Filothéi, in der Hand die Bibel. Er fühlte das Pochen in der Schulter.

31

Zwei Afrikanerinnen in pinkfarbenen Miniröcken standen neben dem Eingang zum Hotel. Sie sahen zu Maria herüber, als witterten sie Konkurrenz. Hier also wohnte er. Gerade kam ein Mann heraus. Er hatte den Kragen hochgeschlagen, ging schnell, als fürchte er, hier erkannt zu werden. So ein Hotel also. Ein schmaler, sechsstöckiger Bau, Chanell hatte auf ein dunkles Fenster im vierten Stock gezeigt: Dort sollte er wohnen. Auf dem Weg zum Hotel hatte sie zweimal versucht, Maria die Kamera aus der Hand zu reißen. Zweimal hatte Maria ihr eine Kopfnuss gegeben – hart genug, um ein Berlin-Mitte-Kind für Tage ins Krankenhaus und anschließend in die Traumatherapie zu bringen. Chanell hatte nur gemault und ihren Rotz hochgezogen.

Vor dem Hotel hatte Maria den Chip aus der Kamera genommen. »Kamera für dich, Fotos für mich.« Chanell war in Tränen ausgebrochen. Sie hatte die Hände gerungen, auf den Chip in Marias Hand gezeigt. Und Maria hatte gezweifelt: Vielleicht war es keine gute Idee, den Chip zu behalten? Der Mann würde Fragen stellen. Chanell müsste von Maria erzählen. Also hatte sie ihr den Chip zurückgegeben, die Tränen waren in Sekunden versiegt. Chanell war zum Hotel gelaufen, hatte gegrinst und den Mittelfinger gezeigt.

Jetzt stand Maria allein in der Gasse. Die Bilder des Videos kamen zurück. Sie versuchte, sie aus ihrem Kopf zu drängen. Es gelang nicht. Jetzt hörte sie sogar Schreie, obwohl das Video stumm gewesen war. Die alte Frau ohne Zähne, mit goldenen Armreifen um die ledrige Haut – sie schrie. Der

Junge im Arm seiner kotzenden Mutter – er schrie. Alle diese Menschen schrien in ihrem Kopf, schrien sie an.
Sie hörte Schritte. Sie drückte sich ins Halbdunkel eines Hauseingangs. Ein junger Mann, höchstens zwanzig. Schlank, große braune Augen unter schwarzen Locken. Romantischer Indie-Typ. In Berlin hätte er leicht ein Mädchen für die Nacht gefunden. In Athen war es wohl nicht so einfach. Eine der Afrikanerinnen stürzte auf ihn zu, sie wurden sich mit wenigen Worten einig. Sie gingen ins Hotel. Die Rezeption musste im ersten Stock liegen. Maria sah nur eine Treppe mit rotem, abgewetztem Teppich auf den Stufen. Wieder hörte sie Schritte. Sie erkannte den mittelgroßen Mann mit dem dünnen Haar sofort. Er trug Jeans, Polohemd, über der Schulter eine hellgraue Sporttasche. Er blickte sich kurz um. Er stieß die Glastür des Hotels auf und ging die Stufen hoch. Sie wartete. Sie schaute hoch, sie sah im vierten Stock Licht angehen. Das Licht brannte kaum eine halbe Minute – nicht lang genug, um sich auszuziehen für die Nacht. Maria verließ ihre Position im Hauseingang, postierte sich hinter einem Lieferwagen.
Er kam aus dem Hotel, schaute sich um. Er trug jetzt eine Schirmmütze. In der Hand hielt er den Stahlkoffer. Maria folgte ihm Richtung Süden, vorbei an einem Pornokino, einer Kirche, einem Hotel, noch einem Pornokino. Frauen standen in den Hauseingängen, manchmal fuhr langsam ein Auto vorbei. Der Mann vermied größere Straßen und Scheinwerfer, hielt sich im Schatten der Häuser. Eine Fußgängerzone mit Kopfsteinpflaster. Geschlossene Souvláki-Stände, Handyshops, vernagelte Schaufenster. Maria musste stehen bleiben, die Schritte hallten auf dem Pflaster. Am Ende der Fußgängerzone wandte sich der Mann nach links, verschwand hinter zusammengeschobenen Sonnenschirmen.

Sie hörte Grollen und Pfeifen. Ein Wagen der Stadtreinigung näherte sich, spritzte Wasser aufs Pflaster, in die Müllhaufen. Ratten flohen hinter die Ladengitter. Hinter dem Steuer saß ein Soldat. Also fingen die Soldaten an, sich um den Müll zu kümmern. Sie hatten Militär in den Straßen der Stadt. Maria ging schneller, lief im Lärmschutz des Reinigungswagens. Das Wasser roch beißend nach Chlor.
Wieder eine Nebenstraße. Sie sah die Silhouette des Mannes im Licht von Autoscheinwerfern. Geschlossene Geschäfte, über den Fenstern chinesische Schriftzeichen und Lampions. Sofokléous, die Athener Chinatown. Der Mann ging, knapp fünfzig Meter vor ihr, an einem Müllcontainer vorbei. Er hob den Koffer an, warf ihn mit einer knappen Bewegung ... Der Koffer stieß scheppernd gegen den Container. Der Mann blieb stehen. Er hob den Koffer erneut, mit beiden Händen, als habe er im linken Arm nicht genügend Kraft. Er warf den Koffer in den Container. Er ging weiter in die Dunkelheit, verschwand in einer Gasse.
Maria blieb stehen.
Kein Mensch auf dem Bordstein. Hinter einigen Fenstern Licht. Sie zog sich an der Kante des Containers hoch, beugte sich hinunter, griff nach dem Koffer.
Er war leicht. Sie konnte ihn mit einer Hand aus dem Müll fischen. Sie kauerte sich hinter den Container. Der Koffer war nicht abgeschlossen. Sie klappte den Deckel hoch. Sie sah zersplittertes Holz, Leder, bunte Perlen. Ihr Herz trommelte gegen die Rippen, Schweiß brach aus. Die Reste des Dromedars. Sie sah wieder den Jungen aus dem Video, der es an sich drückte. Sie sah Körper, die sich verkrümmten, sie hörte die Schreie, das Kotzen. Ihr wurde übel, sie klappte den Deckel zu. Sie wollte den Film in ihrem Kopf abschalten. Aber sie hörte die Schreie nur lauter. Sie öffnete den Deckel. Ein Ballen schwarzer Stoff, der in dem Koffer lag,

verströmte einen unangenehmen Geruch. Sie drückte ihn an ihre Nase. Sie roch Tabak, Schweiß – und etwas anderes, sie konnte es nicht zuordnen.
Sie hörte ein Geräusch, duckte sich tiefer hinter den Container. Ein Asiate im Schutzanzug, mit einer Flasche auf dem Rücken, ging von Haus zu Haus, aus einer langen Düse spritzte er Gift in Ritzen und Winkel.
Sie musste klar denken, Schritt für Schritt. In dem Metallkoffer, versteckt im Dromedar, war das Gift aus Libyen gekommen. Der Mann hatte das Gift von Kreta nach Athen gebracht. Er hatte eine chemische Waffe präpariert. Soeben hatte er den Koffer und alle Spuren entsorgt. Es bedeutete, der Anschlag würde mit großer Wahrscheinlichkeit morgen stattfinden. Wo? Gegen wen? Sie hatte keine Ahnung. Aber sie wusste, der Mann hatte sie beschatten lassen. Er hatte sie schon einmal töten wollen. Er hatte den Kurier getötet. Möglich, dass er vor dem Hotel wartete. Möglich, dass er in ihrem Zimmer wartete. Dachte sie logisch? So logisch, wie sie konnte zwischen Müll- und Chlordämpfen.
Diese Nacht im Hotel zu verbringen war zu gefährlich. Sie hatte noch zehn Cent im Portemonnaie. Sie holte ihr Handy aus der Tasche. Es piepte, bevor sie wählen konnte.
»Maria?«
»Julian! Warum weinst du?«
»Mama ... Kniet über der Toilette ... Sie ist betrunken und übergibt sich ... alles ist voll von Übergeben ... Und weint und sagt, sie bringt sich um ... Bitte, Maria! Du musst sofort kommen!«

15. August
Mariä Entschlafung

»Wir brauchen das geladene Gewehr auf dem Tisch, um sicherzustellen, dass die Märkte in einer positiven Art und Weise reagieren.«

Geórgos Papandréou, griechischer Ministerpräsident,
18. März 2010

32

»Haben Sie gut geschlafen?«
»Ich habe überhaupt nicht geschlafen.«
»Tut mir leid, das Klappsofa –«
»Es lag nicht am Klappsofa.
Darius stand im Türrahmen. Er hielt einen Teller mit Schafskäse, Brot, Tomaten und Oliven in der Hand. Unter der Zimmerdecke stand ein Blindglasfenster halb offen. Kinder spielten auf dem Innenhof Fußball.
Sie hatte Darius gestern Nacht angerufen, er war gekommen. Er hatte sie in diese Zwei-Zimmer-Souterrain-Wohnung hinter dem Laríssa-Bahnhof gebracht. Er teilte sie sich mit zwei anderen Iranern. Sie hatten ein Zimmer für sie freigeräumt. Sie hatten die Polster des Klappsofas mit frischen Laken bezogen. Sie waren aufgeregt gewesen wegen dieser Frau in ihrer Wohnung. Immer wieder hatten sie Maria gesagt, sie müsse vor ihnen keine Angst haben. Maria hatte sich geschämt, dass sie in diese Enge eingedrungen war. Doch Darius hatte darauf bestanden, dass sie blieb.
»Fahren Sie kein Taxi?«
»Taxi fährt ein Kollege. Ich fahre nachher. Wir haben keinen Tee. Wir müssen Wasser kaufen. Das Leitungswasser kann man nicht mehr trinken.«
»Ich –«
»Sie zahlen nichts. Sie sind Gast.«
Er rückte einen Getränkekarton ans Kopfende des Sofas und stellte den Teller ab. »Ich habe nachgedacht. Sie müssen zur Botschaft gehen.«
»Ich weiß.«

»Wir Iraner können nicht zu unserer Botschaft gehen. Aber Sie können zu Ihrer Botschaft gehen.«

Er hatte recht. Und wenn es sie ihr Studium kostete; nur in der Deutschen Botschaft war sie jetzt sicher. Und nur in der Botschaft konnte sie vor dem Anschlag warnen. Nicht dass sie Beweise hatte. Nicht dass die Botschaft etwas tun konnte. Aber es war die einzige Möglichkeit, die sie hatte. Eléni hätte sie gehindert, wer weiß, mit welchen Mitteln. Darius hinderte sie nicht.

Er verließ den Raum. Sie aß vom Brot, dem Schafskäse, den Tomaten. Er kam zurück mit einem Notebook, an dem ein Stick blinkte.

»Im Internet finden Sie die Telefonnummer.«

»Heute ist Feiertag.«

»Eine Deutsche Botschaft hat Nummer für Notfälle.«

»Auf der Botschaft werden sie mir nicht glauben.«

»Sie sollen nicht glauben. Sie sollen Ihnen helfen.«

Darius hatte ein Talent, jeden Sachverhalt mit wenigen Worten auf den Punkt zu bringen. Sie mochte ihn. Er hatte ein besseres Leben verdient. Statt etwas für sein Leben zu tun, nutzte sie ihn aus.

Maria setzte sich so auf, dass das Fußende des Sofas nicht hochklappte. Sie googelte die Deutsche Botschaft. Auf der Homepage stand eine Mobilnummer für Notfälle. Sie wählte. Am anderen Ende meldete sich Herr Rütting.

»Ich heiße Maria Brecht«, sagte sie. »Ich habe ein Problem.« Sie versuchte, ihr Problem zu schildern. Sie begann in den Psiloritis-Bergen, mit den Blutspritzern. Sie verhedderte sich in Details. Sie sprang zum Mordverdacht in den Zeitungen. Es klang wie ein Geständnis. Sie redete von einem Giftgas-Anschlag. Es klang wie ein geschmackloser Witz. Ihr Kopf war schwer, ihre Augen brannten. Ihre Schilderung endete mit:

»Jedenfalls bin ich nirgends mehr sicher.«
Herr Rütting schwieg.
»Haben Sie Geld, Frau Brecht?«
»Ich habe zehn Cent.«
»Hat man Sie bestohlen?«
»Ich bin einfach pleite.«
»Wo sind Sie jetzt?«
»In der Wohnung von drei iranischen Taxifahrern.«
Sie war nicht sicher, ob alle drei Taxifahrer waren. Der eine, wenn sie sich richtig erinnerte, arbeitete als Packer in den Markthallen. Aber sie hatte das Gefühl, das war für Herrn Rütting nicht wichtig.
»Brauchen Sie polizeiliche Hilfe?«
»Die Polizei untersteht dem Ministerium für Bürgerschutz!«
»Ja, und?«
»Ich brauche keine Polizei.«
»Haben Sie unsere Adresse?«
Sie sah die Adresse auf der Homepage. Die Botschaft lag in Kolonáki, einen Kilometer südwestlich vom Penthouse des Mannes, der sie vor ein paar Stunden wegen Waffenbesitzes bei der Polizei angezeigt hatte. Auch das sagte sie Herrn Rütting lieber nicht. Sie hatte kein Geld für die Metro. Sie sagte, sie würde in ungefähr einer Stunde am Tor der Botschaft sein.
Sie hörte die Iraner im Nebenzimmer reden. Persische Musik aus einem Kofferradio. Das Anzünden eines Gaskochers. Die Wände waren schimmelig und dünn. Den Packer hatte sie die ganze Nacht schnarchen gehört.
Auf Spiegel Online keine Meldung über einen Anschlag. Stattdessen massive Zweifel an der Auszahlung der nächsten Tranche aus dem Hilfspaket. Zwei Tage lang hatte der griechische Ministerpräsident in Brüssel über die Auszahlung verhandelt. Nun stellte sich heraus: Alle Zahlen, die er auf

den Tisch gelegt hatte, waren falsch. Das Haushaltsdefizit um zwanzig Prozent höher als veranschlagt. Die Wirtschaft im freien Fall. Angebliche Privatisierungserlöse Luftbuchungen. Der Präsident der EU-Kommission mahnte Griechenland zu verantwortungsvollem Handeln. Der deutsche Wirtschaftsminister warnte Griechenland vor einem Ende der Geduld. Ein Anthropologe erklärte, Griechenland sei zu korrekten Zahlen kulturell unfähig.
Maria googelte *Libya, chemical weapon, gas*. Sie fand Berichte über eine Giftgasfabrik, die eine badische Firma, Imhausen-Chemie, Ende der achtziger Jahre an das Gaddafi-Regime geliefert hatte. Ein internationaler Skandal. *Auschwitz in the Sand*, die Schlagzeile der New York Times war damals um die Welt gegangen. Gaddafi hatte sein Chemiewaffenprogramm 2004 offiziell eingestellt. Doch eine Menschenrechtsorganisation behauptete, er habe es bis zu seinem Sturz heimlich weitergeführt und in seiner Heimatstadt Sirt hochmoderne Labore gebaut. Erst 2011, während heftiger Gefechte zwischen Rebellentruppen und den letzten Gaddafi-Getreuen, hatten fliehende Wissenschaftler diese Labore zerstört.
Maria tippte *Greece, coup, military*. Sie fand einen Eintrag über den Obristen-Putsch 1967. Eine kleine Zahl entschlossener Offiziere hatte damals den griechischen Staatsapparat unter Kontrolle gebracht. Gestützt hatten sie sich auf den Prometheus-Plan. Ursprünglich war er von NATO- und CIA-Experten entwickelt worden, um Griechenland vor einer Machtübernahme durch die Kommunisten zu schützen. Welche Radiosender mussten abgeschaltet, welche Bahngleise sabotiert werden? Welche Gebäude galt es zu besetzen, welche politischen Führer zu verhaften? Bis 1974 hatten sich die Obristen an der Macht gehalten.
Maria hörte Schlüssel in der Haustür. Stimmen auf dem Flur, Klappern von Geschirr. Jemand hatte Mineralwasser

gekauft. Sie stand auf, das Sofa klappte hoch. Sie zog sich an. Eléni hatte also gestern nicht gelogen. Es hatte diesen Coup gegeben. Es gab jetzt eine verschworene Gruppe, die ihn wiederholen wollte. Wer konnte die Verschwörer aufhalten? Wer wollte sie aufhalten? Vielleicht niemand. Vielleicht hatte Eléni recht: Die Griechen wollten nicht noch eine Wahl, noch einen Ministerpräsidenten, noch ein Hilfspaket. Sie hofften auf die Befreiung. Sie hofften auf einen Messias.

Die Iraner saßen in einem Raum, in dem hier und da Kacheln an den Wänden klebten. Der Raum hatte eine Badewanne, einen Kühlschrank, eine Toilette, einen Campingkocher mit Gaskartusche. Sie saßen um einen Klapptisch herum beim Frühstück. Alle standen auf, als Maria hereinkam.

»Ich danke Ihnen«, sagte Maria. »Für alles.«

»Sie gehen zur Botschaft?«, fragte Darius.

»Ich habe angerufen.«

»Wird heiß heute. Über vierzig Grad.«

Maria sah die Männer, ihre Enge, ihre Armut. Sie wusste nicht, was sie sagen konnte, ohne dass es kitschig klang.

»Haben Sie Papier und Stift? Ich gebe Ihnen meine Adresse. Vielleicht kann ich es eines Tages gutmachen.«

»Sie haben es mehr als gutgemacht.«

Darius legte eine Pistole und zwei Magazine auf den Tisch. Maria erkannte die Beretta Tomcat.

»Ich bin nach Kolonáki gefahren«, sagte er. »Die Waffe lag noch im Gebüsch. Bringt auf dem Schwarzmarkt gutes Geld.«

»Aber wir verkaufen sie nicht«, sagte ein anderer. »Zur Zeit ist es gut, eine Waffe bei sich zu tragen.«

»Die Griechen werden uns nicht abschlachten wie Vieh!«

Windstille Hitze, der Himmel dunstweiß. Das Licht blendete Marias Augen. Alle Geschäfte und Cafés waren geschlossen. Auf der Patissíon standen Mannschaftswagen der Polizei, die Türen waren offen. Polizisten, ihre Maschinengewehre neben sich auf der Bank, dösten oder spielten Karten. Hin und wieder sah Maria Familien im Sonntagsstaat, mit Blumen und Bibeln in den Händen.

Sie rief Eléni an. Keine Antwort. Möglich, sie lag noch im Bett. Oder sie packte ihre Koffer für New York. Sie probierte die Nummern von Gerakákis. Keine Antwort. Sie rief Undine an.

»Hallihallo! Gute Nachrichten bitte nach dem Signal, schlechte Nachrichten ...«

Maria hatte das Gefühl, von Minute zu Minute heizte sich die Luft stärker auf. Sie ging Richtung Süden, vorbei an heruntergelassenen Ladengittern, schlafenden Obdachlosen, einem kokelnden Müllcontainer. Sie wartete darauf, Sirenen zu hören, Blaulicht, eine Explosion. Sie hörte nichts. Und immer noch war es möglich, dass sie sich irrte. Dass sie die Informationen in ihrem überreizten Kopf falsch zusammensetzte. Dass sie halluzinierte, in dieser unwirklich heißen und stillen Stadt, und sich in grundlose Angst hineinsteigerte. Nein! Das Video war keine Halluzination gewesen! Der Koffer im Müllcontainer war keine Halluzination gewesen!

Junge Männer mit nackten Oberkörpern saßen auf den Betonquadern des Omónia-Platzes. Sie rauchten Haschisch und hörten Rap aus einem Ghettoblaster. Sie sahen die kleine blonde Frau kommen. Sie lehnten sich zurück, streckten die Beine aus. Ließen die Brustmuskeln zucken.

»Hallo, Süße!«

»Hier gibt's was Hartes!«

»Sextrainer!«

»Ich mache dir einen Sonderpreis!«

Grölendes Gelächter. Die blonde Frau blieb stehen.
»Wie viel kannst du zahlen?«
Die Frau starrte sie an. Ihre Augen glühten. Die Männer verstummten. Sie machte einen Ausfallschritt nach vorn. Ihre Arme waren angewinkelt, die Hände auf Schulterhöhe, zu Fäusten geballt. Die Frau wollte sich mit ihnen prügeln. Sie war wahnsinnig. Die Männer senkten ihren Blick. Lieber keinen Ärger riskieren. Sie zogen sogar die Beine an.

Die Rezeption des Titania-Hotels war umlagert von Mädchen in weißen Kleidchen, Jungen in zu großen Anzügen, Lehrerinnen in Faltenröcken, die sie zur Ordnung riefen. Maria sah niemanden, der ihr verdächtig erschien. Vielleicht der Mann im hellgrauen Anzug? Gerade stand er auf, als sie zu den Fahrstühlen ging. Doch jetzt begrüßte er eine Frau und hob ein kleines Mädchen auf den Arm.
»Frau Maria Brecht?«, rief die Rezeptionistin. »Gerade wurde das hier für Sie abgegeben!«
Sie überreichte ihr einen gefütterten Umschlag. Maria riss ihn auf.

Sie setzen sich um 12 Uhr in das Café Mykéne in der Mitropóleos. Sie sind pünktlich. Sie rufen nicht die Polizei. Sie halten Ihr Telefon eingeschaltet. Was nützt mir Ihre Freundin, wenn Sie mir nichts nützen?

In einem Plastiktütchen lag ein blutiger Stummel Fleisch mit einem grünen Ring. Sie erkannte das Ohr Elénis.

33

Er schaute auf die Uhr. Er drückte das Gaspedal hinunter.
»Warum trägst du so komische Haare?«, fragte Chanell.
»Damit mich keiner erkennt.«
»Du siehst aus wie eine alte Frau!« Chanell lachte, streckte sich auf dem Vordersitz. »Das ist ein doofes Auto.«
»Ein Mazda.«
»Geklaut?«
»So ähnlich.«
Sie fuhren auf der Patissíon Richtung Norden. Nur wenige andere Wagen waren unterwegs. Chanell räkelte sich im Sitz.
»Als du ein kleiner Junge warst – warst du da gut oder böse?«
»Meine Eltern waren arm. Ich musste hart arbeiten.«
»Also warst du böse?«
»Wir waren Flüchtlinge. Meine Eltern sind im Meer ertrunken.«
»Aber du bist nicht ertrunken?«
»Ich wurde aus dem Meer gerettet.«
»Von wem?«
»Von einem Fischer. Einem Griechen.«
»Hat er mit dir was gemacht?«
»Nein.«
Chanell wackelte mit ihrem Hintern auf dem Sitz. »Der hat mit dir was gemacht!«
»Halt den Mund!«
Er steckte sich die zweite Dramadol-Tablette dieses Morgens in den Mund. Sein Lidocain-Vorrat war zu zwei Dritteln aufgebraucht, er musste haushalten. Weder die Diclofenac-Tabletten noch die Salbe halfen gegen die Schwellung.

»Warum fahren wir aus der Stadt?«, fragte Chanell.
»Wir müssen etwas auf den Müll werfen.«
»Hier ist überall Müll.«
»Darf aber keiner zugucken.«
Die Dramadol-Tabletten betäubten den Schmerz nicht so gut wie die Lidocain-Spritzen. Vor allem hüllten sie seinen Geist in eine warme, pulsierende Wolke.
»Bist du ein Serienkiller?«, fragte Chanell.
»Wie kommst du darauf?«
»Weil ich glaube, ich sollte der blonden Frau nachlaufen, damit du sie tötest. Außerdem habe ich gehört, wie du gestern Nacht aus dem Hotel gegangen bist.«
»Du solltest schlafen.«
»Ich konnte aber nicht schlafen! Hast du sie gestern umgebracht?«
»Nein.«
»Hast du eine andere umgebracht?«
»Du bist ein freches Mädchen.«
Gabriel mochte Kinder und tötete sie nur ungern. Aber dieses musste er loswerden; es ahnte zu viel.
»Wie viele hast du schon getötet?«, fragte Chanell.
»Auf die Menge kommt es nicht an.«
»Hundert?«
»Vielleicht.«
»Wann hast du deinen ersten Menschen getötet?«
»Ich war vierzehn.«
»Wen?«
»Den griechischen Fischer.«
»Warum?«
Weil er an Gabriels Vorhaut gerieben und auf den Schwellkörper über dem Hoden gedrückt hatte. Dann hatte er sich vor Gabriel aufs Deck gekniet. Der Fischer hatte einen dicken Hintern gehabt mit vielen Haaren.

»Ich habe ihn ins Meer geworfen und das Boot in den Libanon gesteuert. Weißt du, was das ist? Libanon?«

Sie schüttelte den Kopf und gähnte.

»Der Libanon ist ein Land. Ich wollte nach Damur, in die Stadt meiner Eltern. Aber ich habe zu weit südlich gesteuert, nach Sour. Weißt du, was da war? 1994, im Libanon? Chanell?«

Ihre Augen fielen zu.

»Frieden. Keine Arbeit. Viele junge Männer aus dem Bürgerkrieg. Sie waren älter als ich, stärker, sie hatten viel getötet. Und ich wollte auch töten. Da muss man sich durchbeißen, verstehst du? Chanell! Aufwachen!«

Er rüttelte ihr Knie. Sie machte die Augen auf und wieder zu.

»Da kannst du nicht sagen: Ich töte nur für fünftausend Dollar oder ich töte nur für zweitausend Dollar. Du nimmst jeden Auftrag an. Und mit jedem Auftrag wirst du besser.«

Die Dramadol-Tabletten machten ihn redselig. Er war nicht sicher, ob das gut war. »So wie du. Du klaust von allem ein bisschen. Aber eines Tages siehst du vielleicht etwas Großes. Was du eigentlich klauen willst. Und du erkennst, alles andere war nur Vorbereitung. Dein ganzes Leben, die Gummis gegen Kinder, die ... Chanell?«

Ihr Kopf war auf die Brust gesackt. Er fuhr auf einen Parkplatz hinter einem Möbelhaus. Er wäre lieber weiter aus der Stadt gefahren, zu einer Mülldeponie. Aber die Zeit wurde knapp. Er stellte den Motor aus und schaute sich um – kein Mensch.

»Chanell?«

»Hm?«

»Willst du eine Leiche sehen?«

»Will lieber schlafen.«

»Mit ganz viel Blut?«

Sie kuschelte sich ins Polster. Er stieg aus. Öffnete die Bei-

fahrertür, hob Chanell vom Sitz und stellte sie hinter den Wagen. Sie gähnte und streckte sich. Er öffnete den Kofferraum. Der tote Transvestit lag in einer Pfütze aus Blut. Die Augen starrten in die Sonne. Sofort war Chanell munter und interessiert.
»Warum hat sie nur ein Ohr?«, fragte sie.
»Ich habe es abgeschnitten.«
»Wieso?«
»Damit die andere Frau denkt ... Das ist kompliziert. Fasse sie an den Füßen.«
»Ist die schwer!«
»Stell dich nicht an!«
Sie hoben den Transvestiten aus dem Wagen. Sie warfen ihn die Rampe zur Tiefgarage hinunter. Das Versteck war gut genug für ein paar Stunden.
»Und jetzt?«, fragte Chanell.
»Jetzt spielen wir –«
Er packte ihr Genick. Er hob sein Knie, sie trat, zappelte, fiel aufs Pflaster. Er griff nach ihr, eine Zehntelsekunde zu langsam. Sie sprang auf, rannte, er lief ihr nach. Doch schon war sie am Ende des Parkplatzes. Er konnte sie nicht weiter verfolgen, Menschen hätten ihn von der Straße aus gesehen.
Er blieb stehen. Verdammte Hitze! Verdammte Tabletten! Er hätte das Mädchen im Auto töten müssen, im Schlaf! Die Tabletten machten seinen Kopf weich. Sie machten seine Bewegungen langsam. Er konnte sich das in den nächsten Stunden nicht leisten! Er durfte die Tabletten nicht länger nehmen! Es brauchte mehr Lidocain!

34

Sie rüttelte an der Haustür, drückte alle Klingelknöpfe.
»Eléni!«
Zehn Uhr morgens, die Luft zwischen den Häusern kochte.
Die Haustür ging auf, Maria stürzte vorbei, an einem alten Mann im Sonntagsstaat, die Treppen hoch, erster Stock, zweiter Stock, sie rüttelte und klingelte Sturm.
»Eléni!«
Niemand öffnete.
Sie horchte.
Sie hörte nichts.
Sie nahm Anlauf, ein Tritt, und das Schloss brach aus dem Rahmen. Sie schaute in den Flur, in die Küche, ins Wohnzimmer. Keine Veränderung seit gestern Nacht. Alles sauber und aufgeräumt. Die Bettdecke im Schlafzimmer war zurückgeschlagen. Sie öffnete die Tür zum Bad: Blut auf dem Spiegel, dem Waschbecken, dem Sitz der Toilette. Hier hatte er sie also überwältigt. Geknebelt, wahrscheinlich, und dann das Ohr abgeschnitten. Danach? Sie klingelte an der Wohnungstür gegenüber. Niemand öffnete. Sie klingelte an den beiden Wohnungstüren im 3. Stock – nichts. Aber Zeitungen und Prospekte lagen auf der Fußmatte, verstopften den Briefschlitz. Nachbarn im Urlaub, natürlich. Athen im August.
Er hatte Eléni das Ohr abgeschnitten, *er* hatte sie verschleppt. Weil *er* gewusst hatte, wo sie wohnte. Weil Maria gestern Nacht Chanell die Kamera zurückgegeben hatte! Die Straßen, das Café, Elénis Haustür; Maria war zu blöd gewesen, die Fotos zu löschen!

Sie schloss die Augen. Sie versuchte, klar zu sehen, einen Plan zu fassen. Aber sie sah das blutige Ohr in der Plastiktüte. Sie hörte Elénis Schreie, Rufe um Hilfe.
Sie rufen nicht die Polizei.
Die Kinder an der Rezeption hatten das Ohr in dem Beutel gesehen. Sie hatten es für einen Scherzartikel gehalten, sich geekelt und gelacht. Das hatte die Aufmerksamkeit der Rezeptionistin erregt. Sie hatte sich auch geekelt, aber nicht gelacht. Maria war zu den Fahrstühlen geeilt und hoch in ihr Zimmer gefahren. Sie hatte überlegt, trotz der Warnung die Polizei zu rufen. Sie hatte sich entschieden; das würde zu lange dauern. Sie hatte den Plastikbeutel in die Eisbox der Minibar gelegt. Sie war wieder nach unten gefahren, hatte die Rufe von der Rezeption ignoriert und war aus dem Hotel gestürzt.
Mariä Entschlafung. Die Stadt war voll von Polizei. Aber nicht hier, im Gassengewirr hinter dem Viktória-Platz. Sie kannte die Notrufnummer nicht. Sie versuchte es mit 112.
»Kaliméra.«
»You speak English?«
»Parakaló?«
»Parlez-vous français? Habla español? Wy gawariti parusski?
»One moment, please …«
Freizeichen. Besetztzeichen. Leitung tot. Sie wählte erneut.
»Kaliméra.«
»I need someone who –«
»One moment, please …«
Freizeichen. Eine andere Stimme.
»Jassás!«
»Do you speak –«
»Parakaló?«
»Parlez-vous –«
Freizeichen. Klicken, erneut ein Freizeichen. Sie suchte auf

dem Schreibtisch, in den Regalen, an der Pinnwand in der Küche. Sie suchte nach einer Nachricht, einer Adresse, einer Spur. Sie fand nichts außer Rechnungen, Kontoauszügen, Kreditkartenbelegen, Mahnungen.
»Mrs Vikélas is not at her desk.«
»Who?«
»She is not at her desk.«
»Yes, but –«
»Let my try.«
Freizeichen. Knacken und wieder Freizeichen. Sie öffnete den Schlitten des DVD-Players. Da lag noch die CD. *Er* hatte sie nicht mitgenommen. Sie steckte sie in ihre Hosentasche.
»One minute, I try.«
Im Badezimmerschrank fand sie Medikamentenpackungen: Androcur-Tabletten, Triptorelin-Spritzen. Beides Testosteron-Hemmer. Marvadi Laboratories, Mumbai. Wahrscheinlich illegal importiert.
»Jassás!«
»Sorry, but –«
»Parakaló?«
»Does anyone –«
»Parakaló?!«
Aufgelegt. Sie schaute ins Schlafzimmer. Sie sah es auf dem Fußboden liegen. Neben dem Bett, halb verdeckt von einem Rock. Es lockte wie eine giftige Blüte. Maria hob das Portemonnaie auf. Ein Zwanzig-Euro-Schein. Zwei Zehner. Ein Fünfer. Einundvierzig Cent. Ihr Atem stockte. Sie fingerte, den Blick abgewendet, das Geld aus dem Portemonnaie.

35

Der kleine Mann stand in der Vorhalle des Kriegsmuseums. In einem Anzug, der lächerlich groß vom ausgezehrten Körper hing. Seine weiße Haut spannte sich wie Pergament um die Schädelknochen und die blauschwarzen Adern. Aus den Augenhöhlen grinste der Tod. Er hielt sich den elektronischen Kehlkopf an den Hals und sagte:
»Sie kommen spät.«
»Es gibt Straßensperren«, antwortete Gabriel.
»Keine Probleme?«
»Ich bin im Plan.«
Er reichte Gabriel eine Heftmappe. »Unsere Geheimdienste haben die nötigen Informationen ermittelt.«
Maria Brecht, geboren am 6. April 1988 in Lugovoye, heute Republik Kasachstan ...
Ihre Kindheit. Ihre Ausreise nach Rostock, Norddeutschland. Grundschule Lichtenhagen, Realschule Störtebeker, Stephan-Jantzen-Gymnasium. Abitur. Studium der Politikwissenschaften an der Freien Universität Berlin. Mutter Hausfrau, Vater arbeitssuchend. Ein Foto zeigte sie, gerade sechzehnjährig, im weißen Kampfanzug. Eine Medaille um den Hals, stand sie auf einem Podest, lächelte schüchtern zwischen anderen Mädchen, die mindestens einen halben Kopf größer waren. Landesmeisterin im Karate.
»Woher haben Ihre Dienste die Informationen?«
»Wir haben unsere Quellen.«
Der Geheimdienst hatte versäumt, die Kennung am unteren Seitenrand zu löschen. Alle Informationen stammten von der Facebook-Seite von Ludmilla Brecht, der Mutter.

Panourgiás ging die Treppe hoch, seine Plateausohlen knallten auf die Treppenstufen wie Pistolenschüsse. Das Kriegsmuseum war heute, an Mariä Entschlafung, für die Öffentlichkeit geschlossen. Trotzdem hatte Panourgiás auf diesem Treffen bestanden, gerade hier. Er wollte die Geschichte atmen, hatte er gesagt, seine Verantwortung vor der Nation. Im Stechschritt ging es durch die leeren Säle. Durch hellenische Vor- und Frühgeschichte, vorbei an Speeren, Schlachtreliefs, dem Modell einer Triere.

Vor einem Gemälde Alexanders und Darios III. blieb Panourgiás stehen, außer Atem. 333 vor Christus, die Schlacht bei Issos. Sieg der Griechen gegen einen übermächtigen Feind.

»Er hatte Glück«, sagte Panourgiás und hob den dürren Arm. »Darios floh vom Schlachtfeld und ließ seine Streiter entmutigt zurück. Die Perser waren in der Überzahl, sie waren besser ausgerüstet. Sie hätten gewinnen können. Sie hätten gewinnen müssen!«

»Nicht immer gewinnt der Stärkere«, sagte Gabriel.

»Hätte Alexander die Schlacht verloren; niemand würde sich heute noch an ihn erinnern.«

»Die Schlacht war nicht wichtig.«

»Sie war entscheidend!«

»Alexanders Mission war die Weltherrschaft.«

»Ohne den Sieg bei Issos –«

»Der Starke wächst an Niederlagen.«

»Wie wird uns die Geschichte erinnern?«, fragte Panourgiás. »Unterdrücker? Befreier?«

»Die Geschichte erinnert sich an den Reiter, nicht ans Pferd.«

»Das ist der Unterschied! Sie müssen sich um das Urteil der Geschichte nicht kümmern! Wohin ziehen Sie sich zurück, wenn Ihre Arbeit getan ist? Libanon? Dubai? Karibik?«

Gabriel wusste auf diese Frage keine Antwort. Sein Leben nach der Rache; er hatte davon keine Vorstellung. Panourgiás ging weiter. Niederlage von Pýdna ... Unterwerfung durch das Römische Reich ... Verwüstung durch die Ostgermanen ... In einem Augenblick, als er Atem schöpfte, sich die Stirn mit einem Taschentuch betupfte, reichte Gabriel ihm ein Stück Papier.

»Was ist das?«

»Eine Telefonnummer. Die Bergungsteams werden in der Kathedrale die ferngezündeten Sprengsätze finden. Ihre Spezialisten werden den Datenverkehr analysieren. Welcher Anruf, von welchem Telefon hat die Sprengung ausgelöst?«

»Weiter?«

»Gleichzeitig werten Sie das Bildmaterial der Kameras um die Kathedrale aus. Vor allem westlich, Richtung Sýntagma-Platz. Auf mehreren Kameras werden Sie eine kleine, blonde Frau sehen. Um zwölf Uhr greift diese Frau zu ihrem Telefon und wählt eine Telefonnummer.«

»Woher wissen Sie das?«

»Ich werde dafür sorgen. Sicherheitshalber, falls die Kameras diesen Moment nicht aufnehmen, wird sich ein Zeuge unter der Notrufnummer der Polizei melden.«

»Wie können Sie –«

»Er wird sich melden. Eine Stunde nach dem Anschlag. Er wird angeben, er habe zur fraglichen Zeit eine Ausländerin im Café Mykéne gesehen, klein, mit blonden Haaren. Ihr Verhalten war ihm verdächtig. Sie hat eine Telefonnummer gewählt, aber nicht gesprochen. Sie hat das Café hastig verlassen. Die Zeit, der Ort, die Telefonnummer; alles wird die Frau belasten.«

Panourgiás begann zu begreifen.

»Ihre Männer«, sagte Gabriel weiter, »können das Personal

des Cafés befragen. Sie werden die Aussagen des Zeugen bestätigen.«
»Das Personal erinnert sich nicht an jeden Gast.«
»Eine attraktive junge Frau! Allein! Die Kellner werden sich erinnern! Bei der Telefonnummer handelt es sich um eine Prepaid-Karte. Ihre Männer werden ermitteln, dass die Karte erst vor wenigen Tagen gekauft wurde. In Athen, am Flughafen. Von einer gewissen Maria Brecht.«
»Von wem wissen Sie das?«
»Von einer Journalistin, die der Spur dieser Deutschen seit Tagen folgt. Sie hat es mir heute Morgen gesagt.«
»Wenn die Journalistin redet?«
»Sie kann nicht mehr reden. Ihre Männer beschlagnahmen beim Händler den Vertrag, die Kopie des Personalausweises. Wenn sie schnell sind, werden sie die Deutsche in ihrem Hotelzimmer verhaften. Spätestens am Flughafen, beim Einchecken.«
Panourgiás trat von einer Plateausohle auf die andere, knetete mit den Zähnen seine Unterlippe. »Woher wissen Sie, dass die Deutsche zur richtigen Zeit die Nummer wählt?«
»Sie erhält wenige Minuten vorher eine Nachricht. Verhaften Sie als Komplizen, wen Sie wollen. Zeigen Sie dem Volk, Sie haben die Lage im Griff. Auf die ersten Stunden kommt alles an!«
»Wenn unsere Leute die Frau nicht finden ...«
»Sie kann nicht weit kommen.«
»Vielleicht gibt es diplomatische Verwicklungen ...«
»Mit Deutschland? Hoffentlich.«
Panourgiás presste den elektronischen Kehlkopf an seinen Hals. Er suchte nach Einwänden, Widerhaken. Er ging weiter, gehetzt. Eroberung durch die Bulgaren ... Plünderung während der Kreuzzüge ... Vierhundert Jahre Herrschaft der Osmanen ...

Gabriel folgte ihm. Er hatte auf dem Weg an einer Snackbar gehalten und zwei Becher eiskalten Kaffee getrunken. Der Kaffee vertrug sich gut mit den Dramadol-Tabletten. Zwar fühlte er stärker als vorher das Pochen in der Schulter, aber sein Kopf war erfrischt. Zwei Becher Kaffee, und das dreckige Mädchen wäre ihm nicht entkommen!
Panourgiás blieb stehen: 6. April 1941. Einmarsch der deutschen Wehrmacht. Fotos von Erschießungen, niedergebrannten Dörfern, zum Gerippe abgemagerten Kindern.
»Sie haben meine Großeltern, meine Onkel und Tanten auf dem Dorfplatz erschossen«, sagte er. »Sie haben meine Mutter vergewaltigt. Vor den Augen meines Vaters!«
»Die Deutschen waren Tiere«, sagte Gabriel.
»Tiere lachen nicht beim Töten!«
»Haben die Deutschen Ihre Familie entschädigt?«
»Nein.«
»Haben sie Reparationen gezahlt?«
»Nie.«
»Haben sie um Vergebung gebeten?«
»In verlogenen Phrasen.«
»Erniedrigen sie das griechische Volk bis heute?«
»Sie sind wieder da! Erpressen uns! Saugen uns aus!«
Panourgiás taumelte. Gabriel musste ihn stützen und auf eine Bank setzen. Panourgiás starrte ins Leere. Er schüttelte den Kopf.
»Wir können das nicht tun«, stammelte er.
»Es ist nötig.«
»Es ist zu grausam.«
Ein Speichelfaden tropfte auf den Boden. Gabriel wusste, er musste jetzt behutsam sein. Dieser kranke, alte Mann glaubte an das Sinnloseste, woran ein Mensch glauben kann: Griechenland. Er hatte die Macht, mit einem Anruf Gabriels Rachewerk in Trümmer zu legen. Panourgiás war der Rei-

ter, Gabriel das Pferd. Gabriel musste ihn im Sattel halten.
»Erinnern Sie sich?«, fragte er. »Sie haben mich gesucht.«
»Ich erinnere mich.«
»Sie haben einen Mann für den Job gesucht.«
»Den besten Mann habe ich gesucht.«
»Haben Sie mich gefunden?«
»Nein.«
»Haben Ihnen Ihre Kontakte aus der Diktatur geholfen?«
»Nein.«
»Ihre Geheimdienste? Ihre Botschaften?«
»Ich dachte, Sie wären tot.«
»Sie hatten die Hoffnung schon aufgegeben.«
Gabriel gab dem alten Mann Zeit zu nicken.
»Aber eines Nachmittags ... an einem Sonntag ...«
»Das Pferderennen ...«
»Steht ein Mann hinter Ihnen ...«
»In Markópoulo ...«
»Legt Ihnen die Hand auf die Schulter ...«
»Mein Pferd kurz vor dem Ziel ...«
»Und sagt: Ich bin der Mann, den Sie suchen.«
Panourgiás atmete schwer.
»Ich habe Sie gefunden, Panourgiás. Weil ich wusste, dass es in Griechenland ein Problem gibt. Weil ich wusste, dass es Männer gibt, die dieses Problem lösen wollen. Und deshalb sind wir heute hier. Um das Problem zu lösen.«
Panourgiás hustete, spuckte, schlug sich den elektronischen Kehlkopf gegen den Hals.
»Ich werde bald sterben«, röchelte er.
»Wir sterben alle.«
»Ich will nicht als Verbrecher sterben.«
»Bleiben Sie stark. Handeln Sie. Verhaften Sie nach dem Anschlag viele Leute. Finden Sie Waffen. Am Abend verhaften

Sie den Mastermind. Der Mastermind ist blond und weiblich. Er hat kein Alibi, er ist auf Kreta vom Tatort geflohen.«

»Wir wissen nicht –«

»Das Böse hat ein Gesicht! Das Böse ist deutsch!«

Panourgiás richtete sich auf. Gabriel wollte ihn stützen, er wehrte ihn ab. Er stand auf, schwankte auf seinen Plateausohlen, ruderte mit den Armen. Er fand sein Gleichgewicht und stand fest.

»Es gibt eine Theorie«, sagte er. »Über Alexander. Wie konnte er die Strategie der Perser durchschauen? Wie konnte er im Gewühl der Schlacht den Weg zu Darios finden? Manche Historiker sagen, es gab einen Verräter.«

»Blödsinn.«

»Ein Judas! Ein persischer General hat Darios verraten! Kein Mensch würde sich sonst an Alexander erinnern!«

36

11.19 Uhr. Noch vierzig Minuten bis zum Termin im Café. Maria ging durch Gestank und flimmernde Hitze. Sie hatte Angst. Sie fühlte sich schuldig. Wenn Eléni tot war, dann wegen ihr. Sie musste zur deutschen Botschaft gehen. Die Botschaft war egal! Sie musste die Polizei rufen. Die Polizei konnte nichts tun! Ihr Kopf war wirr. Sie hielt sich im Schatten geschlossener Läden und Banken wie ein Dieb. Wahrscheinlich suchte die Polizei schon nach ihr. Wegen der Leiche in den Bergen. Dem Ohr in der Kühlbox. Der eingetretenen Tür von Elénis Wohnung. Sie musste sich um zwölf Uhr in das Café setzen, es war Elénis letzte Chance. Die Polizei durfte sie vorher nicht verhaften!

Sie halten Ihr Telefon eingeschaltet.

Wieso musste sie sich eigentlich in das Café setzen? Wenn er sie erpressen wollte, konnte er einfach anrufen. Wenn er sie in eine Falle locken wollte, musste er Eléni nicht verstümmeln und verschleppen. Oder doch, das mit dem Ohr war schon eine gute Idee. Deshalb tat sie ja jetzt alles, was er verlangte. Das hatte der Mann sich gut ausgedacht. Und wenn Eléni nach Hause kam und sah die eingetretene Tür, das leere Portemonnaie ...

»Mittelgroß. Dünnes, hellblondes Haar.«

Der Portier hatte mit den Schultern gezuckt.

»Er hat die Nacht in Ihrem Hotel verbracht. Im vierten Stock.«

»Ich erinnere mich nicht.«

Maria hatte einen Zwanzig-Euro-Schein auf den Tisch gelegt. Der Portier hatte geseufzt und ein großes Buch geöffnet.

»Herr Bekir Ceylan, aus Izmir. Er hat das Hotel heute Morgen verlassen.«
»Hat er ein Ziel angegeben?«
»Nein.«
»Eine Telefonnummer?«
»Nein.«
»Wie hat er sich ausgewiesen?«
»Wir vertrauen den Angaben unserer Gäste.«
Keine Information, die zwanzig Euro wert war. Maria hatte das Hotel verlassen. Auf der Straße war ihr das Mädchen im Trainingsanzug entgegengekommen – verschwitzt und außer Atem. Es zitterte, als sei ihr etwas Schreckliches zugestoßen. Es hatte einige Wörter herausgestoßen, die Maria nicht verstanden hatte. Maria war weitergegangen, die Zeit wurde knapp. Sie musste das Café finden, sie musste Eléni retten! Das Mädchen war ihr gefolgt.
Es folgte ihr auch jetzt. Maria fiel der Name wieder ein – Chanell. Maria blieb stehen, Chanell blieb stehen, etwa zwanzig Schritte hinter ihr. Sah sie an wie ein ängstlicher Hund. Oder als müsse sie Maria warnen, vor einer Gefahr.

In der Athinás hatten bloß zwei Kebab-Stände und ein Call-Shop geöffnet. Auf einem Klappstuhl neben dem Eingang zu den Markthallen saß eine Bettlerin, mager und verkrümmt. Sie war in schwarzes Tuch gehüllt. Vor ihr auf dem Boden standen Heiligenbildchen und ein Ewiges Licht. Die kleinen, faltigen Hände, zu einer Schale geformt, lagen in ihrem Schoß.
Warum saß diese Frau heute, an Mariä Entschlafung, vor den menschenleeren Markthallen? Warum nicht vor einer Kirche? Die Frau sprach sie an, reckte die Hände. Die Frau roch aus ihrem schwarzen Umhang. Maria beugte sich hinunter. Der Umhang roch nach einem Geruch, den Maria aus

ihrer Kindheit kannte: abgestandener Weihrauch. Wie er noch Tage nach der Messe in den Kleidern hing. Nicht mehr weihevoll, sondern schal und verbraucht, wie angebranntes Gummi. Sie hatte den Weihrauch gestern Nacht gerochen, hinter dem Müllcontainer. Der schwarze Stoff. Er hatte ihn gestern Nacht zusammen mit dem Dromedar entsorgt. Er war in einer Kirche gewesen, der Stoff war höchstwahrscheinlich eine Soutane.
Sie kniete sich zu der Frau. Sie drückte ihr die Centmünzen in die Hand.
»Sprechen Sie Deutsch? *You speak English? Parlez-vous français? Wy gawariti parusski?*«
Die Frau blickte sie an. Blickte die Münzen an, aus fiebrig-glühenden Augen. Maria legte den Fünf-Euro-Schein dazu.
»Eine Messe? Wo findet heute die wichtigste Messe statt?«
Sie wiederholte den Satz in mehreren Sprachen. Die Frau stammelte etwas. Tränen sickerten aus ihren Augen. Sie schlug das Kreuz. Sie drückte den Fünf-Euro-Schein an ihren Mund und küsste ihn. Maria versuchte es mit Zeichen: Sie schlug ein Kreuz. Sie betete. Sie schwang ihren Arm wie eine Glocke.
Chanell war näher herangekommen. Sie beobachtete Marias Pantomime. Sie fragte die Frau auf Griechisch. Die Frau blickte ärgerlich hoch, wollte das Kind mit ihrer dürren Hand verscheuchen. Chanell ließ sich nicht verscheuchen. Sie fragte wieder und wieder, bis die Frau eine Antwort zischte. Sie zupfte Maria am T-Shirt. Ihre dreckige Hand zeigte nach Süden.

Das Gelände um die Mitrópolis-Kathedrale war abgeriegelt. In den Nebenstraßen standen Mannschaftswagen und Soldaten. Schaulustige standen an den Absperrungen, Soldaten posierten für die Kameras.

»Wer kommt?«, hörte Maria einen Touristen fragen.
»Ministerpräsident, Staatspräsident, Generäle ...«
»Der ganze Abschaum!«
Gelächter.
Also hier. Die Kathedrale. Nirgends ließen sich Sprengsätze besser verstecken als in den zahllosen Winkeln und Nischen. Hunderte Menschen in einem geschlossenen Raum. Die gesamte Staatsspitze. 11.42 Uhr. In achtzehn Minuten sollte Maria im Café sein. Chanell stand neben ihr. Ihre Augen belauerten die Kameras der Touristen, die einige nur locker in der Hand hielten.
Marias Herz klopfte gegen die Rippen. Sie atmete durch einen staubtrockenen Mund. Die meisten der Soldaten waren sehr jung, wahrscheinlich Wehrpflichtige. Einer lehnte im Schatten einer Mauer. Er war groß, schlank, offenbar gut trainiert. Er leckte an einer Eistüte. Maria winkte ihn heran.
»Sprechen Sie Englisch?«
»Mit einer schönen Frau spreche ich jede Sprache.«
»Auf die Kathedrale ist ein Anschlag geplant.«
»Deshalb sind wir hier.«
»Sie wissen davon?«
»Die Polizei kriegt alle paar Minuten eine anonyme Drohung.«
»Ich drohe nicht, ich weiß es.«
»Woher?«
Eine gute Frage. Sie hatte ein Video gesehen. Sie hatte Weihrauch an einer Soutane gerochen. In der Kühlbox ihres Hotelzimmers lag ein abgeschnittenes Ohr. Sie ahnte das Schlimmste. Aber was wusste sie?
»Alle Personen werden kontrolliert«, sagte der Soldat. »Fünfzig Meter um die Kathedrale, niemand kommt rein ohne Sondergenehmigung. Wo kommen Sie her?«

»Berlin.«
»Ihr seht die Kreuze auf dem Kissen
Ihr meint euch darf die Unschuld küssen ...«
»Haben Sie die Kathedrale durchsucht?«
»Ich verrate Ihnen ein Geheimnis.« Er sprach leiser. »Heute Morgen waren Spürhunde in der Kirche. Deutsche Schäferhunde! In einer griechischen Kathedrale!«
»Finden die Hunde auch Giftgas?«
»*Deutsche* Schäferhunde ...«
»Winzige Mengen. Wahrscheinlich flüssig, in Ampullen.« Der Soldat leckte ein paar Tropfen Eis von der Waffel. Er sprach gutes Englisch mit irischem Akzent. Er sprach mit ihr aus Freundlichkeit und weil sie ihm gefiel. Vielleicht wollte er sie mit seinen Rammstein-Kenntnissen beeindrucken. Aber ihre Angst nahm er nicht ernst. Und welchen Grund hatte er? Ein Kamerad rief ihm aus einem Mannschaftswagen etwas zu.
»Sie müssen die Kathedrale räumen!«, rief sie.
»Keine Sorge! Alles im grünen Bereich!«
11.47 Uhr.
Sie setzen sich um 12 Uhr in das Café Mykéne in der Mitropóleos.
Die Mitropóleos lief parallel zur Ermoú, nur ein paar Schritte entfernt. Sie hatte den Koffer gesehen. Der Mann hatte auf Kreta versucht, sie zu ermorden. Ein anderer Mann hatte in Athen versucht, sie ins Gefängnis zu bringen. Aber was wusste sie? Die Puzzlesteinchen setzten sich in ihrem Kopf nicht mehr zusammen. Alles fühlte sich an wie ein Alptraum, über den man beim Aufwachen den Kopf schüttelt. Chanell trottete hinter ihr her. *»Baa-baa-bi-baa-boo«*, der Sommerhit lachte sie aus. Das wenigstens sah sie klar. Sie sah es mit der Klarheit eines Menschen, den der Rest der Welt für verrückt hält. Der Sommerhit brüllte vor Lachen! Wenn sie jetzt stehen blieb, wenn sie die Wahrheit herausschrie, würden sie alle für

plemplem halten. »Schau, die Irre!« »Zu viel griechisches Leitungswasser getrunken! Haha!«
Monastiráki-Platz. Straßenmusiker, bettelnde Frauen in bunten Röcken. Neben dem Tor, hinter dem sich an anderen Tagen der Athener Flohmarkt ausbreitete, hatten Straßenhändler ihr Sortiment auf Wolldecken ausgebreitet. Sie standen in flirrender Hitze, vor MP3-Playern, Handyschalen, Spielkonsolen. Alle, ohne Ausnahme, trugen schwarze Stiefel, schwarze Jeans, schwarze Lederjacken. Ja, ich drehe durch, dachte Maria. Aber nein – die Händler waren real, ebenso ihr Sortiment. Ihr Blick blieb an einem portablen DVD-Spieler mit zerkratztem Chassis hängen. Sie fühlte die CD in ihrer Hosentasche. Sie sprach den Händler an:
»Wie viel soll der kosten?«
»Sehr gute Gerät.«
»Wie viel?«
»Spielt CD, DVD, MP3, JPG ...«
»Wie viel soll der kosten, verdammte Scheiße?!«
»Hundert Euro.«
»Sie sind wahnsinnig.«
»Achtzig ... siebzig ...«
»Völlig verrückt.«
»Sechzig.«
»Das Teil ist zerkratzt.«
»Kratzer nicht wichtig!«
»Uraltes Modell!«
»Wie Mensch! Innere Werte!«
Der Händler, vielleicht Russe oder Ukrainer, hob den DVD-Spieler hoch, schaltete ihn ein. »Funktioniert! Akku!«
»Für das Teil kriegen Sie keine zehn Euro.«
»Fünfzig Euro! Für Sie!«
Er hielt ihr den Player hin.
»Vierzig«, sagte er.

»Zwölf«, sagte Maria.
»Habe ich Frau und kleine Tochter in Odessa.«
»Fünfzehn.«
»Fünfunddreißig! Tochter kein Geld für Zahnarzt!«
»Zwanzig Euro. Mein letztes Wort.«
»Letztes Wort fünfundzwanzig.«
Maria hielt ihm den Zwanzig-Euro-Schein hin. Er zuckte die Schultern. Sie hatte der alten Frau vor den Markthallen fünf Euro gegeben. Hunderte Menschen würden sterben. Weil sie einer alten Frau fünf Euro gegeben hatte!
Sie hörte Kirchenglocken.
»Fünfundzwanzig!«, wiederholte der Händler. »Letzter Preis! Guter Preis!«
Sie schüttelte den Kopf. Sie ging. Sie hoffte, der Händler würde ihr nachkommen. Er kam nicht. Ihr Kopf fühlte sich wieder etwas klarer an. Sie hatte alles versucht. Sie hatte gekämpft, sie hatte verloren. Sie fühlte keine Angst, keine Wut, nicht einmal Ärger. Nur Erschöpfung und Taubheit in ihrem ausgetrockneten Mund. 11.56 Uhr. Ihre Verabredung im Café Mykéne. War sie noch wichtig? Sie konnte Eléni nicht retten, sie konnte niemanden retten.
Sie hörte Schreie vom Monastiráki-Platz. Etwas stieß sie von hinten an. Chanell flitzte an ihr vorbei. Unter dem Arm hatte sie den CD-Player. Maria sah Chanell in einer Gasse verschwinden. Sie blickte sich um, niemand folgte ihr. Sie ging schneller, sie lief. Sie sah Chanell in einem Hauseingang stehen.
Das Mädchen hatte den CD-Player geklaut. Sie hatte ihn für Maria geklaut. Maria wollte ihr durchs versträhnte Haar streicheln, wollte sie an sich drücken. Doch Chanell wollte keine Berührung, keine Zärtlichkeit. Sie zeigte auf Marias Hosentasche. Sie wollte die zwanzig Euro.

37

12.02 Uhr.
Maria sank auf einen der schmiedeeisernen Stühle vor dem Café Mykéne. Sie schloss einige Sekunden lang die Augen. Sie war zwei Minuten zu spät gekommen. Sie hörte die Glocken der Kathedrale, einen Straßenzug hinter ihr. Sie hörte, heller und etwas scheppernd, dieselben Glocken aus einem Fernseher, der über der Eingangstür des Cafés an der Decke hing. Anscheinend begann auch die Messe verspätet.
»*Kaliméra!*«
Sie öffnete die Augen. Ein Kellner stand vor ihr. Sie hatte kein Geld. Sie musste Zeit schinden.
»Bitte die Karte.«
Das Café lag an einer kleinen, baumbestandenen Kreuzung. Junge Leute saßen an Nebentischen, aßen Salat und Sandwiches. Der Ministerpräsident ging auf das Tor der Kathedrale zu. Sie pfiffen, zeigten den Mittelfinger Richtung Fernseher.
Maria war gelaufen, über den Monastiráki-Platz, die Ermoú, bis zur Absperrung. Die Soldaten hatten den DVD-Player in ihrem Arm für eine Bombe gehalten. Sie hatten »Stopp!« geschrien und ihre Waffen gehoben. Der große, schlanke Soldat, eine Lakritzschnecke im Mund, hatte gelacht und seine Kameraden beruhigt.
»Sie müssen mir nicht glauben!«, hatte sie gekeucht. »Aber sehen Sie wenigstens das!«
Sie hatte auf *Play* gedrückt, und die Soldaten hatten nichts gesehen, einfach gar nichts, weil der Bildschirm in der Sonne spiegelte.

»Gehen Sie in den Schatten!«
Maria hatte nicht gewartet, auf weitere Fragen, womöglich eine Verhaftung. Sie war weitergelaufen. Dass sie es pünktlich ins Café schaffte, war Elénis letzte, geringe Chance.
Sie halten Ihr Telefon eingeschaltet.
Der Kellner legte die Karte auf den Tisch. Sie blätterte. Sie kontrollierte ihr Telefon – eingeschaltet, vier Balken. Aber der Akku war fast leer. Sie hörte die letzten Schläge der tiefen Glocke. Sie sah im Fernseher das Schließen des Portals. Bildsprung ins Innere der Kathedrale. Kamerafahrt über die ernsten, angespannten Gesichter des Ministerpräsidenten und seiner Minister in den ersten Reihen.
Ein Junge näherte sich auf einem Skateboard, warf einen Briefumschlag auf Marias Tisch. Sie riss den Umschlag auf:

Sie wollen mit Ihrer Freundin sprechen? Wählen Sie ...

Eine griechische Mobilfunknummer. Der Junge auf dem Skateboard verschwand zwischen Bäumen. Sie holte ihr Telefon aus der Tasche. Ihr Herz klopfte. Sie tippte die Nummer, sie ...
Sie sah ihn am Straßenrand stehen. Er hatte schulterlanges, blondes Haar. Er trug eine graue Jogginghose, darüber ein grün-weißes T-Shirt mit einem Fußball.
Er hielt ein Telefon in der Hand.
Er sah sie an.
Sie hörte aus dem Fernseher Gesang von Mönchen.
Sie stand auf.
Er ging langsam, schneller.
»Halt!«, rief sie.
Er tippte in sein Telefon.
Sie verfolgte ihn, kam näher.

Er lief, schaute auf sein Display.
Sie hatte ihn fast erreicht, griff nach seiner Schulter ...
Sie hörte Schüsse.

38

Attentate können gelingen, sie können scheitern. Attentate brauchen Vorbereitung; Wochen, manchmal Monate. Und im letzten Moment macht ein dummer Zufall alles zunichte. War Arafat sofort gestorben? Acht Tage hatte er im Koma gelegen! Acht Tage war unklar gewesen, ob sie im Hôpital d'instruction des armées Percy dem Gift auf die Spur kommen, den zähen Lurch noch retten würden. Acht Nächte war Suha Arafat nackt, betrunken und zeternd durch die Räume ihres Stadtpalastes in Neuilly geirrt. Hatte Gabriel als Stümper und Betrüger beschimpft, hatte Schuhe und Whiskyflaschen nach ihm geworfen. Endlich, gegen fünf Uhr morgens, hatte sie ein Anruf aus dem Hôpital erlöst. Ihr Mann war tot. Sie war am Ziel. Sie war eine reiche Frau. Sie war auf den weinroten Samt ihrer Voyeuse gesunken und hatte Gabriel mit einem erschöpften Fingerschnippen entlassen. In einem Bistro am Boulevard Bineau hatte er ein Croissant gegessen und auf die Sechs-Uhr-Nachrichten gewartet.

Jetzt stand er am Metroausgang Panepistímiou, gegenüber der Nationalbibliothek. Er hörte Sirenen, sah Krankenwagen, Feuerwehrwagen, Polizeiwagen aus allen Richtungen kommen. War das Attentat geglückt? Hatte er alle getötet? Die Deutsche. Warum hatte sie die Nummer nicht gewählt? Er hatte es selbst tun müssen. Immerhin hatte sie hastig das Café verlassen, Zeugen würden sich erinnern. Und warum hatte er im selben Augenblick Schüsse gehört? Die Schüsse waren von der Kathedrale gekommen. Aber wer hatte geschossen? Auf wen? Plötzlich war sie hinter ihm gewesen.

Hatte ihm einen Handkantenschlag in den Nacken versetzt. Er war herumgeschnellt, hatte ihr sein Telefon gegen die Schläfe geschlagen. Er war weitergelaufen, hatte sich noch einmal umgedreht, sie auf dem Pflaster kauern sehen. Blut war aus ihren Haaren getropft.

Mehr Polizei- und Krankenwagen fuhren Richtung Kathedrale. Wenn alles gutgegangen war, bargen sie in den Gasschwaden nur noch Leichen. Aber warum die Schüsse?!

Seine Kopfhaut juckte unter der Perücke. Das T-Shirt war nassgeschwitzt, Kunstfaser, bald würde es anfangen zu stinken. Er hasste Körpergeruch. Er musste wissen, wie viele hatte er getötet? Hatte er die Richtigen getötet? Zwischen den Säulen der Akademie stand eine Gruppe Polizisten, über Handys gebeugt. Er versuchte, in ihren Gesichtern zu lesen. Sah er Trauer, Wut, Tränen? Eher Aufregung, wie im Kino, im spannendsten Moment eines Films. Er musste seine Kleidung loswerden, die Perücke – vor allem den Telefonchip. Er ging weiter, schnell, öffnete die Handyklappe in seiner Hosentasche. Seine Finger suchten nach dem Chip. In der anderen Hosentasche klingelte das Handy, dessen Nummer nur ein Mann kannte. Er wollte nicht mit dem Greis telefonieren. Er wollte diese Blechstimme nicht hören! Erst musste er wissen: Hatte er den Reiter ins Ziel gebracht?

Seine Finger lösten den Chip, er warf ihn in einen Gully. Ein Gefühl sagte ihm, etwas war schiefgelaufen. Eine Warnung, in letzter Sekunde. Es gab ein Leck. Vielleicht war Panourgiás selbst das Leck. Nichts leichter, als eine Wanze im elektronischen Kehlkopf zu verstecken. Die Deutsche? Für wen arbeitete sie? Panourgiás Schergen durften sie nicht festnehmen. Nicht bevor er das Geheimnis aus ihr herausgebrochen hatte, Finger für Finger, Zahn um Zahn. Dies war nicht länger ein Auftrag, der aus dem Ruder lief. Er hatte mit dieser Frau eine Rechnung offen!

Das Rathaus. Soldaten in Panzerwagen. Eine geöffnete Apotheke. Er stieß die Tür auf.
»Geben Sie mir Lidocain.«
»Haben Sie ein Rezept?«
Die Apothekerin hatte Sommersprossen, breite Schultern und Haare auf den Armen.
»Ich bringe es morgen. Ich gebe Ihnen ein Pfand.«
»Ich bin kein Leihhaus.«
»Ich habe starke Schmerzen.«
»Wo?«
»In der Schulter.«
»Zeigen Sie.«
Er knöpfte sein Hemd auf. Sie zuckte zurück.
»Fahren Sie ins nächste Krankenhaus.«
»Ich habe keine Zeit. Meine Kinder –«
»Haben Sie Fieber?«
Möglich. Sein leichtes Frösteln konnte Fieber sein. Er holte sein Portemonnaie heraus. Er hielt ihr fünfhundert Euro hin. Sie schnalzte verächtlich mit der Zunge.
»Geben Sie das Geld einem Arzt. Er soll Sie gleich drannehmen. Das da« – sie zeigte auf seine Schulter – »sieht böse aus.«

39

Rezeptionisten, Hausmädchen, Hotelgäste; alle drängten sich um den Fernseher auf dem Tresen der Rezeption. Andere saßen auf den Sofas der Lobby und starrten die Displays ihrer Smartphones an. Krankenwagen fuhren an der Glasfront des Hotels vorbei, Sirenen kamen näher und entfernten sich. Eine Frau mit verweintem Gesicht stand an einer Säule und wählte immer wieder eine Nummer. Maria hatte es unbemerkt bis zu den Fahrstühlen geschafft. Niemand hatte »Mörderin!« geschrien oder »Verhaftet sie!«
Sie fuhr in den achten Stock. Sie steckte ihre Schlüsselkarte in den Türschlitz. Das Lämpchen blinkte grün. Sie stieß ihre Tür auf, hängte die Kette ein. Das Zimmer war gereinigt. Ein neuer Bademantel in Papiermanschette lag auf dem Bett.
Breaking News auf CNN und BBC. Die Mitrópolis mit zerschossenen Fenstern. Soldaten hatten die Fenster der Kathedrale eingeschossen, das Gebäude mit Gasmasken gestürmt. Für die *VIPS* in den ersten Reihen war die Rettung zu spät gekommen. Fünf Tote. Der Ministerpräsident und mehrere Minister im Krankenhaus, einige in *serious*, andere in *critical condition*; *critical* war ernster als *serious; critical* bedeutete, sie würden nicht überleben. Oder nur mit bleibenden Schäden, zum Beispiel am Gehirn. Reporter belagerten die Krankenhäuser, Spezialisten aus dem Ausland waren auf dem Weg nach Athen. Immer noch wurden leichter Verletzte auf dem Platz vor der Mitrópolis ambulant versorgt. Neue Breaking News: Justizminister erliegt inneren Verletzungen.
»Bei dem Gift«, erklärte eine Expertin auf *BBC*, »handelt es sich um eine Substanz, die die elektrischen Impulse der Ner-

venenden an die Muskeln blockiert. Es kommt zu Lähmungen, Kontraktion des Zwerchfells, das Opfer erstickt.«
»Was können die Ärzte in so einer Situation tun?«
»Sie versuchen, durch Intubation die Atemwege freizuhalten. Da dieses unbekannte Gift aber auch die Lungenbläschen ...«
Auf TV5 erste Spekulationen über die Täter. Griechische Anarchisten. Panhellenische Faschisten. Arabische Islamisten. Anonyme Bekenneranrufe kamen aus allen Richtungen. Zu früh, die echten von den Trittbrettfahrern zu trennen. Am Abend sollte es eine Pressekonferenz geben. Aber wer würde überhaupt in der Lage sein zu reden? Bloß ein Kabinettsmitglied von Rang war nicht in der Kathedrale gewesen: Dimítros Doukákis, der Minister für Bürgerschutz. Angeblich war er bereits auf dem Rückweg nach Athen. Nach anderen Quellen hielt er sich noch in der Ägäis auf, aus Sicherheitsgründen. Drohungen, sein Ministerium sei das nächste Anschlagsziel, nahm die Polizei ernst. Und immer wieder die Frage nach der Warnung in letzter Minute. Eine junge Frau, mit blonden Haaren. Hatte angeblich die entscheidende Information geliefert. Von der Auswertung der Überwachungskameras erhoffte man sich weitere ...
Maria schaltete den Fernseher aus. Sie wollte weinen und konnte nicht. Sie wollte schreien und konnte nicht. Sie hatte entsetzlichen Durst. Die Kühlbar war voller Getränke. In der Kühlbar lag ein abgeschnittenes Ohr. Weil sie die Fotos nicht von der Speicherkarte gelöscht hatte! Welchen Grund hatte er noch, sie leben zu lassen? Was konnte Maria noch tun, um sie zu retten?
Sie riss die Tür der Kühlbox auf, griff, ohne hinzusehen, eine Flasche, warf die Tür wieder zu. Zitronenlimonade. Hätte schlimmer kommen können. Ein Flaschenöffner lag auf dem Tisch. Sie öffnete die Flasche. Sie trank. Und trank. Und ...

Es klopfte an der Tür.
Sie verschluckte sich.
Es klopfte stärker.
Sie waren draußen. Um sie zu verhaften. Oder *er* stand draußen. Um sie zu töten. Ihr Herz hämmerte. Sie konnte hier sitzen bleiben. Aufs Eintreten der Tür warten. Aber sie hatte die Kette vorgehängt. Sie konnte zur Tür gehen. Sie einen Spalt öffnen …
Das Zimmermädchen stand draußen. Deutete auf ihre Uhr. Kurz nach eins. Natürlich, Maria musste ihr Zimmer räumen. Sie nickte, zeigte mit den Fingern. Fünf Minuten.
Sie stopfte ihre Kleidungsstücke in den Rucksack. *»Baa-baa-bi-baa-boo.«* Sie räumte Bürste, Zahnbürste, Zahncreme in den Kulturbeutel. *»Baa-baa-bi-baa-boo.«* Nicht denken, packen. Nicht an die Kathedrale, nicht an das Ohr im Kühlschrank. Draußen lief ein Mörder herum. *»Baa-baa-bi-baa …«*
Die Tür flog auf. Männer in schusssicheren Westen stürmten herein, sprangen aufs Bett, richteten ihre Waffen auf Maria:
»Hände hoch! Hände hoch!«

40

Der Offizier trank einen Schluck aus seiner Kaffeetasse. Auf dem Tisch lief ein Aufnahmegerät.

»Warum versuchen Sie es nicht mit der Wahrheit?«

»Es ist die Wahrheit«, sagte Maria.

»Woher wussten Sie von dem Anschlag?«

»Ich habe ihn vermutet.«

»Einfach so? Vermutet?«

Der Offizier schaute zu einem Kollegen mit schiefer Nase und Bürstenschnitt, der mit verschränkten Armen an der Wand lehnte.

»Woher hatten Sie das Video?«

»Von einer Freundin.«

»Wo ist diese Freundin?«

»Das weiß ich nicht.«

»Sie wollen Ihre Hintermänner schützen.«

»Ich habe keine Hintermänner.«

»Sie haben die Nerven verloren. Und jetzt haben Sie Angst vor Ihren eigenen Leuten.«

»Ich bin allein in Athen.«

»Wer hat den Diákonos ermordet?«

»Wahrscheinlich der Libanese.«

»Wo ist er jetzt?«

»Das weiß ich nicht.«

»Was ist sein nächstes Ziel?«

»Ich habe keine –«

»Sie lügen!!«

Der Kollege, der vor einer Sekunde noch an der Wand gelehnt hatte, stand plötzlich am Tisch, die Arme aufge-

stützt, als wolle er ihr einen Schlag mit seiner Stirn verpassen.
»Sie lügen, Frau Brecht! Sie haben Hintermänner! Und Sie werden uns jetzt sagen, wer die sind! Wo die sind! Was sie planen! Keine Angst, wir tun Ihnen nichts. Aber leider sind unsere Zellen voll. Wir haben bloß noch einen Platz frei. In einer Zelle mit fünf albanischen Drogendealern. Wissen Sie, wie ein Albaner sich fühlt, wenn er länger als zwei Wochen keine Frau verprügelt?!«
Sie senkte den Kopf. Sie fühlte seinen Atem in ihrem Nacken.
»Dies ist ein Putsch. Ich habe keine Hintermänner. Sie haben Hintermänner. Sie wollen die Wahrheit ermitteln? Dann ermitteln Sie gegen Ihre Vorgesetzten.«
Sie starrte auf die Tischplatte. Sie erwartete einen Schlag. Aber es kam keiner. Nicht einmal eine Drohung. Sie hörte ein Klicken: Der Offizier hatte das Aufnahmegerät gestoppt. Sie wagte, den Kopf zu heben. Die Männer sahen sie an. Sie wussten nicht, ob sie ihr glauben sollten. Der mit dem Bürstenschnitt knetete seine Hände. Aber sie stellten keine weiteren Fragen. Sie wollten nicht mehr wissen.
Der Mann mit dem Bürstenschnitt packte sie am Arm; fest, aber nicht brutal. Er führte sie einen fensterlosen Gang entlang bis zu einer Zelle. Er stieß sie hinein und verriegelte von außen die Tür. Keine Albaner. Ein schmales Bett mit frischen Laken. Eine Toilette. Ein Gitter vor dem Fenster, das auf einen Lüftungsschacht blickte. Die Zelle hatte sogar ein kleines Waschbecken unter einem Spiegel. Maria wusch sich das verkrustete Blut aus ihrem Haar. Sie legte sich aufs Bett. Sie erinnerte sich an das Zitat aus irgendeinem Film: »Woran erkennen Sie, ob Sie einen Unschuldigen verhaftet haben? Der Schuldige ist erleichtert, dass es vorbei ist, und schläft ein. Der Unschuldige geht nervös in seiner Zelle auf und ab.« Vielleicht würde es einen guten Eindruck machen,

nervös in der Zelle auf und ab zu gehen. Sie schloss die Augen. Draußen hörte sie Rufe, Funkgeräte, Sirenen ...

Arme rissen sie hoch, verschnürten ihr die Hände auf dem Rücken mit Plastikfesseln. Zwei stämmige Frauen in Uniform fassten sie an den Armen, führten sie den Gang hinunter, durch eine Doppeltür aus Stahl auf einen Innenhof. Ein Jeep wartete, sie wurde auf die Rückbank geschoben. Die Frauen setzten sich links und rechts neben sie.

»Wie spät ist es?«, fragte Maria.

Keine Antwort.

»Wo bringen Sie mich hin?«

Kein *Kaliméra*, kein *Parakaló*.

Der Jeep verließ das Gelände, das wohl eine Kaserne war – sie sah Soldaten, Panzerwagen, Jeeps. Ein Polizeiwagen hatte sie hierher gebracht, sie waren Richtung Norden gefahren und dann nach Osten. Jetzt fuhren sie durch Wohnblocks, vorbei an geschlossenen Geschäften und Restaurants, sie sah kaum Menschen auf der Straße. Sie fuhren auf eine Autobahn, weiter Richtung Norden. Die Sonne stand über dem Horizont; es musste ungefähr sieben Uhr abends sein.

»Meine Hände ...«

Sie fühlte ihre gefesselten Hände taub werden. Die Frauen starrten aus dem Fenster, als wäre Maria nicht vorhanden.

Ein Militärflughafen. Sie passierten ein Tor und Schranken, neben einem Hangar standen Kampfjets und eine Transportmaschine. Der Jeep fuhr auf einen Hubschrauber zu, dessen Rotorblätter sich drehten. Die Frauen öffneten die Türen, zerrten Maria von der Rückbank.

»Meine Hände!«

Ein grauhaariger Mann mit Schnauzbart, anscheinend Offizier, gab zwischen zwei Zigarettenzügen Anweisung, die Fesseln zu lockern. Die Frauen gehorchten dem Befehl unter grummelndem Protest. Weiter ging es, im Laufschritt, in den Wind und das Knattern der Rotorblätter. Der Hubschrauber schien nur auf sie gewartet zu haben. Maria wurde von einer Frau auf einen Sitz geschnallt, irgendjemand setzte ihr von hinten Kopfhörer auf.

Der Hubschrauber hob ab. Ohne die Frauen. Er neigte sich nach vorn, nahm Kurs Richtung Süden. Maria saß am Fenster, sah rechts die Sonne purpurrot in den Abenddunst tauchen. Ihr erster Flug in einem Hubschrauber. Sie hatte nicht so viel Lärm und Ruckeln erwartet. Sie überflogen die Innenstadt, die Akrópolis, die Kathedrale, vor der immer noch Polizei- und Feuerwehrwagen standen. Dann die Pláka und ein Areal von Tempeln, die Vororte im Süden, sie sah Dachterrassen und Swimmingpools. Hätten nicht an diesem Feiertag wenigstens die Parks und Tennisplätze voller Menschen sein müssen? Vielleicht hatte die Regierung, oder was davon übrig war, eine Ausgangssperre verhängt.

Die Hälfte der sechzehn Sitze im Hubschrauber war besetzt, alle von Männern. Einige trugen Uniform, einige Zivil. Sie sah Anspannung auf den Gesichtern. Keiner redete. Der Hubschrauber fiel in ein Luftloch. Nichts spürte sie hier von der Eleganz eines Hubschraubers, die sie vom Boden so oft bewundert hatte.

Sie überflogen die Küste – Häfen voller Yachten, Strandrestaurants, ein Rummel mit Riesenrad und Karussells, die sich nicht drehten. Und nun das Meer, tiefblau, gesprenkelt von Inseln und Inselchen. Manche schienen unbewohnt zu sein, auf anderen brannten nur drei, vier Lichter. Ihr war bis jetzt nicht klar gewesen, aus wie unendlich vielen Inseln Griechenland bestand. Auf einigen erkannte sie private Anwesen, Villen mit Nebengebäuden und Swimmingpools. Segel- und Motoryachten lagen in versteckten Buchten. Ein kleiner Hubschrauber steuerte, weit unter ihnen, auf einen Landeplatz zu. Ein gutes Land, dachte Maria, um Geld zu verstecken, richtig viel Geld. Sie überflogen eine größere Insel voller Lichter; vielleicht Mykonos. Da feierten und tanzten die Touristen. Wie viel erfuhren sie aus Athen? Interessierte sie überhaupt, was jenseits der Strände und Resorts passierte?

Der Hubschrauber ging in den Sinkflug. Das Purpur der Sonne war erloschen, sie sah nur noch schwachen Lichtschein am Horizont und Sterne am Himmel. Unten sah sie keine Lichter, keine Insel, bloß Wasser und eine Nebelbank. Der Hubschrauber sank tiefer, tauchte in den dichten Nebel. Er ruckelte und vibrierte. Zwischen den Schwaden sah sie ein winziges Eiland. Fünf, sechs niedrige Bäume auf einem Hügel. Ein Sendemast, eine Baracke, ein Anleger, an dem zwei offene Boote lagen.

Der Hubschrauber landete neben der Baracke. Die Türen wurden aufgeschoben. Maria, die Hände immer noch gefesselt, stolperte beim Aussteigen. Niemand beachtete sie. Niemand stellte Fragen oder hielt sie fest. Windstille See und Nebel. Kein Ort, von dem man mit gefesselten Händen fliehen konnte.

»Wo sind wir hier?«, fragte sie einen Offizier, der hinter ihr gesessen hatte.

Ausweichender Blick, keine Antwort.

Niemand wollte sie hier kennen. Alle standen herum, schienen auf etwas zu warten, während der Helikopter seine Motoren herunterfuhr. Hier und da kurze Wortwechsel, nicht unfreundlich, neutral, als seien alle diese Männer sich mehr oder weniger fremd. Einer sprach in seinen Blackberry, die Stimme weich und zärtlich. Wie ein Vater, der seinem Sohn mitteilt, dass Papi heute leider nicht nach Hause kommt. Offenbar hatten nur Blackberrys hier Netz. Man tauschte Nachrichten aus, zeigte sich Displays, nickte kurz. Keiner

wollte übertriebene Neugier zeigen. Keiner wollte den Eindruck erwecken, er habe etwas zu verbergen. Keiner zeigte sich hoffnungsvoll oder gar euphorisch. Der Ministerpräsident lag auf der Intensivstation. Die Machtverhältnisse waren unklar. Keiner wollte sich auf die falsche Seite stellen.
Wer keinen Blackberry hatte, griff zur Zigarettenschachtel. Niemand bot Maria eine Zigarette an. Bald kratzten sich die ersten an Hals und Armen. Sonnenuntergang, Insel, Mücken.
Aus der Baracke, die etwas erhöht am Fuße des Sendemastes lag, kam eine korpulente Frau, mit kurzen Haaren und zu enger Uniform. Der gleiche Typ wie die Frauen, die Maria in der Athener Zelle gepackt und an den Händen gefesselt hatten.
Die Frau verlas eine Erklärung. Richtete den Blick auf Maria und fügte einige frei gesprochene Sätze hinzu. Ein junger Soldat stellte sich vor Maria hin, breitbeinig, und spuckte auf den Boden. Er blickte sich um, hoffte vielleicht auf anfeuernde Rufe. Es kamen keine. Er kehrte, trotzdem befriedigt, zu seinen Kameraden zurück und schnorrte eine Zigarette.
Vom Anleger tönte ein Horn. Einige Männer blieben, andere gingen hinunter zu den Booten. Die Frau gab Maria ein Zeichen, sie solle den Männern zum Anleger folgen. Sollte Maria sich weigern? Auf ihre Rechte pochten? Sie hatte hier keine Rechte. Sie trottete den Männern nach zum Anleger.
Ein Soldat startete den Außenborder. Fünf Männer kletterten ins Boot, alle in Uniform. Sie als Letzte. Sie war die einzige Frau. Sie war Ausländerin. Sie trug Freizeitkleidung. Ihre Hände waren gefesselt. Man hätte erwarten können, dass das Neugier auslöste, Fragen, wenigstens Blicke. Der Soldat stützte lediglich beim Einsteigen ihren Arm und wies ihr mit einem Kopfnicken einen Platz am Bug zu. Die anderen Män-

ner sahen an ihr vorbei. Der Soldat löste die Leinen. Das Boot legte ab. Es nahm Kurs aufs offene Meer. Keiner lachte, keiner sprach.

Wo war eigentlich ihr Rucksack? Hatte man ihn ihr in der Kaserne abgenommen oder lag er noch im Hotel? Und ihr Telefon? War es ihr schon vorher aus der Tasche gefallen, während der Verfolgung? Egal wie sie sich anstrengte; sie konnte sich nicht erinnern. Das Boot nahm Fahrt auf. Sie schaute zurück, der Nebel verschluckte den Anleger, die Baracken, den Sendemast. Angst packte sie wie ein Fieberanfall. Warum schwiegen die Männer? Waren alle auf diesem Boot schon verurteilt? Fuhren sie zur Hinrichtung?

Keine Möglichkeit zur Flucht. Zu spät für einen Hilferuf. Das Boot fuhr in neblige Nacht.

41

Er hatte das Steuerrad festgestellt. Das Motorboot hielt Kurs Süd-Südost. Vor fünf Minuten hatte er sich den Rest Lidocain gespritzt. Die Wunde war blau, geschwollen, hart und taub. Die Apothekerin hatte ihm ein Skalpell, Pinzette, Desinfektionsmittel und Verbandszeug verkauft, außerdem Ibuprofen-Tabletten gegen Fieber. Alles rezeptfrei. Er hatte darauf bestanden, es war sein Recht.
Er setzte das Skalpell an. Blut und Eiter liefen ihm heiß über die Hand. Ihm wurde übel, dann wurde ihm schwindlig. Er musste unterbrechen, hielt den Kopf über die Bordwand. Er würgte, aber übergab sich nicht. Er richtete sich auf, schnitt weiter, er hätte einen Spiegel gebraucht. Seine Finger tasteten sich durch rohes Fleisch, bis sie etwas Hartes fühlten. Den Splitter, der sich vom Knochen gelöst hatte. So viel Ärger für diesen Winzling. Er versuchte, ihn herauszuziehen. Er bekam ihn nicht zu fassen. Er zog mit der Pinzette. Der Splitter hing am Knochen fest. Schweiß rann seinen Rücken hinunter. Er konzentrierte alle Kraft auf seine rechte Hand und zog. Er hielt den Splitter in der Pinzette.
Er schnitt weiter. Blut floss seinen Arm hinunter auf die Sitzbank. Lieber eine große Wunde, dafür ohne entzündetes Fleisch. Er hätte das gleich tun müssen. Er hatte sich gedrückt. Nun zahlte er den Preis. Der Schmerz strahlte in seinen Arm, seine Brust. Er fürchtete sich vor dem Nachlassen der Betäubung. Aber Dramadol-Tabletten hatte er noch genug. Wenn alles vorbei war, würde er sich eine gönnen. Er drückte eine Kompresse auf die Wunde. Das Blut sickerte zu allen Seiten hinaus. Er riss weitere Packungen auf, die Kom-

pressen fielen ihm aus der Hand, ihm wurde schwarz vor Augen. Er musste die Wunde schließen! Er legte sich auf die Bank. Er klemmte drei Kompressen zwischen Schulter und Bordwand. Er klebte ein Pflaster vom Nacken über die Schulter bis zur Brust. Das Pflaster hielt die Kompressen auf der Wunde, solange er sich nicht bewegte. Er klebte zwei weitere Pflaster kreuzweise über die Kompressen. Jetzt konnte er sich aufsetzen, ohne dass die Kompressen verrutschten. Er wickelte sich elastische Binden um die Brust, den Hals, unter die Achseln. Sie sicherten die Pflaster und Kompressen. Er fixierte die Binden mit Haken und Klebeband. Er hob seinen Arm, er senkte ihn. Er drehte ihn und ballte die Faust. Die Kompressen hielten. Er hatte es geschafft. Es war gar nicht so schlimm gewesen. Natürlich, der Schmerz würde zurückkommen. Zu Anfang sogar stärker als zuvor. Aber nun konnte die Wunde heilen. Das entzündete Gewebe hatte er herausgeschnitten. Der Splitter steckte nicht mehr im Fleisch. Er hatte gesiegt!

Auf dem Display blinkte der grüne Punkt: Noch zwanzig Meilen bis zum Ziel. Genug Zeit, das Blut aus dem Cockpit zu wischen. So viel war es gar nicht. Er würde auch versuchen, es ohne Dramadol-Tabletten zu schaffen. Weichheit im Kopf war das Letzte, was er sich leisten konnte. Was den Starken vom Schwachen unterscheidet, ist die Fähigkeit zum Verzicht.

Vielleicht, dachte Andréas, war das mit dem Ausspucken vor der blonden Frau keine gute Idee gewesen. Er hatte seinen Patriotismus zeigen wollen. Dass er Verräter hasste, dass sie Dreck waren und keine Menschenwürde verdienten. Aber niemand hatte gerufen: »Gut so! Gib's der Verräterschlampe!« Keiner seiner Kameraden hatte ihm auf die Schultern geklopft. Sie hatten ihm sogar die Zigarette nur widerwillig

gegeben. Auf welcher Seite standen seine Kameraden? Und welche Seite war in Athen inzwischen an der Macht? Nebel auf dem Wasser, in der Politik, sogar in seinem Kopf. Jedenfalls würde er sich erst mal raushalten. Keine Meinung äußern, keine Hymne singen. Konnte eine Stunde später schon alles wieder falsch sein.
Sie hatten ihn zur Wache eingeteilt, an der Nordseite, hinter der Baracke. Als ob es hier etwas zu bewachen gab. Eine Strafe? Misstrauten sie ihm? Hatten sie das Ausspucken vor der Deutschen vielleicht als Manöver gedeutet? Um seine wahre politische Gesinnung zu verschleiern? Ein Schauer überlief ihn. Alle hatten sie Angst, diese Nacht. Keiner wusste, nach welchem Kompass er segeln musste. Vielleicht hatte Andréas, mit dem Ausspucken vor der Deutschen, gegen ein neues Gesetz verstoßen? Wenn dieser Posten die Strafe war, wenn ihn nichts Schlimmeres erwartete - dann war er erst mal froh. Sich lieber abseits halten, allein, in Sicherheit. Außerdem gab's da oben mehr Mücken.
»Wo ist Goúmas?«
Andréas fuhr herum. Er sah einen Mann im Sand stehen, nur ein paar Schritte entfernt.
»Ich schreibe für die Ta Néa«, sagte der Mann. »Wo ist Goúmas?«
»Ich habe keine Ahnung.«
»Er sollte mich hier abholen. Für ein Interview.«
Der Mann öffnete sein Portemonnaie, zeigte etwas Blaues, das ein Presseausweis sein mochte.
»Sie wissen nicht, wer Goúmas ist? Dieser Stützpunkt muss im Umgang mit der Presse noch einiges lernen. Wie ist die Stimmung?«
»So in der Mitte«, sagte Andréas.
»Die Männer sind nicht entschlossen?«
»Schon ...«, sagte Andréas zögernd.

»Auf welcher Seite stehen Sie?«
»Ich?« Andréas wurde heiß in seiner Uniform. »Ich stehe auf der Seite des griechischen Volkes.«
»Eine gute Antwort. Darf ich Sie zitieren?«
»Ja. Oder lieber ... Ohne Erlaubnis von oben ...«
»Verstehe.«
Der Mann bot ihm Zigaretten an. Andréas griff erleichtert zu.
»Wo ist der Minister?«
»Doukákis? Auf See.«
»Weit von hier?«
»Eine knappe Meile Richtung Westen.«
Der Mann hielt ihm ein Feuerzeug hin, Andréas beugte sich vor. »Vom Anleger gehen Boote. Wenn Sie –«

Gabriel tötete gern Soldaten. Obwohl es nicht immer einfach war. Sie waren trainiert, trugen Waffen und bewahrten gegenüber Fremden einen Rest Misstrauen. Man musste tricksen. Mit einem Feuerzeug zum Beispiel, aus dem eine Klinge schnellte. Traf die Klinge ins Auge, konnte der Soldat nicht mehr viel machen. Man musste nur noch den Kopf packen, die Klinge ins Hirn drücken und aufpassen, sich nicht mit Blut und Augenflüssigkeit zu bekleckern. Was man am besten verhinderte, indem man den Kopf an den Haaren nach hinten zog. Was wiederum bei Soldaten schwierig war, weil die Hände in den kurzen Haaren keinen Griff fanden. So hatte jede Tötung ihre Eigenheit.
Gabriel hörte Stimmen von der Baracke auf dem Hügel. Er hörte Drehen von Rotorblättern. Ein Hubschrauber hob ab.
»Eine knappe Meile Richtung Westen.«
Auf der Fahrt hatte sein Radar mehrere Schiffe geortet; jetzt würde er das richtige ohne Probleme finden. Konnte ihm die Uniform dieses Soldaten nützen? Er war dicklich, kleiner als

er, sie würde nicht passen. Als Tarnung würde sie ihn nicht lange schützen, vielleicht nur ein paar Sekunden. Doch diese Sekunden konnten über den Erfolg entscheiden. Das Funkgerät war auf jeden Fall eine wertvolle Beute. Er zog dem Soldaten die Stiefel aus, das Hemd, die Hose. Die EP7 ließ er im Holster. Traue keiner Waffe, die die Griechen selbst produzieren.
Er krempelte die Hosen bis übers Knie, watete, die Uniform im Arm, auf sein Boot zu. Er kletterte die Badeleiter hoch und lichtete Anker. Er startete den elektrischen Außenborder, wendete lautlos das Boot. Vermutlich lag sein Boot zu niedrig, um vom Radar des Schiffes erfasst zu werden. Falls nicht, war die Uniform als Tarnung umso wertvoller.
Eine knappe Meile Richtung Westen. Irgendwo da vorn, im Nebel, lag das Schiff. Das Ziel seiner Rache. Nicht bloß ein paar Dutzend Menschen würden heute Nacht in den Abgrund stürzen. Sondern ein ganzes Land.

42

Vor Maria stand eine Tasse Tee. Sie rührte sie nicht an. Sie konnte sie nicht anrühren, weil ihre Hände immer noch gefesselt waren. Aber für ihre Hände, hatte der Steward gesagt, war er nicht zuständig. Er hatte die Stahltür wieder verschlossen, die Scharniere hatten gequietscht. Wahrscheinlich wurde der Raum nur selten benutzt. Für Gefangene im Krieg, zum Beispiel. Oder Staatsfeinde wie sie.
Sie hörte entferntes Brummen des Schiffsmotors. Aus einem Loch knapp unter der Decke blies warme Luft. Sie hatte die Größe des Schiffes in der Dunkelheit schlecht schätzen können. Ein Kriegsschiff jedenfalls, mit Rettungsbooten an der Seite und mindestens einer Kanone am Bug. Alles war schnell gegangen, das Boot hatte angelegt, die Soldaten hatten Maria unter den Schultern gefasst, sie die Leiter hochgedrückt und an Bord gezogen. Sie hatten sie über das Schiff getrieben, einer hatte ihren Kopf nach unten gehalten. Sie hatte kaum mehr gesehen als das graue Deck.
Die Kabine enthielt einen Spind, leer bis auf zwei Kleiderbügel. Eine Schlafnische, die dünne Matratze ohne Laken. Ein Regal mit dem Neuen Testament auf Griechisch und Englisch. Keine Fenster. Das Schiff hatte bei ihrer Ankunft bewegungslos im Nebel gelegen. Auch jetzt hatte sie nicht den Eindruck, dass es fuhr.
Sie hörte das Schieben eines Riegels, Quietschen der Scharniere, Stolpern von Stiefeln. Ein Soldat wurde hereingestoßen. Es war der Soldat mit der Eistüte. Der Einzige, der ihr geglaubt, der den DVD-Spieler an sich genommen hatte. Er blutete aus einer Wunde an der Schläfe. Er musterte sie entgeistert.

»Wie kommen Sie hierher?«, fragte er.
»In einem Boot. Ungefähr vor einer halben Stunde.«
Draußen wurde der Türrahmen wieder verriegelt. Der Soldat suchte im Spind nach einem Spiegel.
»Habe ich eine große Wunde?«
»Platzwunde. Blutet, aber ist nicht tief. Was haben die mit Ihnen gemacht?«
»Ein Versehen«, sagte er und lachte verächtlich. »Sie haben mich gegen den Türrahmen gestoßen. Kann passieren, nicht wahr? Keiner ist verantwortlich. Aber damit geben sie dir ein Zeichen. Wir können dich auch so stoßen, dass es richtig weh tut. Und dafür ist dann auch keiner verantwortlich.«
Er setzte sich auf die Pritsche. »Frau Maria Brecht. Die ganze Zeit haben die mich verhört! Woher wir uns kennen? Woher Sie das Video haben?«
»Haben Sie die Fenster der Kathedrale eingeschossen?«
»Mit ein paar Kameraden. Zuerst haben wir noch gedacht, das Video ist schrecklich, aber was hat das mit uns zu tun? Dann haben wir von innen die Schreie gehört. Wir haben in die Fenster geschossen und die Türen aufgerissen. Dafür haben sie mich verhaftet: Handeln ohne Befehl.«
»Aber Sie haben vielen Menschen das Leben gerettet!«
»Richtig! Und darüber scheint man auf diesem Schiff nicht glücklich zu sein!«
Er betastete seine Wunde. Er fluchte. »Ich habe oben einen Krach mitbekommen, zwischen zwei Offizieren. Denen flattern die Nerven. Ihre Aktion ist schiefgelaufen. Der Ministerpräsident lebt. Der Außenminister lebt. Und jetzt suchen sie einen Verräter. Ich weiß nicht, wer Sie sind, Frau Brecht! Sagen Sie nichts! Ich will's nicht wissen! Aber die werden Sie verhören. Die Methoden sind ihnen egal. Die wollen alles wissen.«
»Ich bin –«

»Sagen Sie das denen! Nicht mir! Ich mache hier meinen Wehrdienst! Ich studiere in Dublin Biologie! Ich will nur eines: hier raus!«
Er schlug die Faust in die Hand. Er sprang auf und brüllte die Tür an. »Lasst mich hier raus! Macht eure Scheiße allein!«
»Hören Sie mit der Brüllerei auf!«
Er warf sich gegen den Stahl. Der Donner hallte. Sie horchten. Sie hörten keine Schritte, die sich näherten. Der Soldat fiel wieder auf die Pritsche.
»Es ist für uns beide besser, wenn Sie sich beruhigen«, sagte Maria.
»Sie hat man noch nicht verhört!«
»Wie heißen Sie?«
»Efthýmios Alexíou. Nennen Sie mich Mákis.«
Wieder schlug er die Faust in die Hand. Er lachte. Stampfte mit dem Fuß auf. »Das Verrückte ist, jeder hat es kommen sehen.«
»Keiner sagt: Schau mal, da kommt ein Putsch. Aber man munkelt. In der Kaserne. In den Cafés. Gestern Abend haben wir den fünfzigsten Geburtstag meiner Tante gefeiert. Lamm, Fasan, gebackene Kartoffeln, die Tische biegen sich. Meine Verwandtschaft ist Mittelschicht. Ärzte, Anwälte, Militär. Und natürlich reden sie. Zum Beispiel über die nächste Hilfsrate. Und alle sind sich einig, dass Brüssel dieses Mal nicht zahlt. Griechenland hat schon wieder bei den Zahlen getrickst, der Staatsapparat ist so korrupt wie immer, es gibt null Reformen, dieses Mal dreht Brüssel den Geldhahn zu. ›Und?‹, fragte ich. ›Was passiert, wenn der Staat zusammenkracht?‹ Alle grinsen mich an wie einen blöden Ausländer, der keine Ahnung hat. ›So schlimm wird's schon nicht kommen‹, sagen sie. *›Da wird schon vorher einer was machen.‹*«

»Doukákis?«
»Sie himmeln ihn an! Meine Oma, meine zwölfjährigen Neffen, alle! Der Mann ist erst ein paar Monate Minister, und die meiste Zeit sitzt er in Talkshows. Aber er sieht gut aus. Er kann reden. Er ist reich, alter Adel. Die Leute lieben das. Adel ist unabhängig. Adel hat noch Werte. Adel steht über den Parteien. Doukákis, der neue Messias!«
»Aber ein Anschlag mit Giftgas –«
»Ist natürlich schrecklich! Den Anschlag hat keiner gewollt! Diese unmenschlichen, vom Ausland gesteuerten Anarchisten! Aber nun sind die alten Politiker eben weg. Und der Neue ist da. Gibt den Menschen neue Hoffnung. Und dem Land wieder Stolz!«
Maria sah wieder die Fernsehbilder; Doukákis vor dem Hubschrauber. Die Pilotenuhr, das vorgereckte Kinn. Ein Führer, der vorangeht. Der nicht kleinmütig wartet, dass man ihn wählt. Und sie sah sich selbst. Wie sie, wirr vor Durst und Hitze, ahnungslosen Wehrpflichtigen einen geklauten DVD-Player aufdrängte. Der Messias hatte sich mit seinem Volk unter der Hand auf einen Plan geeinigt. Sie, Touristin aus Berlin, hatte einen Stock ins Räderwerk geworfen.
»Der Anschlag reicht nicht«, sagte Maria. »Der Anschlag gibt ihm noch keine Macht. Er muss einen Plan haben für die nächsten Stunden.«
»Und ob er einen Plan hat. Deshalb sind auf diesem Schiff alle hysterisch. Sie haben die Machtübernahme monatelang vorbereitet. Sie haben ein Protokoll geschrieben, Tausende Seiten.«
»Das Perseus-Protokoll.«
»Ha! Sie wissen es! Sie wissen alles!«
Draußen kamen Schritte näher. Hielten vor der Tür inne. Entfernten sich.
»Reden Ihre Verwandten über das Perseus-Protokoll?«

»Sie munkeln. Wie es nur Griechen können. Dass es ja heutzutage nicht mehr ist wie in den Sechzigern. Alles läuft elektronisch. *Aber dass es ja bestimmt Leute gibt, die sich da auskennen.* Es gibt diese Leute. In China. Die hacken sich ins FBI und ins Pentagon. Griechische Regierungscomputer? Erledigen die vorm Frühstück. Ein Programm, das sich durch die Netzwerke frisst. Das neue Programme auslöst, Computer aktiviert, andere deaktiviert und alle diese vielen Befehle ausführt.«

»Einen Trojaner?«

»Sie nennen ihn PERSEUS. Sie sitzen da oben, sie haben einen Code, sie müssen ihn nur auslösen. Der Ministerpräsident liegt im Koma. Sie müssen die Macht an sich reißen, bevor er aufwacht. Aber sie trauen sich nicht. Warum? Weil sie in ihren Reihen einen Verräter haben. Wer ist es? Was plant er? Solange sie den Namen nicht haben, können sie PERSEUS nicht auslösen!«

Maria begriff. Da oben wollten sie von ihr den Namen.

»Ich weiß nicht, wer Sie sind«, sagte Mákis. »Was Sie wissen. Aber wenn Sie hier lebend rauskommen wollen, dann spielen Sie nicht die Heldin. Da oben sitzen Leute, die haben ihr Handwerk während der Diktatur gelernt. Ob Sie eine Frau sind, ob Sie Deutsche sind, ist denen egal. Sie brauchen den Namen. Und sie brauchen ihn schnell.«

Wieder kamen Schritte näher. Und jetzt blieben sie stehen. Ein Schlüssel drehte sich, der Riegel wurde aufgeschoben. Zwei Soldaten standen in der Tür. Einer rief Marias Namen.

»Sagen Sie ihnen den Verräter!«

43

Höchstgeschwindigkeit 33 Knoten. Vier Dieselmaschinen, vier Schrauben, 12.000 PS. Am Bug eine 30-Millimeter-Kanone. Auf dem Achterdeck ein Kran, zum Aufbringen von Flüchtlingsbooten. Er sah das Patrouillenboot im Nebel liegen. Typ Saar 4. Verkauft 2002 von den Israel Shipyards an die griechische Regierung, rechtzeitig vor den Olympischen Spielen. Gabriel schaltete den Außenborder aus und trieb lautlos auf sein Ziel zu. Er prüfte den Sitz seines Maschinengewehrs, seiner Handgranaten – und seiner Rafqa. Sein Juwel und Liebling, erbaut nach seiner Vorstellung eines stillen, zuverlässigen Tötens. Auf der ganzen Welt gab es nur zwei Exemplare; für das zweite leistete er sich einen Safe in Lausanne.

Er prüfte den Sitz seiner Schutzweste, der Arm- und Beinprotektoren. Mit wie viel Widerstand würde er rechnen müssen? Sicherlich mit weniger als der Regelbesatzung von fünfzig Mann. Er sah durch sein Nachtsichtgerät: Gerade sechs Mann waren an Deck. Vermutlich drei oder vier auf der Kommandobrücke. Weitere Männer schlafend in den Kojen. Kein Empfang auf seinem Handy. Vielleicht ein Funkloch, wahrscheinlich aber ein Störsender auf dem Boot. Keine Informationen sollten nach außen dringen.

Er hörte vom Schiff Stimmen, gedämpft, im Nebel. Er schaltete den Außenborder noch einmal ein. Er trug Uniform, sie würden nicht auf ihn schießen. Trotzdem war es besser, wenn er unbemerkt an Bord stieg. Aus der Hand eines Soldaten sah er rote und blaue Blitze schießen, er ging in Deckung – falscher Alarm, bloß ein Videospiel.

Noch knapp zehn Meter. Der Soldat lehnte an der Reling, vertieft in sein Computerspiel. Gabriel näherte sich, eine Hand am Steuer, in der anderen die Rafqa. Der Soldat sah auf, wollte sich drehen – Gabriel schoss, bevor er ihn sah. *Plopp!* Machte die Rafqa, und der Soldat am Heck spürte einen Stoß zwischen seinen Schulterblättern. Nicht mehr, keinen Schmerz. Vielleicht hatte eine Möwe eine Muschel auf seinen Rücken fallen lassen. Er hielt sich an der Reling fest, er spürte einen leichten Schwindel. Es wurde ihm heiß in seiner Uniform, er knöpfte die Jacke auf. Grauenvoll schwül war diese Nebelluft. Besser, er setzte sich kurz, hinter dem Kran, wo ihn der Offizier auf der Brücke nicht sah. Welche Schwüle, welche Benommenheit. Täuschte er sich, oder wurde ein Tau über die Reling geworfen? Sah er wirklich den Kopf eines Kameraden über der Bordwand auftauchen? Der Kamerad zog sich am Tau hoch aufs Deck, das war ungewöhnlich, vielleicht sollte er ... Das Funkgerät fiel ihm aus der Hand. Er spürte seine Hände nicht mehr, seinen Körper ...
Gabriel stand an Deck. Der Soldat hockte hinter dem Kran, glotzte ihn blöde an. Das Gift hatte sein Gehirn längst erreicht, in wenigen Sekunden würde er einschlafen und nie wieder aufwachen.
»Pippo?«
Eine Stimme aus dem Funkgerät.
»Pippo?!«
Da kamen schon zwei Soldaten. Sahen ihren Kameraden zusammengesunken auf dem Deck, sahen den fremden Soldaten an der Reling ...
Plopp! Plopp!
Die Männer waren wachsam, auf einen Feind hätten sie sofort geschossen. Aber dies war kein Feind, er trug ihre Uniform. Aber wie war er auf dieses Schiff gekommen? Warum lag Pippo reglos an Deck? In dem Kleineren, Dicklichen

breitete sich das Gift langsam aus, er schaffte es, die Waffe zu heben. Aber schon umspielte ein verdutztes Lächeln seine wulstigen Lippen, er empfing einen Funkspruch und antwortete, alles sei gut. Sein Kamerad lehnte benommen am Kran, gemeinsam sanken sie auf das Deck.

Wer weit kommen will, muss langsam gehen. Wer viele Feinde töten will, darf sie nicht niedermetzeln. Gabriel empfand fast Zärtlichkeit für seine Rafqa. Die den Feind nicht tötete, sondern sanft in den Schlaf stupste – ohne Lärm, ohne Verdacht. Aus der Deckung eines Rettungsbootes erschoss Gabriel zwei weitere Soldaten, einen dritten, als der gerade die Leiter des Radarturms hinunterstieg. Die Betäubung ließ nach. Der Schmerz breitete sich in seiner Schulter aus. Er musste sich beeilen.

44

Maria hatte erwartet, in der Offiziersmesse auf alte Männer zu treffen, mit grimmigen Gesichtern und Orden auf der Brust. Der bleiche, ausgezehrte Mann, dessen Kragen und Krawatte viel zu weit um den faltigen, schwarz geäderten Hals hingen, musste Staatssekretär Panourgiás sein. Der Rotwangige, in dessen Wohnung Eléni eingebrochen war, war wohl in den Fünfzigern. Keiner der anderen Putschisten war älter als vierzig. Die Männer waren schlank und glatt rasiert, trugen die Kragen offen und die Hemdsärmel aufgekrempelt. Unterstaatssekretärin Kraniótis war beim Friseur gewesen, das kastanienbraune Kurzhaar saß auf ihrem Kopf wie eine Badekappe. Die einzige andere Frau trug eine hauchzarte, zwischen schwarz und sepia changierende Bluse, diskreten Platinschmuck an Hals und Ohren und eine Patek Philippe am Handgelenk. Ihre perfekt manikürten Hände glitten über ein iPad. Gute Besetzung fürs Außenministerium. Das moderne Gesicht einer modernen Diktatur.

Maria stand vor der Putsch-Elite Griechenlands. Niemand rauchte. Niemand trank. Bloß Doukákis stand etwas abseits, bewegte leicht die Lippen, als memoriere er seine Antrittsrede.

»Guten Abend, Fräulein Brecht.«

»Guten Abend, Herr Staatssekretär.«

Alle sahen Maria an. Panourgiás hielt sich den künstlichen Kehlkopf an den Hals. In den Gesichtern sah sie Anspannung, sogar Angst.

»Sie wissen, warum Sie hier sind?«

»Ich vermute es.«
Nun blickte auch Doukákis auf. Aufmerksam, aber ohne Nervosität. Er schien sie nicht wichtig zu nehmen. Ein Leck, man konnte es stopfen. Eine Verräterin, man konnte sie ausschalten. Er schien vom Erfolg seiner Mission vollkommen überzeugt.
»Die Wahrheit, Fräulein Brecht.«
Die Wahrheit war in diesem Raum keine Option. Niemand würde sie glauben. Sie konnte ihren Kopf aus der Schlinge ziehen. Sie konnte auf irgendjemanden zeigen. Der Rotwangige bot sich an. Eléni hatte seinen Namen genannt, Maria hatte ihn vergessen. Aber sie wusste, er war der Bürgermeister von Pátras. Sie wusste, er schaute Pornofilme mit fetten Frauen. Sie konnte das Haus beschreiben, in dem er wohnte. Sie konnte sagen, sein Deckname war Sokrates. Sie würden ihm keine Zeit lassen, seine Unschuld zu beweisen. Sie würden ihn erschießen und PERSEUS auslösen.
»Wir haben nicht endlos Zeit, Fräulein Brecht!«
Vor ihrem inneren Auge bewegte sich ein Bild. Reihenwerder, der Campus der Diplomatenschule des Auswärtigen Amtes. Sie und ihre neuen Kommilitonen an einem runden Tisch. Jeder stellte sich vor, erzählte, wie er seinen Urlaub verbracht hatte. Die Reihe kam an Maria. »Ich war in Griechenland. Bin in eine blöde Sache geraten, habe ’nen Militärputsch ausgelöst. Okay, war nicht in Ordnung. Aber die haben mir gedroht, da musste ich auf irgendjemanden zeigen, den haben sie dann erschossen. Find’s ja auch nicht gut. Aber der Tag war total stressig, ich war fix und alle ... Jedenfalls herrscht da jetzt eine Junta.«
Maria richtete sich auf. Sah von einem zum anderen und sagte:
»Ich möchte eine Erklärung abgeben.«

Fünfzehn Männer in ihren Kojen, vor ihren Spinden, auf der Toilette; Gabriel hatte sie alle getötet. Schießen, schießen, die Waffe nachladen, dem Angriff von hinten ausweichen, dem Feind den Schädel brechen ... Horchen, hinter einer Wand noch Gurgeln. Ein Verwundeter tastet nach seiner Waffe, Schuss in den Hals. Eine Bewegung im Augenwinkel, ein fliehender Körper. Den Mann von der Leiter reißen, töten, töten, töten ...

Er hatte zwei Offiziere in ihren Kabinen erschossen. Danach hatte ihm die Rafqa nichts mehr genützt. Unter Deck hatte er das PP-90 gebraucht, ein klappbares Maschinengewehr aus russischer Produktion, robust, ohne Schnickschnack.

Er schlich sich über das Deck, im Schatten. Nichts sah er außer friedlich zusammengerollten Körpern. War es möglich, sie hatten ihn auf der Kommandobrücke trotz des Lärms nicht bemerkt? Das Schiff lag reglos im Nebel. Möglich, die Männer auf der Wache spielten Karten. Oder sie saßen vor einem Fernseher, verfolgten die Straßenschlachten in Athen.

Alles still. Er hatte getötet mit der kalten Unschuld seiner Jugendjahre. Er fühlte sich frisch und gereinigt. Er fühlte nur mäßigen Schmerz in der Schulter. Er schob neue Munition in sein Maschinengewehr und überprüfte ein letztes Mal den Sitz der Granaten. Er stieg die Treppe hoch zur Kommandobrücke ...

»Das erste Mal vor einem Jahr«, sagte Maria. »Gegen zwei Uhr nachts. Er saß am Ende der Bar und bestellte einen Gin Fizz. Er fragte, wie lange meine Schicht noch dauert. Eine Stunde, er ist geblieben. Von da an haben wir uns gesehen, wann immer seine Zeit es erlaubte.«

»Wo?«

»Kreta, Mykonos, Athen ...«

»Haben Sie über Politik geredet?« fragte die Frau mit der Patek Philippe.

»Selten.«
»Aber Sie studieren in Berlin Politik.«
»Was uns aneinander fesselte, war nicht Politik.«
Sie sah in die Runde. Niemand glaubte ihr. Aber es war zu spät, sie konnte nicht zurück.
»Wann haben Sie sich zuletzt gesehen?«, fragte ein Mann von rechts.
»Vorletzte Nacht.«
»Das kann nicht sein!«
»Sie wollen wissen, warum ich hier bin?! Woher ich alle Details kenne?! Dann lassen Sie mich reden, solange ich noch lebe! Solange Sie leben!«
Der letzte Satz hatte funktioniert; Augenbrauen hoben sich.
»Der Kreta-Urlaub mit meiner Nachbarin«, fuhr sie fort, »war Tarnung. Drei Nächte Athen, er hatte den Flug gebucht, ein Zimmer im Titania reserviert, natürlich anonym, niemand durfte von unserer Beziehung wissen. Aber schon in der ersten Nacht spürte ich, etwas war anders.«
Eine Stimme von links: »Was war anders?«
»Er kam erst nach Mitternacht. Er wirkte nervös. Er funktionierte im Bett nicht wie früher. Er musste, um einzuschlafen, eine Tablette nehmen.«
Sie ahnte Doukákis' Silhouette in den Augenwinkeln. Er schaute sie neugierig an, ebenso wie seine Mitverschwörer am Tisch.
»In der nächsten Nacht war er noch angespannter. An Liebe war nicht zu denken. Auf meine besorgten Fragen reagierte er gereizt. Ich spürte, etwas stimmte nicht. Ich überredete ihn, zum Schlafen zwei Tabletten zu nehmen. Ich fühlte, etwas lastete auf seiner Seele. Ich schämte mich. Aber ich wollte die Last mit ihm teilen. Ich schnüffelte in seinen Unterlagen. Ich fand eine CD.«
»Das ist unmöglich!«, krächzte der Staatssekretär.

»Waren Sie in dieser Nacht in Zimmer 820 oder ich?! Ich verließ das Hotel. Ich wusste, in Exárchia hatten Internetcafés die ganze Nacht geöffnet. Ich sah das Video. Es war entsetzlich! Aber ich glaubte zu verstehen, was ihn bedrückte. Ich dachte, es hätte mit seiner Arbeit zu tun, als Minister für Bürgerschutz. Doch am nächsten Morgen konnte ich ein Telefonat belauschen, auf Englisch. Das Englisch seiner Partner am anderen Ende war schlecht. Aber ich konnte mir zusammenreimen, es waren Chinesen. Es ging um einen Anschlag in der Ägäis. Es ging um geheime Änderungen an einem Computerprogramm.« Links von ihr ein ungläubiges Zischen. »Er ging ins Bad, sein Notebook lag auf dem Bett. Ich kopierte heimlich Unterlagen auf einen Stick.«
Doukákis musterte sie mit ruhigem Blick. Immer noch schien er zu glauben, er müsse sich gegen diese Irre nicht verteidigen.
»An diesem Morgen, Frau Unterstaatssekretärin, war ich in Ihrem Ministerium. Wir hätten offener reden können. Wenn Sie nicht meine Glaubwürdigkeit auf infame Weise in den Dreck gezogen hätten!«
Ihr Körper bebte, ihre Handgelenke zerrten an den Fesseln. Niemand hier konnte Zweifel haben: Diese Frau kämpfte mit der letzten Waffe, die sie besaß – der Wahrheit.
»Das schreckliche Geheimnis enthüllte sich mir in der dritten Nacht. Den ganzen Tag hatte ich im Hotel auf ihn gewartet. Am Abend sah ich in den Nachrichten, er war aufgebrochen, in die Ägäis. Von ihm kein Anruf, nichts! Ich war wütend! Ich ging ins Internetcafé. Ich versuchte, die Unterlagen zu verstehen. Dateien mit Listen und handschriftlichen, gescannten Notizen. Passwörter, über die ich auf geheime Postfächer zugreifen konnte, auf Mails von einem Programmierer in Shanghai. Erst gegen Morgen entdeckte ich den Verrat. Nicht nur ich sollte ausgelöscht werden,

durch eine widerliche Intrige, sobald er auf dem Gipfel seiner Macht stehen würde. Sie alle sollen sterben! Dies ist die geheime Änderung an PERSEUS. Das klassische Muster: Sobald der neue Herrscher an den Hebeln der Macht sitzt, beseitigt er die alten Verbündeten. Niemand soll seine Macht gefährden, niemand soll seinen Anteil fordern. Rätselhafte Autounfälle. Tückische Krankheiten. Ein rätselhafter Selbstmord ... Dies alles ist Teil des manipulierten Codes, Sie können ihn nicht mehr ändern!«
Sie warf den Kopf zurück, ihre Haare hingen wild ins Gesicht.
»Lösen Sie PERSEUS aus! Lassen Sie zu, dass Dimítros Doukákis es auslöst! Keiner von Ihnen wird die nächsten sechs Wochen überleben!«
Sie sank erschöpft auf einen Stuhl.
Sie hob den Kopf, riskierte einen Blick durch ihre Haare. Wen hatte sie überzeugt? Hatte sie überhaupt jemanden überzeugt? Sie sah Fingerspitzen, die auf die Tischplatte schlugen. Das Öffnen eines Kragenknopfes. Sie hörte ein leises, gepresstes Lachen; es kam von Doukákis.
»Bringen Sie sie zu den Sanitätern«, wies er den Steward an. Er zwang seine Stimme zu einem heiteren Klang. »Die Frau braucht eine starke Spritze.«
Panourgiás machte eine leichte Handbewegung, kaum sichtbar. Der Steward blieb stehen.
»Diese Geschichte ist infam«, sagte jemand.
»Ich weigere mich, das zu glauben«, sagte jemand anderes.
»Es wäre aber doch gut zu wissen ...«, meldete sich eine Stimme.
»Stimmt es, Sie haben mit China telefoniert?«, fragte die Sepia-Frau.
»Eine Verrückte!« rief Doukákis.
»Aber Sie haben mit China telefoniert?«

»Woher hatte die Deutsche das Material?«, wollte der Rotwangige wissen.
»Mit wem haben Sie telefoniert, Doukákis?«
»Stimmt es, Sie –«
Sie hörten das Tackern eines Maschinengewehres. Sie hörten Schreie, eine Sirene. Eine Explosion erschütterte den Raum. Die Lampen flackerten. Sekunden später stand ein blassblonder Soldat im Raum, eine Maschinenpistole in der Hand.
Er redete nicht, er drohte nicht.
Er blinzelte, als er Maria sah.
Er schoss.

45

Maria stand an der Reling. Kein Wind bewegte den Nebel. Sie zählte acht tote Soldaten an Deck. Zwei lehnten unter der Kanone, ihre Köpfe aneinandergelegt wie ein Liebespaar. Von der ausgebrannten Kommandobrücke stieg Rauch in den Himmel, ebenso aus zwei Luken am Heck.

Der Mann hatte ganz links begonnen. Schuss für Schuss, im Uhrzeigersinn, hatte er alle Anwesenden getötet. Panourgiás hatte noch versucht, eine silberne Pistole zu zücken. Es bedeutete bloß, dass er ein paar Sekunden früher starb. Fünfzehn Schuss, fünfzehn zusammengesunkene Körper. Blut auf den Tischen, Gehirnspritzer an den Wänden. Doukákis hatte er verschont – und Maria. Er hatte sich zu ihr gewandt und gesagt:

»Lassen Sie mich mit dem Herrn Minister allein.«

Eine Gruppe von Putschisten. Sie wollten mit einem Giftanschlag die Regierung auslöschen. Für diesen Anschlag hatten sie einen Killer engagiert. So weit, glaubte sie, hatte sie begriffen. Aber warum tauchte der Killer plötzlich an Bord auf? Metzelte seine Auftraggeber nieder?

Sie sah einer Möwe nach. Kein Licht am Horizont. Keine Boote, keine Hubschrauber, keine Hoffnung auf Rettung. Sie hörte bloß die beiden Männer in der Offiziersmesse reden; kühl, wie zwei Anwälte, die über einen Deal verhandeln.

»Psst!«

Mákis stand an Deck. Er winkte ihr zu, aus dem Schatten der Kanone.

»Wir müssen hier weg!«

»Wie?«
»Am Heck liegt ein Boot!«
»Er ist da drin. Mit Doukákis.«
»Wir können nichts für ihn tun.«
»Warum kommt keine Hilfe?«
»Weil niemand Hilfe rufen kann! Weil er das ganze Schiff massakriert hat!«
Sie hörten Doukákis schreien. Erstickt wimmern. Etwas zersplitterte. Wieder ein Schrei. Mákis zog Maria die Brücke hinunter, über das Deck. Vorbei am Kran, den Rettungsbooten, den Toten.
»Wie haben Sie Ihre Fesseln aufbekommen?«, fragte Maria.
»Ich habe im Mannschaftsraum ein Messer gefunden.«
Am Heck, unter der Reling, schaukelte das Motorboot.
»Mit gefesselten Händen komme ich nicht runter.«
»Ich kann nicht noch mal nach unten. Wir haben keine Zeit!« Mákis kniete sich zu den toten Soldaten hinter dem Kran. Er durchsuchte ihre Taschen ... Ein Schuss von der Brücke. Er brach zusammen. Aus seinem Mund lief Blut. Maria hielt sich an der Reling fest. Sie presste die Augen zusammen. Sie wollte nicht mehr sehen, nicht mehr hören. Ihre Zähne schlugen gegeneinander. Jemand fasste sie an. Ihre Knie gaben nach. Sie fühlte kein Deck, keine Reling ...

46

Gelb-türkis geblümte Polster. Eine Pantry, über der Becher, Schalen, Geschirrtücher an Haken hingen. Sie lag vorn, auf der Koje. Am Fußende stand ein Federballspiel, eine Babywippe. Das Boot fuhr schnell, schlug hart aufs Wasser. Ihre Hände waren immer noch gefesselt. Ihre Schultern schmerzten. Sie wusste nicht, wie sie auf dieses Boot gekommen, wie lange sie bewusstlos gewesen war. Ihr war kalt. Sie fühlte Übelkeit. Die Luft roch nach Plastik.

Die Maschine wurde gedrosselt. Das Boot verlor Fahrt, der Bug senkte sich. Der Motor wurde ausgeschaltet. Das Boot schaukelte sanft in den Wellen. Sie hörte die Stimme, die auf Doukákis einsprach. Geduldig, wie ein Lehrer auf ein lernschwaches Kind. Sie hörte Doukákis durch einen Knebel brüllen. Wieder die Stimme. Wieder das Brüllen. Sie hörte das Ausschütten von Wasser. Kreischen. Maria verkrümmte sich in der Koje. Kein Kissen, in das sie die Ohren pressen konnte. Wieder die Stimme. Das Brüllen. Das Wasser. Jetzt die Stimme Doukákis, ohne Knebel – langsam, leise, überdeutlich. Eine Abfolge von Silben. Sie erkannte Zahlen. *Tésseris, Októ, Énas* ... Sie hörte ein elektronisches *Bing!* Dann die Stimme, der Lehrer, der das lernschwache Kind lobt. Wimmern, Kreischen, das Schlagen eines Körpers ins Wasser. Die Tür wurde entriegelt.

»Bitte kommen Sie.«

Maria kletterte ins Cockpit. Sie rutschte auf einem Blutsee aus und fiel auf die Sitzbank. Der Mann zog sich Gummihandschuhe von den Händen und warf sie über Bord. Er startete den Motor und drehte das Boot auf Kurs.

Sie sah Doukákis' Körper weiß und nackt im Heckwasser treiben. Sie fuhren durch dichten Nebel. Der Kompass zeigte Ost-Südost. Ihr Blick fiel auf zwei Stummel Fleisch, die im Blut glänzten wie kandierte Früchte: Doukákis' Penis und, sorgfältig rasiert, der Hodensack. Sie würgte Brechreiz hinunter. Er öffnete eine Tüte Schokoladenrosinen und steckte sich einige in den Mund.

Schweigend fuhren sie durch dichten Nebel. Hin und wieder überprüfte der Mann die Instrumente, schaute durch ein Nachtsichtgerät. Seine Augen richteten sich auf Maria. Gleich, dachte sie, würde er beginnen. Er würde sie foltern, wie er Doukákis gefoltert hatte. Doch er sagte nur:

»Es war nötig.« Und weil sie nicht antwortete, fügte er hinzu:

»Er wollte PERSEUS nicht auslösen.«

Er hatte also das Programm ausgelöst. Die Zahlen waren der Code gewesen. Es bedeutete, seit ein paar Minuten fraß sich der Trojaner durch die Computernetze. Sperrte Telefone. Stellte Fernsehsendern den Strom ab. Blockierte den Zugang zu Ministerien. Leitete alle Macht an die Putschregierung. Bloß war kein Mitglied der Putschregierung mehr am Leben.

Wieder fühlte sie seinen Blick auf sich ruhen. Irgendwo hatte sie gelesen, dass ein Opfer in der Gewalt eines Mörders nur eine letzte, geringe Chance hatte: zu reden. Ein Verhältnis aufzubauen. Sich nicht zu verhalten wie ein Opfer. Also fragte sie:

»Warum musste er PERSEUS auslösen?«

Er steckte sich mehr Schokoladenrosinen in den Mund. »Griechenland hat keine Regierung und keine Verwaltung mehr. Es kann seine Grenzen nicht mehr schützen. Flüchtlinge fallen ein. Häftlinge brechen aus den Gefängnissen aus. Die Strom- und Wasserversorgung bricht zusammen.

Lebensmittel kommen nicht mehr in die Städte. Plünderungen, Morde. Ich hoffe auf Typhus und Cholera.«
»Sie hoffen darauf?«
»Der Mann hat meine Schwester getötet. Meine Eltern. Er musste dafür bezahlen. Das Land hat ihn zum Minister gemacht. Es hat einem Mörder zugejubelt. Griechenland muss bezahlen.«
Er erklärte es wie eine Sache, die sich mit ein wenig Nachdenken von selbst versteht. Sie fuhren durch ruhige See. Der Mond schimmerte verschwommen durch den Nebel.
»Wir alle müssen bezahlen«, fuhr er fort. »Für unser Tun. Ich hätte Sie in den Bergen töten müssen. Ich hätte nicht zulassen dürfen, dass Sie wieder auf Ihr Rad steigen. Ich bezahle für meine Schwäche. Sie haben die Soldaten vor der Kathedrale gewarnt. Sie haben fast alles verdorben. Sie haben meine Schulter verletzt. Auch Sie müssen bezahlen!«
Noch etwas sollte das Opfer versuchen, bevor es zu spät war: den Mörder zum Sprechen bringen. Über die Tat, die er plante. Das baute emotionalen Druck ab – Hass, Angst, sexuelle Erregung –, es steigerte die Hoffnung auf Selbstreflexion des Täters. Maria fragte:
»Was haben Sie mit mir vor?«
»Wir halten an einem einsamen Strand. Dort suchen wir einen spitzen Stein. Ich werde mit diesem Stein Ihre Nase zertrümmern, Ihre Zähne, Ihre Schultern. Ich lasse die Reste Ihres Körpers am Strand zurück und fahre weiter.«
In seiner Stimme war weder Hass noch sexuelle Erregung. Er sprach die Dinge einfach aus, wie sie passieren sollten. Ein gelbes Licht flackerte neben dem Display. Er schlug darauf mit der flachen Hand.
»Wen haben Sie in den Bergen getötet?«, fragte Maria.
»Niemanden.«
»Ich habe Blutspuren neben Ihrem Wagen gesehen.«

»Der libysche Kurier. Ich habe ihn weiter unten getötet, in einem Zypressenwald. Da oben wollte ich die Leiche bloß entsorgen.«

»Aber warum?«

»Er hat mich warten lassen. Die ganze Nacht habe ich in der Bucht gestanden wie ein Lakai. Als er endlich ankommt, ist es hell. Kann ich ihn mitten am Tag nach Libyen zurückkehren lassen? Die Küstenwache fängt ihn ab, und er redet. Kann ich zulassen, dass er sich bis zur Nacht auf der Insel versteckt und jeder sieht den Zodiac? Die Polizei fängt ihn abends ab, und er redet. Ich tue, als ob ich ihn auf ein Frühstück einladen will, und ersteche ihn. Ich lege die Leiche ab, einsam in den Bergen. Wo die Geier und Ratten Monate Zeit haben, sie zu zerfressen.«

Er knöpfte seine Uniformjacke zu. Er schien trotz der lauen Nachtluft zu frieren. »Und dann kommen Sie. Werfen Steine in meinen Plan und gegen meine Schulter. Ich habe Schmerzen, Frau Brecht. Ich muss Medikamente schlucken, gegen das Fieber. Glauben Sie, ich töte Sie einfach so? Glauben Sie, Sie werden nicht bezahlen?!«

Er schlug mit der Faust auf die gelbe Lampe. Sie flackerte nicht länger, sondern leuchtete gleichmäßig. Er schaute auf das Armaturenbrett und begriff. Er drosselte den Motor und arretierte das Steuerrad. Er klappte eine Sitzbank hoch und hob einen Reservekanister aus der Backskiste. Er öffnete den Tankverschluss. Er versuchte, den Treibstoff einzufüllen. Sie sah den fiebrigen Glanz in seinen Augen. Er konnte den vollen Kanister nicht richtig halten. Er setzte den Kanister ab und hielt seine Schulter.

»Ich mache Sie kaputt! Wie ein Kind einen alten Teddy kaputt macht!«

Er stieg hinunter in die Kabine, suchte in den Schränken und Schubladen der Pantry. Sie hörte ihn in der Backskiste

unter der Koje kramen. Sie sah den offenen Einfüllstutzen. Die Tüte mit den Schokoladenrosinen. Ihre Hände waren auf dem Rücken gefesselt. Aber sie konnten greifen ...
Er kam zurück mit einem Trichter. Er hängte den Trichter in den Einfüllstutzen. Er stützte den Kanister mit seinem Knie. Schweiß lief seine Schläfen hinunter. Gluckernd lief der Treibstoff in den Tank. Letzte, allerdings minimale Chance des Opfers: an das Mitgefühl des Mörders appellieren. Maria sagte:
»Es tut mir leid.«
»Es tut Ihnen nicht leid.«
»Der letzte Stein ... Ich hatte keinen anderen in der Nähe ...«
»Nein, nein, nein! Das versuche ich Ihnen die ganze Zeit zu erklären! Sie hätten nach mir überhaupt keinen Stein werfen dürfen! Ich stand ja schon wieder am Wagen! Ich war für Sie keine Gefahr!«
Er schraubte den Tankdeckel wieder zu. Verstaute den leeren Kanister. Er beschleunigte den Motor, drehte das Boot zurück auf Ost-Südost. Er griff in die Rosinentüte; stutzte einen Moment. Er schüttete den schmalen Rest in seine Hand und warf die Tüte über Bord.
Sie verließen die Nebelbank. Sie fuhren durch einen Schwarm Feuerquallen. Der Motor lief gleichmäßig, nicht das geringste Störgeräusch. Vielleicht besser so. Welche Hoffnung konnte sie haben, allein mit diesem Mann, mitten auf dem Meer?
Mit beiden Händen umklammerte er das Steuerrad. Sie hatte weiterhin Angst vor ihm. Aber Angst war nicht länger das stärkste Gefühl. Ein neues Gefühl meldete sich. Je länger sie das fahle Gesicht beobachtete, die Schweißperlen auf Stirn und Schläfen, desto stärker wurde es: Abscheu.
Er drückte zwei Tabletten aus einer Folie. »Ibuprofen. Gegen Fieber. Sie wirken nicht. So wird man beschissen.«
Er schluckte die Tabletten hinunter. Er wischte sich mit der

Hand über die Stirn. Nein, dachte sie, Abscheu war nicht das richtige Wort. Verachtung. Er hatte heute Hunderte Menschen getötet. Tausende, vielleicht Zehntausende würden noch sterben. Doch er jammerte über sein Fieber. Über nutzlose Tabletten. Er war grausam. Und er war beschränkt. Sie wollte nicht sterben. Nicht so, nicht diese Nacht. Nicht in den Händen dieses banalen Monsters!

Der Motor sprotzte.

Er knallte.

Er knirschte.

Der Mann zog und schob den Gashebel.

Das Boot wurde langsamer, der Bug senkte sich.

Der Motor stand still.

Das Boot schaukelte im Wasser. Der Mann blinzelte. Drehte den Zündschlüssel. Eine rote Lampe leuchtete auf dem Armaturenbrett.

Er öffnete die Motorklappe. Er drehte an den Riemenscheiben. Klopfte auf die Zylinderblöcke. Kontrollierte den Ölstand. Prüfte den Sitz der Schläuche. Maria sprang auf.

»Das da sieht komisch aus!«

»Das ist der Keilriemen.«

Sie setzte sich wieder. Sie hatte genug gesehen. Er würde es nicht schaffen, den Tank auszubauen, die Ventile zu reinigen. Dazu musste er den ganzen Motor ausbauen; unmöglich, allein, auf hoher See.

Er schaute auf die Stelle, an der die Rosinentüte gelegen hatte.

»Haben Sie –«

»Was?«

Er schüttelte den Kopf. Er suchte in der Backskiste. Aus einer Dose schüttete er Muttern und Unterlegscheiben, die ihm nichts nützten. Er stocherte mit dem Schraubenzieher im Motor. Er rutschte ab und schrammte seinen Handrücken.

»Haben Sie das Boot gebraucht gekauft?«, fragte Maria.
»So ähnlich.«
»Da hat Sie aber einer übers Ohr gehauen.«
Das Haar klebte ihm schweißnass an der Stirn. In seinen fiebrigen Augen sah sie Wut und Vorwurf.
»Was ist mit dem Außenborder?«, fragte sie.
»Der Akku ist leer.«
Er stand auf. Er starrte auf die windstille, nachtschwarze See. Er holte mit dem linken Arm aus und gab Maria eine Ohrfeige. Bevor sie zur Seite fallen konnte, gab er ihr von rechts eine zweite. Sie schlug mit dem Kopf auf die Bank. Sie sah schwarze Flecken und Blitze. Ihre Wangen kochten. Der Puls trommelte in ihren Ohren. Verachtung war nicht länger das richtige Wort. Sondern Hass.
Sie blieb auf der Bank liegen. Sie hörte ihn in der Backskiste kramen. Als sie wieder sehen konnte, lagen Schwamm, Lappen, eine Flasche Spülmittel auf der Bank gegenüber. Mit einem Eimer schöpfte er Meerwasser und schüttete es ins Cockpit. Penis und Hodensack drifteten an seinen Stiefeln vorbei aus ihrem Blickfeld. Er spritzte den Rest Spülmittel aus der Flasche ins Cockpit. Er hockte sich hin, schrubbte mit der Scheuerseite des Schwammes über die Blutflecken. Bald hockte er in Flocken von zartrosa Schaum. Wenigstens hatte sie ihn ausgetrickst. Er konnte sie töten, er konnte sie foltern. Wahrscheinlich würde er bald anfangen. Aber auf diesem Boot, im Meer mit defektem Motor, saß er in der Falle!
Er kippte mehr Wasser ins Cockpit. Das Wasser floss kaum noch ab. Knöchelhoch stand es im Cockpit, sickerte in seine Stiefel. Er fingerte im Abguss, bekam den Penis zu fassen und warf ihn über Bord. Aber noch immer steckte etwas im Ausguss; es musste der Hodensack sein. Er suchte im Werkzeugkasten. Er fand eine Zange. Er stocherte im Ausguss, bis

er den zerquetschten Hodensack aus dem Rohr zog. Er warf ihn über Bord. Gurgelnd lief das Wasser ab. Er wischte mit der Hand durch die Schaumflocken. Der Boden war hellrot, mit dunkelroten Rändern. Er hatte so gut wie nichts erreicht. Morgen früh würden sich Boote nähern, ihre Hilfe anbieten. Spätestens im Hafen würde jeder sehen: Hier hatte ein Gemetzel stattgefunden.

Er setzte sich auf die Bank. Er schlotterte vor Kälte. Sie schloss die Augen und presste die Zähne aufeinander. Sie erwartete weitere Schläge. Doch sie hörte die Tritte seiner Stiefel, die sich entfernten. Sie richtete sich auf. Er stand wieder am Bug. Er versuchte, noch einmal zu pinkeln. Es kam nichts mehr heraus. Er drückte Tabletten aus der Folie und schluckte sie. Plötzlich straffte sich sein Körper. Er hörte auf zu zittern. Er drehte sich zu ihr. Sein Gesicht war ohne Ausdruck. Er öffnete eine Luke am Bug und kam zurück mit einem Anker.

»Es ist jetzt zwei Uhr dreißig«, sagte er. »Gegen fünf Uhr wird es hell. Ich habe zweieinhalb Stunden Zeit, Sie zu foltern. Ich fessele Ihren Körper an der Badeleiter. Mit der Zange reiße ich Ihre Ohren ab. Mit dem Hammer breche ich Ihre Nase. Mit dem Dorn steche ich Ihre Augen aus. Mit dem Skalpell schäle ich Ihre Kopfhaut. Immer wieder übergieße ich die Wunden mit Salzwasser. Die ganze Zeit hängt Ihnen der Anker um den Hals. Sobald es dämmert und ich andere Boote sehe, brauche ich bloß die Fesseln aufzuschneiden und Ihren Körper zu versenken.«

Er setzte ihr seinen Plan auseinander wie ein Buchhalter, der soeben ein Bilanzierungsproblem gelöst hat. »Wenn andere Boote sich nähern, werde ich angeben, ich hatte einen Unfall, und auf meine Schulter verweisen. Niemand hat das Recht, mich ohne Beweise zu beschuldigen.«

Er blickte sie an, aus fiebrig geröteten Augen. Er erwartete

Angst oder Anerkennung. Wahrscheinlich beides. Sie blieb stumm. Er wickelte das Ankertau um ihren Hals. Er prüfte die Größe der Schlaufe. Das Tau sollte sie würgen, aber nicht erdrosseln.

»Was haben Sie mit Eléni Galánis gemacht?«, fragte Maria.

»Mit wem?«

»Mit der Journalistin.«

»Ich habe sie weggeworfen. Sie –«

Maria rammte ihm ihre Füße in den Bauch. Er taumelte, fast kippte er über Bord. Sie versuchte einen zweiten Tritt, er hielt ihren Fuß fest. Er drehte ihn, sie rutschte zu Boden. Er warf sich über sie, seine Hände zogen das Ankertau fest. Sie fühlte seinen fieberheißen Körper. Die Hände zogen fester. Sie konnte nicht mehr atmen. Sie fühlte seinen Atem an ihrem Ohr. Seine Schenkel drückten auf ihre Hände. Die Fesseln schnitten in ihre Handgelenke. Sie fühlte etwas Hartes, Kaltes. Das Tau presste ihre Kehle zusammen. Sie fühlte einen Griff, eine Waffe. Ihre Finger waren taub. Sie konnte nicht ...

Plopp!

Sie fühlte die Waffe aus ihrer starren Hand fallen. Immer fester zog sich das Tau um ihren Hals. Sie hatte nicht getroffen. In ihren Ohren rauschte das Blut. Sie sah rote und schwarze Flecken. Sie sah ein Tor, dahinter ein Licht. Das war der Tod. Sie trat auf das Tor zu. Sie schwebte. Sie spürte ihren Körper nicht mehr. Keinen Hals, kein Gewicht. Kühle strömte in ihren Körper, ihre Lungen.

Einatmen, ausatmen, einatmen, ausatmen ...

Hinter einem Wald von Flecken und Blitzen sah sie Blutflecken, Spülmittelschaum, den Boden des Cockpits.

Einatmen, ausatmen, einatmen ...

Ein Gewicht rutschte von ihrem Rücken. Sie hörte den Mann neben sich atmen. Sie drehte ihren Kopf. Ihre Gesichter waren sich nahe.

Einatmen, ausatmen ...
Wieso würgte er sie nicht mehr? Wieso lächelte er sie blöde an? Sie versuchte, sich aufzurichten. Das Ankertau scheuerte an ihrem Hals. Sie sah Flecken, Blitze, einen dünnen Strahl Blut, der aus seiner Hose lief, über dem Knie. Sie hatte seinen Oberschenkel getroffen. Die Waffe lag neben seiner Hand. Warum erschoss er sie nicht?
Er stützte sich auf seinen Arm. Sein Mund öffnete sich, er suchte nach Worten. »Ihre Reue, Frau Brecht ...«
Sein Arm gab nach, er fiel auf den Rücken. Er schüttelte den Kopf, wie über einen harmlosen Streich, und kratzte sich am Hals.
Maria richtete sich auf. Sie versuchte aufzustehen, sofort wurde alles um sie herum schwarz. Sie konnte nicht schlucken. Sie schaffte es, sich auf die Bank zu setzen.
Einatmen, ausatmen ...
Ihre Hände suchten im Werkzeugkasten. Sie suchte etwas, um sich die Fesseln aufzuschneiden. Sie fühlte eine Schere. Aber sie schaffte es nicht, in ihre Fesseln zu schneiden.
»Ihre Reue, Frau Brecht ...«
Sie hockte sich vor den Tankverschluss. Drehte die Kappe auf und rieb ihre Fesseln am Einfüllstutzen. Der Mann schüttelte den Kopf. Er schien Maria nicht zu erkennen. Sie rieb schneller.
»Zu spät!«
Er blinzelte nicht mehr. Er war tot. Ihre Fesseln rissen. Sie wickelte sich das Ankertau vom Hals. Noch immer konnte sie nicht schlucken. Das Atmen tat weh. Sie stand auf. Sie suchte am Horizont nach Land, Lichtern. Alles war schwarz. Sie probierte den Schalter des Elektromotors. Sie hörte schwaches Surren, sah das Drehen der Schraube ... Der Motor erstarb, bevor sie herausgefunden hatte, wie man den Schaft ins Wasser senkte.

Zu ihren Füßen lag seine Leiche. Sie roch seinen Schweiß in ihren Haaren. Sie sah an ihrem Körper herunter: Er war voller Blutflecken.

Sie sprang ins Wasser.

Sie drehte sich auf den Rücken, rieb ihre Hände am Stoff. Sie tauchte, um den Blut- und Schweißgeruch abzuwaschen. Sie kraulte. Solange sie das Boot nicht aus dem Blick verlor, war sie sicher. Sie kraulte weiter. Sie sah ein Licht, schwach und flackernd. Sie schwamm auf das Licht zu. Es schien gar nicht weit entfernt. Das Wasser brannte an ihren Halswunden. Die Wellen waren höher, als sie vom Boot aus ausgesehen hatten. Sie schloss die Augen und kraulte. Kam sie überhaupt voran? Sie öffnete die Augen. Sie sah das Licht, aber es war nicht näher gekommen. Es schien sogar weiter entfernt. Sie schaute sich um. Sie sah das Boot nicht mehr. Sie zog ihre Espadrilles aus, ließ sie in die Tiefe sinken. So kam sie schneller voran. Wirklich? Die Augen schließen. Weiterschwimmen. Sie war eine gute Schwimmerin, sie hatte mit der Schulstaffel den zweiten Platz gemacht. Sie schwamm schneller, schluckte Wasser …

Das Licht kam nicht näher. Sie trieb ab. Ihre Kraft reichte nicht. Sie musste sich zusammenreißen! Sie sah das Boot nicht. Ihr Hals schmerzte. Wo war das Licht?!

Sie trieb in den Wellen. Das Wasser war kalt. Ihr Körper kühlte aus. Sie musste Energie sparen.

Sie ließ Arme und Beine sinken.

Ihr rechter Fuß zuckte zurück.

Der Zeh war auf etwas Hartes gestoßen.

Sie schwamm, ließ das Bein sinken. Da war nichts mehr.

Aber sie sah wieder das Licht flackern. Sie kraulte, ließ die Beine sinken. Sie spürte Sand. Wellen hoben und senkten sie. Jetzt spürte sie Sand und einen Stein. Nicht bloß an den Zehen, am ganzen Fuß.

Sie konnte stehen.
Jetzt konnte sie sogar gehen, in winzigen Schritten, dann in größeren. Sie sah das Land erst, als sie nur noch bis zum Bauchnabel im Wasser stand. Schwarze Masse, kein Strauch, kein Baum. Rechts von ihr, in einiger Entfernung, das Licht. Sie trat aus dem Wasser, an einen schmalen Strand. Sie setzte sich in den Schutz eines Felsens, zog ihre nassen Kleider aus, zog ihre Knie an.
Eine Möwe kreischte.

16. August

»Ich erhoffe nichts.
Ich fürchte nichts.
Ich bin frei.«

Níkos Kazantzákis, griechischer Schriftsteller

47

Sie hörte Lachen.
Sie schlug die Augen auf, kniff sie wieder zusammen. Die Sonne blendete sie, die Lichtreflexe auf dem Meer. Sie hörte Männer und Frauen, Gesprächsfetzen auf Deutsch, Englisch, sie fühlte leichten Wind auf der Haut. Sie öffnete die Augen erneut. Sie sah Köpfe in den leichten Wellen, ein roter Ball flog hin und her.
Sie war nackt. Sie saß an einem schmalen, steinigen Strand. Zwischen den Felsen wuchsen Gräser und Gestrüpp. Ihre Kleidung lag neben ihr auf den Steinen. Sie war fast trocken, aber fleckig von Salz und Tang. Sie versuchte aufzustehen. Ihre Beine gaben nach, sie hielt sich am Felsen fest. Sie schaffte es, sich anzuziehen. Muskeln und Gelenke schmerzten bei jeder Bewegung. Sie suchte nach ihren Schuhen. Sie erinnerte sich, dass sie sie im Meer ausgezogen hatte.
Sie setzte sich wieder in den Schutz des Felsens. Da vorn stritten sie sich um den Ball. Sie hielt eine Hand über die Augen, suchte den Horizont nach einem treibenden Motorboot ab. Nichts. Bloß zwei Yachten, deren Segel schlaff in der windstillen Luft hingen.
Sie hörte einen langgezogenen Ton aus einem Horn.
Der Ball flog nicht länger, Köpfe schwammen aufs Ufer zu. Maria stand auf. Sie sah Männer und Frauen, mit Hüten, Sonnenbrillen und kurzen Hosen. Sie kamen einen Pfad hinunter bis zum Strand. Ein Ausflugsschiff ankerte in der Bucht. Andere Touristen kamen aus dem Wasser. Sie lachten. Zwei Männer öffneten Bierflaschen, die sie im Wasser zwischen den Steinen gekühlt hatten.

Maria ging auf die Touristen zu, die schon etwas betrunken waren. Sie stieg mit ihnen in das Beiboot, das sie zu dem Schiff bringen sollte. Jetzt erst fiel Maria den anderen auf. Wegen ihrer eingerissenen Kleidung, weil sie barfuß war. Vor allem starrten sie auf ihren Hals. Das Schlucken tat immer noch weh, bestimmt hatte sie Schürfspuren vom Ankertau.
Das Beiboot legte an. Sie kletterten eine Leiter hoch an Bord des Schiffes. Die Musikanlage spielte *Smoke on the water.* Niemand wollte von Maria ein Ticket sehen. Offenbar hatten alle schon vorher, in einem größeren Hafen bezahlt. Sie setzte sich auf eine Bank nahe am Bug, etwas abseits der Touristen.
Zwei Frauen setzten sich neben sie. Eine stieß die andere an. »*What have they make with you?*«, fragte schließlich eine und deutete auf Marias Hals. Sie hatte einen sächsischen Akzent. Maria antwortete:
»Mein Freund und ich haben uns getrennt.«
Ihre Stimme klang so heiser, sie erkannte sie nicht wieder.
Die Frauen sahen sich betroffen an. »Das ist aber übel.«
Maria nickte. »Meine Brüder sind schon unterwegs.«
Die Frauen wagten keine weitere Frage.
Das Schiff lichtete Anker. Fuhr Richtung Westen. Auf einem der Hügel stand eine Hütte mit Bar und ein paar Tischen. Dort musste in der Nacht das Licht gebrannt haben. Das Schiff umrundete eine Landzunge, und Maria begriff, wo sie war: Sie war auf Día gestrandet, der kleinen, unbewohnten Insel, die sie aus dem Flugzeug gesehen hatte. Ein Ausflugsziel, sie hatte Julian eine Bootsfahrt dorthin versprochen. Es sollte hier wilde Ziegen geben. Und die Hügel hatten die Lichter Heraklions verdeckt, das höchstens zwanzig Kilometer entfernt lag.
Lachen und Küssen an Bord, Öffnen weiterer Bierflaschen. *Don't worry, be happy* aus der Musikanlage. Das Schiff pas-

sierte das venezianische Kastell, die Mole. Ein Polizeiwagen stand auf dem Kai in der Sonne, Polizisten lehnten an den geöffneten Türen. Maria sah keine Demonstrationen, keine Panzerwagen, die Läden und Restaurants am Hafen hatten geöffnet.

Das Schiff legte an.

»Na, dann trotz allem schönen Urlaub«, sagten die Frauen.

»Meine Brüder kümmern sich«, sagte Maria und hustete.

Sie hörte aus dem Steuerhaus einen Ruf, sie ging schnell von Bord. Sie ging an dem Polizeiwagen vorbei. Sie erwartete den Zugriff von Polizisten oder Agenten in Zivil. Aber niemand sprach sie an, niemand hielt sie fest.

25 Avgoústou, die Fußgängerzone. Familien mit Gyros-Pitas und Eistüten. Afrikanische Straßenhändler hinter Gürteln und Handtaschen auf dem Pflaster. Sie war barfuß, ihre Kleider waren zerrissen, sie hatte Wundmale am Hals. Sie fühlte sich wie ein Gespenst. Im Ständer eines Zeitungskiosks hingen die Zeitungen von heute: Auf allen Titelseiten Bilder der Kathedrale, zerschossene Fenster, Krankenwagen. Straßenschlachten in Exárchia, Munitionsdepots, Männer mit Bärten und Palästinensertüchern. Die Propagandamaschine war also angelaufen. Aber lief sie noch?

Vor einer Boutique zogen sich zwei Amerikaner *»I survived Greece«*-T-Shirts über die Bäuche. Das Innere des Ladens war dunkel. Es gab keinen Strom. Jetzt fiel es Maria auf: Sie hatte, seit sie von Bord des Ausflugsschiffes gekommen war, kein Handyklingeln gehört. Sie hörte auch kaum Musik, nur hier und da Plärren aus Apparaten, die mit Batterien liefen. Die Amerikaner gingen mit ihren T-Shirts zur Kasse. Sie legten ihre Kreditkarte auf den Tresen. Die Frau holte ein mechanisches Lesegerät heraus. Eines, in dem man den Zahlungsbeleg über die Kreditkarte reibt. Maria fingerte ihre Kreditkarte aus dem durchweichten Portemonnaie. Sie suchte

Hose, T-Shirt, Halstuch und Sandalen in ihrer Größe zusammen. Sie ging damit zur Kasse.
»Nicht bar?«, fragte die Verkäuferin.
Maria schüttelte den Kopf und legte ihre Kreditkarte hin. Sie legte noch ihren vom Meerwasser gewellten Personalausweis dazu. Die Frau klemmte die Karte ins Lesegerät. Füllte den Zahlungsbeleg aus.
»Warum gibt es keinen Strom?«, fragte Maria.
»Politik«, sagte die Verkäuferin.
»Seit wann?«
»Heute früh.«
»Wie lange noch?«
Die Frau zuckte die Schultern. »Politik.«
Maria verließ die Boutique in frischer Kleidung. Die alte hatte sie als Müll zurückgelassen. Sie fühlte sich besser. Niemand starrte sie mehr an. Vor einem Brillengeschäft blieb sie stehen. Sonnenbrillen, Sonderangebot, zwölf Euro. Aber warum nicht die *Ray Ban*?
Ladentheke.
149 Euro.
Kreditkarte.
»Einen schönen Tag noch, Frau Brecht!«
Sie ging weiter. Die neue Sonnenbrille war gut. Die billigen Sandalen drückten.
Schuhgeschäft.
Weiße Römersandalen.
Preis egal.
Kreditkarte.
»Soll ich Ihnen die alten Schuhe einpacken?«
»Werfen Sie sie weg.«
Vor manchen Geschäften ratterten Generatoren. Sie produzierten genug Strom für die Beleuchtung, aber zu wenig für die Klimaanlage. Die Verkäufer saßen in ihren überhitzten

Geschäften und waren froh über jeden Kunden. Zum Beispiel über diese gut gekleidete junge Frau, die, ein paar Tüten in der Hand, gerade ihren Laden betrat. Mit sicherem Gespür suchte sie die besten Stücke heraus. Sie fragte nicht lange nach dem Preis, schon gar nicht versuchte sie zu feilschen. Sie legte einfach ihre Kreditkarte auf die Theke.
»Sie haben kein Bargeld, Frau Brecht?«
»Die Geldautomaten machen Zicken.«
Ein Lehrling wurde geschickt, um in den Nachbargeschäften einen mechanischen Kartenleser aufzutreiben. Die Kundin wurde mit lauwarmem Sekt und Orangensaft bei Laune gehalten. Wie schön, dass sie in dieser Zeit noch einen Gürtel mit Silberschnalle entdeckte!
Maria ging weiter, Richtung Morosíni-Brunnen. Sie sah gut aus. Die Perlenkette an ihrem Hals betäubte den Schmerz der Schürfwunden. Und wie gut, dass sie beim Anblick des pastellgrünen Tunikakleides nicht lange gezögert hatte. Vor dem Brunnen sah sie zwei Polizeiwagen, aber kein Militär. Sie sah Schulkinder, Kreterinnen mit Einkaufstüten. Viel Fleisch und Tiefkühlpackungen. Sonderangebote, weil die Kühltruhen nicht liefen. Selbst in den Cafés, die Generatoren hatten, waren die Fernseher schwarz. Also legte PERSEUS das Land lahm. Aber wer war an der Macht?
Das Schaufenster eines Spielzeuggeschäfts.
Ferngesteuerte Hubschrauber, Rennautos, Modellbau-Kästen.
Maria erinnerte sich an ihr Versprechen. Gerade stieß sie die Tür auf …
»Frau Brecht?«
Sie drehte sich um. Vor ihr stand ein Mann, den sie nicht gleich erkannte. Er war unrasiert, verbarg sein Gesicht hinter Sonnenbrille und Schirmmütze. Es war Kommissar Gerakákis.

48

Sie fuhren auf der Küstenstraße Richtung Osten. Der Auspuff knatterte. Immer wieder schaute Gerakákis sich um, als habe er Angst vor Verfolgung.
»Wohin fahren wir?«, fragte Maria.
»Sehen Sie gleich.«
Sie fühlte seinen Blick von der Seite.
»Sie sehen gut aus«, sagte er.
»Heraklion hat ein paar nette Boutiquen.«
Sie fuhren an einer geschlossenen Tankstelle vorbei. Die Schlange der wartenden Wagen reichte weit auf die Straße. Die Fahrer lehnten an ihren Türen. Einige hatten tragbare Radios und suchten mit den Antennen nach Empfang.
»Es gab einen Funkspruch vom Steuermann eines Ausflugsschiffes«, sagte Gerakákis. »Auf der Rückfahrt von Día hatte er eine junge Frau an Bord. Barfuß, in zerrissener Kleidung, mit Würgemalen am Hals.«
»Kann ich nicht gewesen sein.«
»Seine Beschreibung passt auf Sie.«
»Ich trage keine zerrissene Kleidung.«
»Woher kommen Sie jetzt?«
»Vom Flughafen.«
»Der Flughafen ist geschlossen.«
»Ich will über meine letzten vierundzwanzig Stunden nicht sprechen.«
Er schwieg. Sie bogen ab in eine Nebenstraße und fuhren bergan.
»Kriegen Sie Nachrichten aus Athen?«, fragte sie.
»Das ganze Land ist ohne Strom und Kommunikation. Re-

gierungscomputer sind tot oder spielen verrückt. In den meisten Ministerien sind die Notstromaggregate ausgefallen. Nur Bürgerschutz und Verteidigung sind nicht betroffen. Die Funknetze der Polizei und des Militärs funktionieren, aber mit Einschränkungen.«
Sie fuhren durch ein Dorf. Hühner flüchteten gackernd von der Straße. Ein Junge strampelte auf einem aufgebockten Fahrrad. Der Dynamo versorgte ein Radio mit Strom.
»Der Ministerpräsident?«
»Die letzten Informationen sagen, er lebt. Auch die meisten seiner Minister. Sie sind vergiftet, aber kommen wohl durch.«
Sie hielten vor einem rostigen Eisentor oberhalb des Dorfes. Das Tor war mit einer dicken Kette verhängt. Gerakákis stieg aus, schloss die Kette auf und schob das Tor zurück. Sie fuhren durch einen Gemüsegarten bis zu einer Laube. Unter dem Vordach standen eine Bank und ein abgesägter Baumstumpf, der als Tisch diente. Im Fenster hingen rote Vorhänge.
»Den Garten habe ich geerbt«, sagte Gerakákis und schaltete den Motor aus. »Eine alte Frau, habe ihre Katze von einem Baum gerettet. Zuerst dachte ich, was soll ich damit? Jetzt ziehe ich Gemüse. Tomaten, Gurken, Auberginen. Man weiß nie, wann die schweren Zeiten wiederkommen. Und es ist ein guter Ort, wenn mich niemand finden soll. Zum Beispiel die letzten drei Tage.«
Sie stiegen aus. Bienen summten, Schmetterlinge flatterten in den Beeten. Auf dem Baumstumpf standen ein tragbarer Fernseher und ein Satellitenempfänger.
»Was wollen wir hier?«, fragte Maria.
»Wir haben, Frau Brecht ...« Gerakákis suchte nach Worten, seine Hände wischten durch die Luft. »Wir haben Ihnen gegenüber nicht mit offenen Karten gespielt. Wir haben Sie in

eine Sache hineingezogen, die nicht Ihre Sache war. Ich möchte, dass Sie verstehen, warum wir so handeln mussten.«

Er hielt ihr eine Mappe hin. Karton, seidenmatt, dunkelblau und elfenbein. Das Firmenlogo im Prägedruck: Kronos Dynamic Investment Fund.

»Diese Mappe habe ich zum ersten Mal vor zwei Monaten gesehen«, sagte er. »Ein pensionierter Chirurg aus Heilbronn, der hier mit seiner Frau lebt. Er wollte meinen Rat. Ob die Polizei von dieser Gesellschaft schon einmal gehört hätte. Ich habe gesagt, diese Betrüger gründen Gesellschaften, wie ein Bäcker Brötchen backt. Finger weg!«

Er öffnete die Motorhaube und klemmte Kabel an die Batterie. Maria blätterte durch die Seiten. Kurven, Grafiken, Tortendiagramme. Alle Texte auf Griechisch, Englisch, Deutsch. Fotos von EZB- und IMF-Tagungen. Demonstrationen auf dem Sýntagma-Platz. Rauchsäulen über dem Parlament.

»Vor zehn Tagen habe ich den Chirurgen wiedergetroffen. Er war aufgebracht. Alle seine Geldanlagen waren im Keller. Er wollte sich in diesen Fonds einkaufen. Aber es war nicht mehr möglich. Der Fonds war für neue Investoren geschlossen.«

Von Unsicherheit war in dem Prospekt die Rede, von Volatilität der Märkte, von politischen Krisen. Aber auch von Chancen, die gerade diese Krisen dem Investor eröffneten. Ihr Blick blieb auf der letzten Seite hängen. Ein Brief, in elegant geschwungener Handschrift, an die *Dear investors*. Die Rede von einer Welt der Möglichkeiten. Von Menschen, die nach vorn schauen, in Alternativen denken. Ein Zitat von Antoine de Saint-Exupéry: »Die Zukunft soll man nicht voraussehen wollen, sondern möglich machen.« Unter der Überschrift das Foto eines Mannes, den sie sofort erkannte. Offener, schwarzer Hemdkragen. Graues, schulterlanges Haar,

die Sonnenbrille über die Stirn geschoben. Entspanntes Lächeln, die Zähne weiß wie Zuckerguss.
»Sein richtiger Name ist Panagiótis Koufós«, sagte Gerakákis und steckte Fernseher, Satellitenempfänger, Autobatterie zusammen. »Seit 2004 war er Derivatehändler an der Wall Street. Erst Goldman Sachs, dann Merrill Lynch. Keine große Nummer, Jahresgehalt unter einer Million Dollar. Aber er hat große Räder gedreht. *Credit Default Swaps*, hoch spekulative Produkte, die am Ende nicht einmal die Händler selbst begriffen. Ende 2008 platzte die Blase. Merrill Lynch war ruiniert, Koufós saß auf der Straße. Aber wie sagt das Sprichwort? ›Wichtig ist nicht, ob du auf die Schnauze fliegst. Wichtig ist, dass du wieder aufstehst.‹ Und Koufós ist wieder aufgestanden. In Athen. Als Yánnis Kostáki.«
Er schaltete den Fernseher und den Satellitenempfänger ein. Er drehte Knöpfe, justierte die Schüssel. »Alle griechischen Sender sind tot. Aber wir kriegen das Ausland.«
CNN. Live-Bilder aus Athen. Korrespondenten mit Satellitentelefonen. Sie zeigten eine Stadt im Ausnahmezustand. Geplünderte Geschäfte, ausgebrannte Wagen. Die Kathedrale mit den zerschossenen Fenstern. Aber sie zeigten auch: Polizei und Armee bekamen die Lage nach und nach unter Kontrolle. Der Ministerpräsident gab Anweisungen vom Krankenbett. Bürgerwehren schützten ihre Viertel. Seit einer halben Stunde floss wieder Wasser aus den Leitungen.
»Der Putsch ist gescheitert«, sagte Maria.
»Er ist nicht gescheitert.«
»Alle wichtigen Leute sind tot.«
»Die wichtigen Leute sind tot?« Gerakákis lachte. »Die Kellner vielleicht! Aber nicht die Köche!«
Er schaltete auf Bloomberg TV. Ein Sender für Finanznachrichten, Maria schaute ihn nie. Sie begriff auch jetzt nicht,

warum Gerakákis gebannt auf die Bänder und Einblendungen von immer neuen Zahlen starrte.
»Ich habe viel gelernt, die letzten Tage«, sagte er.
Kein Handel an der Athener Börse, klar. Die Europäischen Börsen satt im Minus, auch klar. Der Wert Athener Staatsanleihen fiel ins Bodenlose. Gleichzeitig ...
»Jetzt passen Sie auf!«
... explodierten die Kurse von *Credit Default Swaps*.
»Begreifen Sie?«, fragte er.
»Was sind diese *swaps*?«
»Versicherungen für den Zahlungsausfall eines Landes. Sie können diese Versicherungen abschließen, Sie können sie kaufen und verkaufen, wie Aktien. Sie können mit ihnen wetten, auf steigende oder fallende Kurse. Je kürzer der Zeitraum, für den Sie Ihre Wette abschließen, desto weniger Kapital müssen Sie einsetzen. Wenn Sie zum Beispiel den Tag kennen, an dem ein Land nicht mehr in der Lage ist, seine Schulden zu bezahlen; dann reichen Ihnen ein paar Millionen. Aber mit dem Wissen um diesen Tag verdienen Sie Hunderte Millionen! Vielleicht Milliarden!«
Händler sprachen nervös in Mikrophone. Einer vermutete einen Computerfehler. Ein anderer eine anonyme Holding auf den Caymans. Einer redete von einem möglichen Gewinn von 300 Millionen Euro. Ein anderer von bis zu zwei Milliarden. Jedenfalls ein gigantischer Reibach. An einem einzigen Handelstag.
»Glauben Sie immer noch, der Putsch ist gescheitert? Nicht für die wichtigen Leute!«
Maria schloss die Augen. Sie sah Yánnis wieder auf der Chaiselongue sitzen, den Kopf der Unterstaatssekretärin im Schoß. Sie hörte seine nervöse Stimme. »Die Uhr tickt! Selbst eine Verschiebung um einen Tag ist eine Katastrophe!«
»Die Prospekte«, flüsterte Maria. »Ich habe bei ihm Immo-

bilienprospekte gesehen. Penthäuser und Villen, beste Lagen. In Rom, Lissabon, Madrid ...«

»Glauben Sie, der Mann setzt sich zur Ruhe? Griechenland war nur der Anfang. Jetzt boxt er eine Klasse höher. Portugal? Spanien? Italien? Er hat jetzt so viel Kapital, er kann mehrere Bälle in der Luft halten. Sehen, wo sich die besten Chancen bieten. Wo die Leute am meisten Angst haben, der Demokratie am wenigsten trauen. Er baut einen starken Mann auf. Wartet auf den Tag der Revolte. Und dann wettet er auf diesen Tag!«

Er schaltete den Fernseher aus. Maria spürte ein brennendes Verlangen, nach Athen zu fliegen. Sie wollte Yánnis auf seiner Terrasse stellen. Ihm seine Champagnerflaschen an den Kopf schleudern, ihn ... Keine Flüge. Nicht einmal Telefon. Sie konnte nur in diesem Garten sitzen und den Schmetterlingen beim Flattern zuschauen.

»Wir waren nahe dran«, sagte Gerakákis, setzte sich auf einen Stuhl und streckte die Beine aus. »An der Wahrheit.«

»Wer ist wir?«

»Eléni und ich. Wir kennen uns seit Jahren. Sie hat für die Andístasi geschrieben. Ich war Kommissar in der Anti-Korruptionsbehörde. Vielleicht habe ich meinen Job ein bisschen zu ernst genommen. Ich habe Eléni Informationen geliefert, an die wäre sie sonst nie herangekommen. 2008 wurde die Redaktion durchsucht, unsere Verbindung flog auf. Andístasi wurde geschlossen.«

»Sie durften die Zeitung einfach schließen?«

»Das geht in Griechenland ganz unbürokratisch. Man droht einfach allen Unternehmen, die in diesem Blatt Anzeigen schalten, mit einer Steuerprüfung. Kein Unternehmen zahlt in Griechenland korrekt seine Steuern. Das ist für die Politiker praktisch, so haben sie immer ein Druckmittel. Mich wollten sie ins Gefängnis werfen. Aber das hätte einen Prozess bedeutet, das ganze korrupte System wäre vor Gericht gekommen. Das war ihnen lästig. Also haben sie mich lieber versetzt, so weit weg von Athen wie möglich.«

»Von wem habe ich die Einladung nach Athen bekommen?«

»Es war Elénis Idee. Sie kam mit ihrer Story nicht voran. Sie hatte einen Haufen Puzzlesteinchen, aber ihr fehlten die wichtigsten Teilchen. Wir wussten, es gab eine Verbindung nach Libyen. Wir vermuteten, es ging um eine Waffe. Eléni hatte Yánnis' Namen in den Notizen ihres Vaters. Aber wir wussten nicht, welche Rolle er spielt. Eléni war als Journalistin aus dem Geschäft. Keine Chance auf ein Interview. Keine Einladung für seine Partys. Aber dann kamen Sie. Erinnern Sie sich an unser erstes Gespräch auf dem Kommissariat?«

»Hatten Sie mich in Verdacht?«

»Ehrlich gesagt, ich wusste es nicht. Ich wusste bloß, Embiríkos ist ein Schwachkopf und die Geschichte in der Pátris konnte nicht stimmen. Aber Sie haben von dem Mann erzählt, dem Blut, dem Stahlkoffer. Und dann der Zodiac aus Libyen, die wasserfeste Kiste ... Eléni und ich haben telefoniert. Sie sagte sofort: Das ist unser Köder.«

Gerakákis lächelte. »Niemand streut Gerüchte geschickter als Eléni. Eine Deutsche, verwickelt in einen Mordfall ... Die Polizei auf der Spur eines Koffers, sie hat diese Spur verloren ... Yánnis hat angebissen. Er hatte keine Wahl. Er hat Panourgiás nicht mehr getraut. Er hatte all sein Geld auf diesen Tag gesetzt. Er musste wissen, steigt er aus oder bleibt er investiert?«

Maria sah Yánnis auf dem cremefarbenen Sofa sitzen. Sie hörte wieder seine Stimme: »Wollt ihr mich ruinieren?! Ausziehen bis aufs Hemd?!«

Eine Katze kauerte unter dem Polizeiwagen. Sie fixierte eine Stelle zwischen den Auberginen. Ihr Schwanz schlug hin und her.

»Was hatten Sie vor«, fragte Maria, »mit der Wahrheit?«
»Hat Eléni Ihnen das nie gesagt? Wir wollen beide weg. Sie will in die USA, ich will nach Deutschland. Ich habe Chancen bei der deutschen Polizei. Aber ich habe Schulden. Eléni hat Schulden. Ein Neuanfang kostet Geld.« Er zeigte auf die Tür der Laube. »Ich habe da drinnen Computer, Scanner, Internet. Die letzten drei Tage war ich untergetaucht. Ich wollte, dass mich niemand findet. Ich habe sogar mein Handy ausgeschaltet, damit mich meine Kollegen nicht orten. Ich habe geackert, Tag und Nacht! Ich habe die Identität von Panagiótis Koufós geknackt! Ich habe das größte Loch in unserer Story geschlossen! Der Story des Jahrhunderts! Größer als Watergate!«
»Watergate? Hat Eléni das gesagt?«
»Immer wieder hat sie das gesagt? Wissen Sie, wie sie uns genannt hat? Bernstein und Woodward. ›Du und ich – wir sind ein Team!‹«
Gerakákis lachte. Die Katze sprang in die Sträucher. Maria hörte ein Quieken, Scharren von Tatzen. Die Katze hob den Kopf; eine Maus hing in ihrem Maul.
»Wann haben Sie Eléni zuletzt gesehen?«, fragte er.
»Vorgestern Abend.«
»Wo?«
»In ihrer Wohnung. Wir haben Wein getrunken.«
»Retsina mit Himbeerlikör?!«
Er lachte. Sie begriff, dass er von ihrem Tod nichts wusste. Dass er immer noch dachte, sie säßen zusammen auf der Story des Jahrhunderts. Und er wusste nicht, dass Eléni ihn betrügen wollte. Dass sie nie vorhatte, die Story mit ihm zu teilen. Der Soldat mit der Eistüte war tot. Alle waren tot. Alle betrogen sich. Die Welt war entsetzlich.
»Was haben Sie?«, fragte Gerakákis.
»Nichts ...«

Katzen fraßen Mäuse. Menschen fraßen Menschen. Das Ankertau würgte ihren Hals.

»Frau Brecht ...«

Er suchte nach Taschentüchern für ihre Tränen. Er wollte sie trösten.

»Bitte nicht!«

Keine Umarmung! Alle waren Mörder! Eléni war tot! Maria hatte die Fotos nicht gelöscht! Bloß keine Umarmung!

Gerakákis sah sie schluchzen. Er hatte Taschentücher gefunden. Er traute sich nicht, sie ihr zu geben. »Sie haben bestimmt schreckliche Dinge erlebt.«

»Geht schon ... geht ...«

»Am besten, man spricht darüber. Lässt alles raus.«

Sie fühlte seinen lauernden Blick. Sah aus den Augenwinkeln, dass er auf seinem Stuhl etwas näher heranrückte.

»Der Attentäter?«, hörte sie seine Stimme. »Sie haben den Attentäter gesehen?«

Maria nickte.

»Wo ist er? Wissen Sie, wo er jetzt ist?«

Er sprach sanft und fürsorglich. Und gleichzeitig betrog er sie. Er wollte bloß die letzte Information, die ihm fehlte. Für seine dämliche Story!

»Es ist schwer, sich zu erinnern.« Jetzt klang er fast zärtlich. »Aber wir besiegen unsere Erinnerungen nicht, indem wir sie verstecken. Wir besiegen sie, indem wir ...«

Ihm fiel nichts ein. Er war kein so geschickter Lügner wie Eléni. Er hielt ihr ein Taschentuch hin. Er beugte sich vor, sie schüttelte den Kopf. Sie wollte nicht, dass er ihr so nahe kam. Sie wollte eine Grenze ziehen, zwischen ihrem Leben und seinem Leben.

»Waren Sie in Barney's Bikeshop?«, fragte sie, während sie die Tränen mit ihrem Kleid abwischte.

»Was? Ja ... Dass Sie daran jetzt denken ...«

»Sie haben Barney gesagt, er kriegt sein Geld später?«
»Machen Sie sich darüber keine Sorgen.«
»Ich möchte mir aber darüber Sorgen machen.«
Gerakákis seufzte. »Er hat gesagt, wäre es Vandalismus, könnte er's über die Versicherung abrechnen. Aber weil Sie das Fahrrad gemietet hatten ... Weil der Bericht sogar in der Zeitung stand ...«
Die Bienen summten. Die Katze zwängte sich durch ein Loch im Zaun und ließ die halb gefressene Maus auf dem Pfad zurück.
»Ich weiß, wo der Attentäter ist«, sagte Maria. »Er ist tot, aber Sie werden ihn finden.«
Die Nachricht fuhr in Gerakákis Körper wie ein Stromstoß.
»Wo, Frau Brecht?«
»Vielleicht finden Sie auch geheime Unterlagen.«
»Wo?!«
»Ich stelle eine Bedingung.«

49

Liegestühle, Sonnenschirme, Geschrei spielender Kinder. Geruch von Sonnencreme. Julian kam aus dem Wasser, schlug die Arme um seine Brust. Er erkannte erst nicht die Frau im pastellgrünen Kleid, mit der großen Sonnenbrille, die auf den Holzstufen stand und ihm zuwinkte.
»Maria!«
Er lief auf sie zu, die Arme ausgebreitet. Sie hob ihn hoch, drückte ihn an sich.
»Du siehst aber hübsch aus«, sagte er.
»Schau lieber in die Plastiktüte.«
Er setzte sich in den Sand, zog aus der Tüte einen Karton. Seine Augen wurden groß. Er sah hoch, zu Maria, dann zu den Liegestühlen, wo seine Mutter lag. Maria half ihm, die Klebestreifen von den Laschen, das Styropor aus dem Karton zu ziehen. Julian riss das Plastik auf: ein Jeep. Er inspizierte ihn von oben, von unten, drehte die Räder, öffnete die Türen.
»Was ist das?«
»Das Fach für den Akku.«
»Und das?«
»Die Fernbedienung.«
»Eine Fernbedienung?!«
»Na, klar.«
Sie hockte sich neben Julian, setzte den Akku in den Jeep, die Batterien in die Fernbedienung.
»Wie geht's Mama?«
»Ganz gut.«
»Hat sie sich wieder übergeben?«

»Sie sagt, das war wegen der Tintenfische. Die waren giftig für ihren Magen.«
Maria steckte die Antenne auf die Kühlerhaube.
»Glaubst du das? Dass das war wegen der Tintenfische?«
»Jeder Mensch hat Sachen, die darf er nicht essen. Oder nicht trinken.«
»Und du glaubst nicht, sie bringt sich um?«
»Ach, was.«
»Bestimmt nicht?«
»Sie hat doch dich.«
Sie drückte ihm die Fernbedienung in die Hand. Julian schob den Hebel nach rechts, nach vorn, der Jeep fuhr los, wirbelte mit seinen großen Rädern Sand auf. Julian lief ihm nach, springend, lachend, die Scheinwerfer blinkten, die Hupe machte Lärm. Nichts Schöneres gab es auf der Welt als ein Kind, das sich freute.
Undine schreckte hoch.
»Maria?« Sie sah sie ungläubig an. »Wieso siehst du so schick aus?«
»Habe mir ein bisschen was gegönnt.«
»Ich dachte, du würdest schon gestern kommen.«
»Flug verpasst.«
»Hast du dich gut in Athen amüsiert?«
»Ist eine aufregende Stadt.«
»Mama!«
Undine zog die Brauen zusammen, als sie den Jeep sah, die Fernbedienung in der Hand ihres Sohnes.
»Hast du ihm den geschenkt?«
»Hatte ich versprochen.«
»Das finde ich jetzt nicht so gut.«
»Er freut sich.«
»In dem Alter wissen Kinder noch nicht, was gut für sie ist.«

Maria zog ihre neuen Sandalen aus und lockerte das Halstuch.

»Ich habe mir Sorgen gemacht«, sagte Undine. »Gestern Abend habe ich ständig versucht, dich anzurufen. Aber dein Telefon war immer tot.«

»Ich glaube, ich hab's verloren.«

In Undines Blick sah sie eine Spur Misstrauen. »Was ist mit der Polizei?«

»Hat sich geklärt.«

»Gott sei Dank. Sind ganz schön chaotisch hier.«

»Kann man so sagen.«

Maria streckte sich auf dem Liegestuhl aus. Sie war mit Gerakákis in Barney's Bikeshop gewesen. Barney hatte geklagt, über die verkorkste Saison. Wenn jetzt nicht einmal mehr Flugzeuge landeten, konnte er seinen Laden dichtmachen und zurück nach Australien gehen. Sie waren sich schnell einig geworden, dass die politische Situation Griechenlands eine Form von Vandalismus darstellte und damit einen Versicherungsfall. Sie hatten ein Protokoll aufgenommen. Sie hatten nicht betrogen, sondern den allgemeinen Schaden in konkrete Bilder gefasst: vier zerstörte Fahrräder, zerstörtes Werkzeug, zerbrochene Fensterscheiben ... Sie waren auf eine Schadenssumme von zweieinhalbtausend Euro gekommen. Maria hatte darauf bestanden, dass Gerakákis das vorläufige Protokoll unterschrieb, die Zustellung des endgültigen Protokolls binnen achtundvierzig Stunden schriftlich zusicherte, dass er sogar den Stempel des Kommissariats Heraklion aus dem Wagen holte. Falls die Versicherung Probleme machte, hatte Gerakákis die Adresse eines beeidigten Sachverständigen, der die für diesen Fall notwendige Imaginationskraft mitbrachte. Barney händigte Maria ihren Führerschein aus, sie verabschiedeten sich herzlich.

»Hier ist völliger Zusammenbruch«, sagte Undine. »Der Flughafen ist geschlossen. Seit heute Morgen kein Telefon. Wenigstens hat das Hotel seine eigene Stromversorgung, sonst wären wir aufgeschmissen.«
»Sagen sie warum?«
»Wahrscheinlich irgendein Streik. Und wer zahlt am Ende die Rechnung?«
Vor dem Bikeshop hatte Maria zu Gerakákis gesagt: »Ein Motorboot, sechs Meter lang. Der Mann liegt tot im Cockpit. Ich bin höchstens zwei Kilometer nördlich von Día von Bord gesprungen. Es gibt kaum Strömung. Wenn Sie heute noch aufs Meer fahren, haben Sie eine gute Chance.«
Sie richtete sich in ihrem Liegestuhl auf. Sie sah aufs Meer. Windstille, glatte See. Kaum Boote, die heute den Hafen verließen. Ein Ferienboot, das in der Sonne trieb, war nicht verdächtig. Gerakákis würde es finden.
»Robert hat angerufen«, sagte Undine. »Er will ein neues Leben.«
»Hm.«
»Mit dem Feldenkrais-Flittchen.«
»Tja.« Maria hatte Gerakákis bis zum Schluss nichts von Elénis Tod gesagt.
»Er will, dass wir vernünftig mit der Sache umgehen. Was heißt das? Vernünftig? Sollen Julian und ich in eine kleinere Wohnung ziehen? Kann er sich abschminken!«
Maria schloss die Augen. Die Bilder vermischten sich in ihrem Kopf. Eléni, die Flüchtlinge und das Gas ... Darius in der Dunkelheit seines Taxis ... Yánnis, auf seiner Terrasse, bei einem Glas Cava ...
»Montag bin ich beim Anwalt«, hörte sie Undine. »Ich hätte mir nie vorstellen können ... Wir wollten alles anders machen.«
Vielleicht mietete er gerade ein Penthouse, in Rom, Madrid,

Lissabon ... Knüpfte Kontakte, verhandelte mit Investoren, plante den nächsten Coup ...

»Bin ich eben nicht anders. Bin ich eben wie alle anderen. Bin ich Montag beim Anwalt.«

Die Wut würde zurückkommen, der Schmerz, die Angst, die Abrechnung ihrer Kreditkarte. Aber jetzt lag sie auf Kreta, in einer Ferienanlage am Strand. Sie spürte die Sonne auf ihrer Haut, hörte das Lachen der Kinder, das Brechen der Wellen im Sand.

»Ich will, dass er bezahlt!«

Undines Stimme war weit entfernt. Sie sah die Akrópolis, im Licht der Abendsonne, wie eine mythische Burg. Was war mit Griechenland passiert, 168 vor Christus, nach der Schlacht von Pýdna? Sie sah den Campus der Diplomatenschule auf Reihenwerder. Auch ihn entfernt, verschwommen, wie die Erinnerung an eine Zukunft, die längst hinter ihr lag.

»Maria! Guck mal!«

Sie schaute hoch. Julian stand bis zum Bauch im Wasser, die Fernbedienung in der Hand. Ließ seinen Jeep dicht an der Wasserkante fahren. Eine Welle näherte sich. Aber der kleine Jeep war schneller, das Wasser umspülte nur seine Räder. Er hupte, blinkte mit den Scheinwerfern und fuhr weiter seinen Weg.

* * *